○마음속에 숨긴 목소리 (멜론북스)

JN428379

2년이 넘는 학교생활 속에서.

그 말만은 들을 수 없다는 감정과 그 말만은 듣고 싶다는 감정이 제 마음속에 뒤섞여 있음을 부정할 수 없어요.

"자의식 과잉이라는 소리를 들을지 모르겠지만, 시라이시는 반 이동보다 더 이전부터 어느 정도 나를 지켜봐 왔다거나, 그런 거 아니야?"

그 눈빛과 목소리가 제 가슴을 마구 찔러댔습니다.

"아――."

알아버렸다, 알아주었다.

상반된 감정이 동시에 제 머릿속을 가득 채워나갑니다.

변명을 늘어놓기야 쉽지만, 그건 허락되지 않는 일이겠지요.

"아아…… 안 되겠네요."

저에게는 대의가 있습니다. 관찰자로서의 사명입니다.

시로가네 선생님의 기대에 부응하기 위하여, 저는 매일 똑같은 일만 계속하고 있습니다.

그날, 졸업을 앞두고 불려 간 방에서.

당신을 알게 된 그날부터 저의 사명은 시작되었건만…….

"안 되겠다니? 왜 그래."

아야노코지 군의 목소리에 평소와 다른 점은 없습니다.

확신에 이른 게 아니라, 억누를 수 없는 저의 시선과 행동을 보고 의문을 느끼기 시작했겠지요.

부디 용서해 주세요.

이 시간만은 제 역할을 잊는 것을 허락해 주세요.

"저는 시라이시 아스카예요."

지금까지 했던 대화는 모두 가짜.

그러니 적어도 제 소개 정도는, 진심으로 하고 싶지 않겠습니까…….

"당신은── 누구인가요?"

그는 대답해 줄까요.

이런 저의 질문에 ──마음속에 숨겨두었던 첫 자기소개의 목소리에──.

○이어 건 (토라노아나)

"저기…… 저, 저는, 그러니까……."

내 앞에서 야마무라 미키가 우물쭈물 꾸물꾸물 훌쩍훌쩍 머뭇거리기만 하고 있습니다.

도무지 확실한 게 없습니다. 그런데 마음에 들지 않는 것은 아야노코지 키요타카가 그런 그녀를, 마치 성장을 지켜보는 아버지인 양 가만히 보면서 입을 열 때까지 기다린다는 점입니다.

"그러니까, 무슨 말이, 하고 싶은가 하면……."

이 세상은 시간이 곧 돈. 오늘 방과 후에는 밖에서 꿈틀거리는 휴먼 워칭을 계획했던 만큼 빨리 끝내줬으면 좋겠네요.

지켜보는 것만이 바람직한 육아는 아니랍니다.

투구새우를 멋지게 길러냈던 나는 그걸 잘 알거든요.

나는 조용히 몸을 움직여 야마무라 미키의 옆에 가서 섰습니다.

아야노코지 키요타카밖에 눈에 보이지 않는지 알아차린 기색도 없습니다.

나 원 참, 미행이 특기라는 인간이 이리 쉽게 바로 옆을 내어주다니 한심해라.

그런 그녀에게 이 필살기를 먹어드리죠.

"후우!"

나는 입술을 힘껏 모으고 복숭아 향기가 나는 숨을 야마무

라 미키의 귀에 발사했습니다.

"꺄아아악?!"

처음 들어보는 비명을 내질러서, 깜짝 놀라게 만드는 데 아주 멋지게 성공했습니다.

"무무무무, 무슨, 짓이에요……!"

"훗. 이건 이어 건. 불시에 당하면 누구나 놀라죠."

"에어 건을 그럴싸하게 베꼈나 본데, 결국은 에어 건이랑 다를 게 없지 않나?"

과연 이어 건도 바람의 힘. 이 필살기의 진리를 바로 눈치챌 줄이야…….

"듣고 보니 과연. 칭찬해 줄게요, 아야노코지 키요타카."

그러나 이 필살기는 단순히 뽐내기 위해 보여준 것이 아닙니다.

너무 긴장한 나머지 앞으로 나아가지 못하는 야마무라 미키의 등을 밀어 주기 위함이지요.

마무리라는 의미로 그녀의 뺨을 한 번 꼬집어 주었습니다.

"무, 무슨?!"

"어때요, 야마무라 미키. 어깨에 들어간 힘이 조금은 풀리지 않았나요?"

자신의 상황을 한 번 되돌아볼 수 있었으니 이제 조금은 앞으로 나아가겠지요.

이렇게 오늘도 나는 주변인을 도왔습니다.

이 얼마나 훌륭한 사람입니까. 이 얼마나 훌륭한 천재입니까. 나의 재능이 이제는 무서울 지경이에요.

○너무 좋아해서…… (게이머즈)

이번 특별시험의 규칙이, 우리가 갓 입학했을 때처럼 '규칙을 잘 지킬 수 있는지'를 시험하는 것임은 호시노미야 선생님의 발언으로 어렴풋이 느꼈고, 아야노코지의 조언까지 더해지며 거의 확신에 가까워졌다. 시험 시행 기간인 다음 날 1일 차부터 우리 반과 아야노코지의 반은 일부러 거리를 두었다.

만약 류엔이 자기 반 아이들을 움직여 방해했을 때 같이 행동하게 되면 두 반이 동시에 의심받을 수 있기 때문이다.

이렇게 미리 조심한 보람이 있었는지, 아니면 류엔이 방식을 바꾼 것인지는 모르겠지만 일주일 동안 별일 없이 평범한 학교생활을 보냈다.

그렇지만―― 나에게 이 일주일은 너무나 길게 느껴졌다.

아야노코지를 못 만나는 시간. 스마트폰으로 계속 연락하긴 해도, 얼굴을 맞대고 서로의 숨결을 느낄 수 없는 것만으로도 마음이 비명을 질러댔다.

그래서 특별시험이 끝난 오늘, 나는 결과와 상관없이 헬스장에 같이 가자고 제안해서 아야노코지와 시간을 보낼 수 있었다.

그렇게 행복을 충전하고 돌아오는 길. 헬스장에 새로 회원을 등록시키고 싶다는 아야노코지의 목적이 무엇인지 투명하게 보였지만 나쁜 제안은 아니었다. 칸자키를 비롯한 아이들과 교류할 기회가 늘어난다면 분명 반에 더욱 보탬이 될 테니까.

"그럼 주저하지 않고 말해볼게."

내가 환영하는 자세를 보이자 아야노코지가 그렇게 대답했다.

"그래, 고마워. 아야노코지가 그렇게 도와주니 정말 기쁘다."

한 걸음 한 걸음 내디딜 때마다 기숙사가 가까워진다.

이제 곧 아야노코지와 헤어질 시간이 찾아오고 만다.

깊은 관계가 아니어도 괜찮아.

그래도——.

나는 긴장하면서 왼쪽 손등을 아야노코지의 오른쪽 손등에 댔다.

거부는 당하지 않았다. 그의 손가락을——.

끓어오르는 충동을 깨달은 나는 곧바로 손을 뺐다.

"미, 미안. ……미안해. 나도 모르게…… 만지고 싶어져서…… 우린 그냥 친구, 인데."

안 돼. 나만 이래서는 안 돼.

아야노코지가 나를 원할 때까지, 나도 같은 위치에 서 있어야 한다.

너무 좋아하는 것이 이토록 괴로운 일인 줄 몰랐다.

나는 그렇게 생각하면서 아야노코지의 눈을 바라보았다.

어서 오세요 실력지상주의 교실에 3학년 편 2

키누가사 쇼고 지음 / 토모세슌사쿠 일러스트 / 조민정 옮김

소미미디어

어서 오세요 실력지상주의 교실에 3학년 편

Welcome to the Classroom of the Third-year

2

contents

커버, 본문 일러스트 : 토모세슌사쿠

○나나세 츠바사의 독백

"어쩌다가 이렇게——."

병실에서 의식 없이 잠들어 있는 그의 옆에서 나는 조용히 중얼거렸다.

"지속적 의식장애. 그런 진단을 받았다는군요."

감정을 읽을 수 없는 목소리로 담담하게 사실을 말한 후, 침대에 붙어 있는 이름표『마츠오 에이치로』부분을 손으로 슬쩍 쓰다듬는 한 남자.

지속적 의식장애. 쉽게 말해 식물인간 상태.

눈을 뜨거나 숨은 쉬지만, 의식이 없어 주위에 대한 인식과 반응이 없는 상태를 가리킨다.

발병한 지 몇 주에서 몇 달 이내라면 그래도 의식이 돌아올 가능성이 있다고 의사는 말했지만, 그렇지만…… 그럴 가망은 거의 없다.

"마츠오 군은 정말 마음씨 착한 사람이었나 보더군요."

"……네……. 제가…… 제가 에이치로한테서 이상한 징후를 감지했더라면 이렇게 되진 않았을 텐데, 아니…… 절대 이렇게 되게 놔두지 않았을 텐데……."

분하고 슬퍼서 주체할 수 없는 눈물이 쏟아졌다.

"착하기만 해서는 살아갈 수 없는 세상입니다. 아니, 오히려 이용만 당하겠지요. 구제 불능 악귀들에게——."

그렇게 중얼거린 남자는 미소 지으면서 뒤돌아 나를 보았다.

"이 세상은 기브 앤 테이크, 그건 알고 있겠죠?"

"네. 극진히 보살펴주시는 데는 감사하고 있습니다."

여러 병원을 전전한 끝에, 겨우 받아주는 병원을 찾아준 것이 바로 이 남자였다.

30분만 더 늦었어도 그대로 목숨을 잃었을지도 모른다.

"그래서 저보고 뭘 하라는 말씀입니까?"

"당신이 원한을 갚을 기회를 드리러 왔습니다."

"……기회……라고요?"

"복수 대상에게 접근할 방법을 알려드리지요."

그렇게 말한 남자는 『입학 신청서』와 사진을 간이 테이블 위에 올렸다.

"이게 뭔데요……?"

"고도 육성으로 가는 것이 그에게 접근할 수 있는 유일한 방법——."

"……그전에 성함을 아직 듣지 못했군요…… 누구시죠?"

"아, 실례. 저는 츠키시로라고 합니다. 당신에 대해서, 그리고 여기에 누워 있는 마츠오 군에 대해서도 어린 시절부터 잘 알고 있는 사람입니다."

"사실은 아무것도 모르면서 접근하는 어른을 너무 많이 봤어요."

"시로가네 씨는 잘 지내시는지?"

그 이름을 듣자, 평정을 가장했던 내 몸이 나도 모르게 반응하고 말았다.

우리를 어렸을 때부터 잘 알고 있다.

그 말이 거짓이 아니라는 것을 한순간에 이해했다.

"시로가네 선생님을 아시는군요."

"젊었을 때 신세 많이 졌었지요."

겉으로 보기에는 시로가네 선생님과 비슷한 연배 같다. 그렇다면 그 『신세』라는 부분이 우리와는 완전히 다른 종류임을 쉽게 상상할 수 있다.

"당신은 악하지 않습니다. 하지만 제가 사는 세계의 사람들은 어디를 둘러봐도 죄다 악하죠. 정의로운 척하는 악이거나 정말 순수한 악이거나. 그러나 당신은 달라요, 나나세 츠바사 씨. 평범하면서도 우스하고, 평범하면서도 미숙하고, 평범하면서도 재능이 있어요. 그런 사람이야말로 때에 따라 악을 처단할 수 있는 존재. 이것이 이 세계에서 살아가는 나의 지론입니다."

"츠키시로 씨라고 하셨죠. 이 남자애는 그 악과 관련 있나요?"

사진에 찍힌 인물은 내 또래의 남자아이.

"그의 이름은 아야노코지 키요타카. 당신이 쫓아야 할 복수 상대와 이어져 있는 중요한 열쇠입니다. 지금은 한발 앞서 고도 육성에 입학해서 일반 학생들 사이에 섞여 지내고 있지요."

"그에게 접근하라는 말입니까?"

"네. 지시는 그때그때 제가 내릴 겁니다. 전부 복수에 성공하기 위해서예요. 임기응변으로 갑시다. 다만, 조심하기를 바랍니다. 이 소년은 감정이 없으면서 탁월하고 세련된 후각을 가졌거든요. 부주의하게 접근했다간 정체를 쉽게 간파당할 겁니다."

"그러면 제가 어떻게 하는 게 좋을까요?"

"진실 속에 거짓을 좀 섞는 거죠. 적어도 당신이 마츠오 에이치로를 애틋하게 여기고 그를 위해 복수하고 싶어 한다는 건 틀림없는 사실. 그걸 토대로 새로운 인격을 만들어서 진짜 속내를 알 수 없도록 행동하는 게 좋아요. 그는 당연히 당신에게 의문을 가지겠지만, 깊이 파악하려고 하지는 않을 겁니다. 그럴 가치가 없는 존재로 인지하기 때문입니다."

"마지막으로 하나만 더 물을게요. 왜 저인가요?"

"당신이 딱 좋은 위치에 있기 때문이지요. 명확한 좌도 우도 아니어서 어디로 굴러갈지 모르기 때문에 내가 보낼 적임자라고 판단했습니다."

"그럼 제가 아야노코지를 용납한다면――?"

"그건 그때 다시 생각하기로 하지요."

해줄 거죠? 라는 물음에 나는 바로 고개를 끄덕였다.

이때의 대화를, 나는 지금도 마치 꿈꾸듯 떠올리곤 한다.

그날, 적어도 나는 병실에서 복수 쪽으로 마음이 기울어져 있었다.
에이치로를 궁지로 내몬 아야노코지 아츠오미를 잡아 끌어내릴 작정이었다.

하지만 지금은 조금 달라졌다.

아야노코지 선배를 돕고 싶다.

진심으로 그렇게 생각하게 되었다

그가 이대로 고도 육성을 졸업한다면 순수한 악의 길로 치닫게 될 테니까.
에이치로 같은 희생자가 그의 손에서 나오고 말 것이다.
나는 그것을 바라지 않는다.

그러니까── 그 위기를 아는 내가 막아야만 한다.

나는 오늘도 그것을 위한 작은 열쇠를, 깊은 숲속에서 계속 찾아 헤매고 있다──.

○어우러지다

일요일 아침. 방에서 창문 밖을 내다보니 오늘은 공교롭게도 온종일 비가 내릴 모양이었다.

아직 폭우라고 할 정도는 아니지만, 우산을 들고 다니기에는 조금 거부감이 드는 날씨다. 나는 오전 10시 전까지 옷을 다 갈아입고 곧바로 우산 하나를 챙겨 기숙사 로비로 향했다. 도착한 엘리베이터에 올라탔더니 젖은 바닥이 눈에 들어왔다. 이른 아침부터 학생들이 기숙사를 드나든 흔적이다.

"헤이, 좋은 아침."

1층에서 엘리베이터 문이 열리자, 점퍼 차림으로 근처에서 있던 남학생이 뒤돌아보더니 내게 손들어 인사했다. 같은 반 요시다였다.

"안녕."

짧은 인사를 나누자마자 요시다가 소파 쪽을 쳐다보았다.

"시마자키도 아까 내려왔어."

그 목소리가 들렸는지, 이름을 불린 시마자키가 일어나 오른쪽 귀에 꽂은 무선이어폰을 뺐다. 그리고 가방에서 꺼낸 작은—— 아마도 무선이어폰 전용 케이스인 듯한 상자에 넣었다.

"뭐 듣고 있었어?"

요시다와 발맞춰 시마자키에게 다가간 내가 그렇게 물었다.

"입시에 대비한 영어 듣기. 개인적으로 영어가 조금 약해서, 여유 있을 때 조금이라도 더 많은 시간을 들이고 싶거든."

반 친구를 기다리는 짧은 시간도 허투루 쓰고 싶지 않다는 걸까.

"으음? 네가 영어에 약했었나? 나보다 점수 높잖아."

지난 시험 결과를 떠올리는지 요시다가 천장을 올려다보며 끙끙거렸다.

"너랑 비교하는 건 의미가 없지. 정말로 나한테는 제일 약한 과목이야."

"그래? 그럼 비교한 내가 잘못했네."

투덜거리면서도 그렇게 사과하는 요시다. 시마자키는 당연하다는 듯이 학년에서 상위권 학력과 성적을 자랑하지만, 약한 게 뭔지 잘 알고 꼼꼼히 대책을 세우니까 그만큼 결과가 따라오는 거겠지.

대학 입시가 점점 다가오는 3학년. 이런 부분에 있어 깨어있는 점은 과연 전 A반 학생들다고나 할까.

"싫어할 줄 알았는데 화 안 내네."

쉽게 욱하는 이미지가 있는 요시다지만, 시마자키의 말을 듣고도 별로 화내지 않았다.

"그야 조금 열받긴 해도 이 녀석은 늘 공부만 하니까. 난 그렇게까지 열성적으로 공부하는 것도 아니고, 차이가 나는 것도 사실이고."

요시다가 그렇게 대답했는데 단순히 두 사람이 친해서라는 이유도 있을지 모른다.

"그런데 요즘에는 진짜로 공부만 하는 거 아니야?"

"글쎄. 하루에 못 해도 다섯 시간 이상은 하려고 하는데, 그 정도뿐이야."

이 다섯 시간에 당연히 학교 수업은 포함되지 않는다.

일반적인 고3이 공부에 자발적으로 시간을 얼마나 투자하는지는 몰라도, 절대 적은 시간은 아니리라.

요시다는 다섯 시간도 못 한다면서, 절대 무리라고 과장되게 손을 휘저었다.

"A반 졸업이라는 권리는 어디까지나 비장의 카드일 뿐. 어느 정도 좋은 대학에 들어가려면 이 정도 공부는 당연하지, 나한테만 해당하는 얘기가 아니야. 오늘도 저녁에 케야키 몰에 있는 학원에 갈 거야."

"진짜? 대체 공부를 얼마나 하는 거냐고……."

그러고 보니 몰 안에는 고도 육성에서 제공하는 학원이 있었지. 나와는 인연이 먼 곳이어서 발길을 멈춘 적도 없지만, 프라이빗 포인트가 없어도 평소 행실에 문제없고 지망 대학이라든지 명확한 진학 비전이 있는 등 일정 조건을 만족하면 무료로 다닐 수 있다는 소리는 들은 적 있다.

"학원이라. 실제로 애들이 얼마나 다니는데?"

단순히 궁금해져서 시마자키에게 물어봤는데, 왜 그러는지 살짝 노려보았다.

"모르는 거야? 3학년만 해도 20명은 다녀. 이것도 일반고에 비하면 비율이 꽤 낮은 편일걸. 앞으로 여름까지 더 늘어나겠지만 말이야."

그만큼 많은 학생이 입시 준비에 들어갔다는 건가.

"너도 성적이 나쁜 편은 아니지만, 한번 와보는 게 좋지 않아?"

요시다도 시마자키와 비교하면 떨어지는 건 분명하지만, 그래도 학력이 높다.

대학 진학이 목표라면 다니기 시작해도 이상하지 않겠지.

그래서 좋은 마음으로 권했을 시마자키일 텐데, 요시다는 바로 거절했다.

"안 가, 안 가. 난 대학도 고만그만한 데면 만족해, 고만고만한 데. 친구랑 놀러 다니기 좋은 휴일까지 공부에 절어 있는 건 사양이라고. 숨 막히잖아, 공부만 하는 거."

그렇게 거절하며, 진지하게 얘기하는 시마자키를 곁눈질했다.

"그럼 그걸로 됐지. 꼭 공부하라고 강요할 생각은 없어. 그러니까 더더욱, 남들에게 피해를 주지 않는 선에서 내가 언제 어디서 뭘 하든 그건 내 자유야."

시마자키는 공부하는 자세를 부정당했다고 느꼈는지 인상을 찌푸리며 요시다를 노려보았다.

"무, 물론 자유지. 화내지 마."

당황해서 양손을 번쩍 들며 사과하는 요시다.

"으, 으음, 그래서? 나와 아야노코지를 휴일에 불러낸 이유는 뭔데?"

헛기침을 한 번 한 후, 화제를 돌리듯 시마자키에게 물었다.

소중한 휴일이자 원래라면 자주적으로 공부할 중요한 하루. 그런 시마자키가 우리를 불러낸 이유가 과연 궁금하긴 하다.

"사실 용건은 아야노코지한테만 있는데, 둘만 만나거나 상의할 사이는 아직 아니니까 말이야. 네가 같이 있어 주는 게 대화도 더 순조롭겠다고 판단했지."

용건 자체와 요시다는 그다지 상관없는 모양이었다.

이야기의 흐름 속에 『상의』라는 키워드가 나옴으로써 목적의 방향성이 언뜻 보였다.

"그런 거야? 하긴 난 자연스럽게 부탁받을 때가 많으니까."

참 난감하다니까, 하고 말하면서도 왠지 기쁜 듯 환하게 웃었다.

"어쨌든 부탁받았으니까 확실하게 도와줄게. 아야노코지, 시마자키 얘기 잘 들어줘라."

듣는 둥 마는 둥 내 어깨에 손을 올리면서 요시다가 말했다.

"그건 내용에 따라 다르겠지. 상의하고 싶은 게 뭔데?"

시마자키가 말했듯, 나와는 절대 가까운 사이가 아니고 아직 거리가 있다.

그런 사람한테 굳이 상의하려고 할 때는 분명한 이유가 있겠지.

또 마음에 걸리는 부분은 우산을 가지고 나오라던 부탁이다.

상의만 할 거면 굳이 비 오는 날 굳이 외출할 필요가 없다. 누구 방에 가서 얘기하는 게 어렵지 않으니까.

시마자키는 주위를 슬쩍 살핀 후 내 눈을 똑바로 응시했다.

"오늘은 철저하게 너의 비밀을 자백하게 할 생각이야."

"비밀……?"

"여기서 얘기해 봐야 해결되지 않아. 일단 따라와 보면 알아."

그렇게 말한 시마자키는 로비를 나서자마자 우산을 펼치고 조금 빠른 발걸음으로 걷기 시작했다.

"뭐야, 뭐야? 쟤 어디 가려는 걸까?"

"글쎄. 케야키 몰이라고는 했는데――."

우리는 가볍게 얼굴을 마주 본 다음, 얼른 시마자키를 뒤따라가 보기로 했다.

1

시마자키는 앞장서서 케야키 몰로 향했다. 그리고 도착하자 입구에 있는 우산 비닐 꽂이에 우산을 넣어 비닐을 씌웠다. 우리도 따라 한 다음 안으로 들어갔다. 그는 그대로 서점까지 간 후에야 뒤돌아 우리를 보았다.

"서점이잖아. 들렀다 가려고?"

요시다의 말에 대답하지 않고 서점으로 들어간 시마자키가 망설임 없이 도착한 곳은 학습 참고서가 쭉 진열된 코너였다.

"내가 아야노코지랑 오고 싶었던 곳은 여기야."

잠시 들른 게 아니라 이곳이 목적지, 종착점인 모양이었다.

"평소에 어떤 참고서를 보는지, 어떻게 공부하는지 알려주라."

그 말을 듣고 나서야 시마자키가 상의하고 싶은 내용이 뭔지 알 수 있었다.

"그런 거였어?"

"지난번 특별시험 결과를 보고 네가 나보다 우위에 있다는 건 이해했어. 꼭 하루아침에 그 수준을 따라잡을 수 있다고는 나도 생각 안 해. 그래도 따라잡고 싶은 마음을 접을 생각은 없거든."

학원 이야기를 했을 때 나를 살짝 노려본 것도 무의식중에 느낀 라이벌 의식 때문이었으리라.

적어도 내 학력과 비슷하게 올라가기 위해 더 효율적인 공부 방식을 익히고 싶다.

그런 시마자키의 확고한 의지가 강하게 전해졌다.

"알려줘라, 아야노코지."

중간 다리 역할인 요시다가 재촉했지만 나는 입을 열지 않았다.

아니, 열지 않았다기보다는 열 수 없었다는 표현이 옳을 것이다.

소원을 이뤄주고 싶은 마음은 굴뚝같지만, 그 답을 가지고 있지 않기 때문이다. 고등학생 대부분이 아직 모르는 지식을 현재진행형으로 배우지만, 나는 어린 시절에 그 과정을 이미 다 마쳤다. 지금 하는 공부는 학습이 아니라 완전한 복습이기에 그가 기대하는 답을 줄 수 없는 것이다.

"야, 아야노——."

"됐어, 요시다. 역시 쉽게 알려줄 마음은 안 생기겠지."

나의 침묵에 시마자키가 인상을 구기며 말했다.

"네가 독자적으로 만든 학습법이잖아, 공짜로 받아먹을 생각은 나도 없어. 필요하다면 프라이빗 포인트나, 달리 원하는 게 있다면——."

어떻게든 비밀을 알고 싶어 교섭에 들어가려고 하는 시마자키의 말을 도중에 끊었다.

"오늘 네가 상의하고 싶다는 게 내가 해결해 줄 수 있는 문제였으면 얼마든지 도와줄 생각이었어."

"——과거형이네. 공부에 관해서는 기업 비밀이라는 건가? 아니면 더 큰 대가를 원해?"

"아니야, 대가는 아무것도 필요 없어. 애당초 시마자키의 학력이 올라가면 당연히 반 전체의 향상과 공헌으로 이어지잖아. 그걸로 대가는 충분하지. 그리고 앞으로 시마자키가 성적이 얼마나 올라가든 내가 곤란할 일도 없고."

최대한 이해할 수 있게 설명했지만 그리 쉽게 되지는 않으리라.

"그렇구나. 대충 무슨 말인지는 알겠다. 그래도 알려줄 마음이 없어 보이는 건…… 만에 하나라도 나한테 따라잡히는 것만은 피하고 싶어서?"

"그것도 아니야. 내가 체면을 의식한다고 여겼다면 잘못 생각했어. 난 딱히 1등을 과시하고 싶은 것도, 그런 사람이 되고 싶은 것도 아니니까."

이 학교에는 다양한 분야에서 나보다 뛰어난 학생이 분명히 존재한다.

그랬으면 좋겠고, 또 그래야만 한다.

공부 분야에서도 나를 앞선다면 그 모습을 지켜봐 주고 싶다.

"그렇게까지 말한다면 네가 보는 참고서를 알려줘. 그리고 평소에 어떻게 공부하는지, 시간을 어떻게 활용하는지도 자세히 알려주면 좋겠는데."

내 모든 것을 분석하겠다. 그렇게 강한 의지를 보이면서 거침없이 물었다. 그리고 이런 말도 덧붙였다.

"물론 효과가 없어도 절대 너를 탓하지 않을 거야. 단순히 그 방법이 나한테 안 맞았을 뿐이라고 결론 내릴 테니까 안심하라고."

공부를 대하는 진지한 태도는 정말 진심인 듯하다.

그리고 거기에 같이 묻어가듯 요시다도 시마자키의 옆에 섰다.

"아, 그럼 일단 나도 알려주라. 효율적으로 공부할 수 있으면 따라 해보게."

어떻게 해야 할까. 카루이자와에게 했던 일반적인 공부법, 반 아이들을 대상으로 평범한 학생답게 가르쳐주는 방법은 시마자키와 요시다처럼 수준 높은 학생에게는 적합하지 않으리라.

그렇다고 해서 지금 내가 생각하는, 화이트 룸생을 위한 육성 이론을 넣은 본격적인 공부법을 실행하기란 당연히 불가능하다.

불신감을 줄 수 있음을 각오하고 일부 진실을 밝히기로 했다.

"솔직히 말해서 지금은 이런 참고서를 거의 안 보는데."

"……뭐라고? 아니, 하지만 학원도 안 다니잖아. 넌 어려운 문제뿐 아니라 배우지도 않은 범위의 문제까지 풀었는데. 그건 어떻게 설명할래?"

"솔직히 우연도 커. 난 평소에 인터넷으로 지식을 많이 얻거든. 요즘에는 동영상 사이트에서도 어려운 문제를 풀면서 설명해 주잖아? 어쩌다 우연히 본 동영상에서 비슷한 문제가 나와서 풀 수 있었던 거지."

"뭐, 그런 것도 조금은 있을지 모르겠지만……."

공부를 잘하는 만큼 더 의심스러운 부분도 있는지, 시마자키는 말을 얼버무릴 뿐 그대로 받아들이지 않았다. 나는 의심을 받으면서도 특정한 사이트와 채널만 보는 것도 아니라고 강조해 두었다.

결국은 비밀주의, 그렇게 받아들여지겠지만 어쩌겠는가.

"다만―― 참고서가 도움이 된다고 느낀 적은 있었어."

서점은 자주 이용한다. 그러면서 참고서에 어떤 내용이 얼마나 나와 있는지, 몇 번인가 서서 읽었던 경험은 있다. 그 기억에 의지해 어떤 참고서가 학습하기에 제일 알맞은 느낌인지 시마자키와 요시다에게 알려주는 것은 가능하다.

"혹시 그걸로도 괜찮다면 조언해 줄까?"

아무것도 알려주지 않는 게 아니라 알려줄 수 있는 것은 알려주고 참고가 될 법한 부분은 참고하도록 도와주고 싶다, 그런 의지가 있다는 것만은 분명히 보여주었다.

이제 받아들이는 쪽인 시마자키가 어떻게 판단할까. 거기에 맡기면 될 것이다.

진실을 알려주지 않는 기분 나쁜 놈이라고 판단하고 끝낼지, 그런 측면이 있는 나에게 의문을 느끼면서도 자신의 양분으로 삼기 위해 현재 상황에서 앞으로 나아가는 선택지를 고를지.

거의 머뭇거리지도 않고 시마자키가 고개를 끄덕이며 대답했다.

"알았어. 사양하지 않고 그 조언을 들어볼게."

자신의 수준을 올리기 위해 우선은 믿어보기로 한 듯하다.

그 요청에 응하기 위해서 나는 느낌이 괜찮았던 참고서를 추천했다.

두 사람은 곧바로 그 참고서를 손에 들었지만, 요시다는 이내 구매를 포기했다. 그도 그럴 게, 참고서란 당연히 지망 대학의 수준과 방향성에 따라 필요로 하는 정보가 크게 달라진다. 높은 수준을 요구하는 시마자키에게는 맞는 참고서라고 하더라도 요시다와는 무관할 수 있다.

그래서 그 후 요시다의 의견을 잘 들은 다음, 나와 시마자키가 함께 그에게 맞을 듯한 참고서를 찾아주기로 했다.

30분 정도 참고서 코너를 어슬렁거렸고, 여러 가지 책을 살피며 이것도 아니다 저것도 아니다 하고 의논하면서 책을 들었다가 놓기를 반복했다. 별 의미 없어 보이는 대화도 있었지만, 나쁜 시간으로 느껴지기는커녕 오히려 알차고 즐거웠다. 조금씩이지만 차근차근 요시다의 의향을 파악하는 작업을 거쳐 최종적으로 살 참고서를 확정했다.

사소하면서도 서로 도와 뭔가를 완성했다는 일종의 성취감을 얻을 수 있었다.

마지막으로 우리 세 사람은 각자 따로 살 책이 없는지

구경하기 위해 잠깐 흩어져 돌아다녔다가 다시 서점 안에서 합류했다.

나는 흥미로운 잡지와 소설 몇 권을 발견했지만, 지금은 아직 프라이빗 포인트에 여유도 없고 해서 다음을 기약했다.

"그 책들은 뭐야?"

나와 시마자키가 추천한 참고서 이외에도 책을 한 아름 껴안고 돌아온 요시다에게 시마자키가 물었다.

"아, 이거? 꼭 참고서 말고 다른 것도 사도 되잖아?"

요시다가 들고 있던 것은 남성 패션 잡지와 만화책. 그리고 이성에게 인기를 얻기 위한 외형과 옷에 관한 내용, 토크 스킬, 테크닉이 담긴 책이었다.

"공부도 중요하지만 말이지, 연애도 중요하게 생각하고 싶다고. 이제 고등학교 생활이 1년도 채 남지 않았잖아? 여고생이랑 연애할 수 있는 마지막 기회를 그냥 버릴 수 있겠냐고."

셋이 함께 계산대로 향하면서 그렇게 말하는 요시다.

"꼭 마지막이란 법은 없는 것 같은데……."

살짝 어이없어하면서 시마자키가 지적했는데, 과연 일리 있는 말이다.

대학생이나 사회인이 되어서도 고등학생과 연애할 기회가 전혀 없는 것은 아니다.

아니, 나이 차이가 너무 많이 나면 그건 그것대로 다른 문제가 생기려나.

수학ⅢC

그런 식으로 진지하게 생각했는데, 큰 이유는 따로 있겠지.

"시라이시를 만날 수 없게 되면 안 되니까 그래?"

고도 육성 졸업 전까지, 라는 한정 조건이 붙어 있다고 해도 과언이 아니다.

그냥 별생각 없이 진짜 의도를 확인하고 싶었던 것뿐인데, 시라이시의 이름을 들은 요시다가 몹시 동요하면서 들고 있던 책을 한 권 떨어트리고 말았다.

"야, 아야노코지, 쓸데없는 소리 하지 말라고!"

내 입을 막으려고 했지만, 이미 나와버린 말은 취소할 수 없다.

"그냥 순수하게 궁금해서 물어본 것뿐인데…… 그럼 안 됐나?"

"안, 안 되지, 당연히. 따, 딱히 내가 시라이시를 좋아하는 것도 아니고! 전에도 말했었잖아?!"

그야 요시다 본인은 부정했지만, 행동은 그게 아니라고 계속 말하고 있다.

시라이시도 요시다에게 호감이 있다고 확신한다.

99%, 아니 100% 호감이라고 말해도 과언이 아닐 것이다.

"……시라이시? 너 시라이시를 좋아했어……?"

조금 앞서 걷던 시마자키가 뒤돌아보더니, 책을 주워 드는 요시다를 보면서 중얼거렸다.

"좋아하는 거 아니라니까! 그냥, 좀 신경 쓰일 뿐이라고!"

그 말은 역시 좋아한다고 봐도 지장 없는 대답 같기도 하다. 노골적인 반응이 돌아왔는데, 시마자키는 오직 공부에만 관심 있을 뿐 연애 따위에는 흥미 없는 듯했다. 그렇게 해석하려는데, 그의 낯빛이 아주 잠시 흐려졌다. 뭔가 생각하는 게 있나.

"……그렇구나……."

분위기가 무거운, 조금 전까지와는 다른 시마자키의 태도에 요시다가 바로 당황한 표정을 지었다.

"서, 설마 너, 자빠진 백 명 중이 한 사람이라고 말하려는 건 아니겠지?!"

"뭐라고? 자빠진 백 명이라니── 그럴 리가 없잖아."

황당해하며 한숨을 내쉰 시마자키가 바로 부인했다. 그리고 화난 표정을 지었다.

"요시다, 너 정말로 시라이시를 좋아해?"

"아, 아니라니까, 좋아하는 게 아니고 아주 조금 신경 쓰이는 것뿐이라니까 그러네."

부정하면 부정할수록 좋아한다는 소리로 들린다.

실제로 그 반응을 본 시마자키도 같은 생각이리라.

"그럼 그걸로 됐으니까 내 말 잘 들어. 그런 건 그냥 소문에 불과해, 시답잖은 소리를 진짜라고 받아들이지 마."

"그, 그야 그렇겠지만…… 아니 땐 굴뚝에 연기 나냐는 말도 있잖아……."

"그거야 불을 어떻게 땠는가에 따라 다르겠지. 그 소문은 시라이시가 의도적으로 직접 퍼트린 거야."

궁금하긴 했었던 백 명 자빠트린 아스카라는 별명.

그런데 상상하지 못했던 곳에서 강한 부정이 들어와 나는 좀 놀랐다.

요시다는 나보다 훨씬 더 놀라고 동요했는지 목구멍이 얼어붙기라도 한 듯 목소리가 나오지 않았다.

하지만 잠시 후 생각이 조금 정리됐는지 흥분한 목소리로 되물었다.

"뭐? 거짓말이라고? 어, 어떻게 네가 그걸 알아?"

시마자키는 조용히 주위를 둘러보았다. 로비에 있을 때보다도 더 신중하게.

다행히 다른 손님은 아무도 없는지 서점에 정적이 감돌았다.

그것을 확인한 후 요시다의 앞으로 온 그는 목소리를 한 톤 낮추고 입을 열었다.

"그 시답잖은 소문이 돌기 시작한 게 언제부터였는지 기억해?"

"으음, 내 기억에는…… 1학년 여름…… 쯤이었나. 20명 자빠트렸다는 둥."

100명을 자빠트리려면 당연히 한 명부터 시작되어야 한다. 고등학생이 되기 전에 달성한 게 아니라면 숫자가 적은 상태에서 소문이 시작되어야 자연스럽다.

뭐, 별명에 관해 잘 모르는 내가 이렇게 말하는 것도 웃기지만.

"정확하게는 무인도 시험이 끝난 후야. 시라이시가 니시카와랑 친해진 시기지. 그다음 2학기부터였어. 갑자기 그런 이상한 이야기가 나돌게 된 게."

내가 알 리 없는 1학년 A반 시기의 상황.

요시다는 그때를 회상하면서 잡지 모서리에 턱을 슬쩍 갖다 댔다.

"그럼 니시카와가 그런 소문을 퍼트리자고 했다는 거야?"

"확증은 없지만 아마도. 20명까지는 설령 진짜였다고 해도 100명이라는 소문은 틀림없이 거짓말이야. 이 학교에서 갑자기 80명이나 늘어나서 100명을 달성하다니 현실적으로 절대 말이 안 되잖아. 조금만 생각해 보도 누구나 다 알 수 있는데."

내가 100명 자빠트린 아스카 이야기를 들은 것도 니시카와로부터였다. 그럼 별명이 200명도 될 수 있는지 호기심에 물었더니 100명이면 충분해 보인다고 대답했었지.

일찍부터 몇 명 자빠트렸다는 식으로 소문을 퍼트려서 조금씩 굳혀나갔던 건지도 모르겠다.

그런데 무엇을 위해? 그런 의문이 자연스러운 흐름으로 생긴다.

"하, 하지만, 그렇게 단언…… 할 수 있을까? 중학교 때 20명은 진짜인지도 모르잖아."

반면 요시다는 다른 부분이 신경 쓰이는지 시마자키를

몰아붙였다.

"그런 건 모르지. 설령 진실이었다고 해도 그게 뭐 어쨌는데. 네가 시라이시를 좋아하는 데 걸림돌이 돼?"

시마자키가 강한 어조로 혼내듯이 되묻자, 자기가 몰아붙인 것보다도 더 강하게 뒤로 밀렸는지 보기 좋게 꼬리를 내렸다.

"아니…… 그건 아니지만……."

"어차피 같은 중학교 출신도 아닌 내가 뭘 알겠어. 하지만 지금 그 꼬리표 달린 소문이 거짓인 것만은 단호하게 말할 수 있어. 난 시라이시를 입학 직후부터 지켜봤으니까, 틀림없어."

시마자키가 그렇게 단언하더니, 아차 싶었는지 당황한 듯 시선을 피했다.

원래도 조용했던 서점에 미묘하게 어색한 침묵이 흘렀다.

"……반 애들을 전부 관찰하고 있으니까."

뒤늦게 둘러대듯 말을 덧붙였지만, 그답지 않은 행동을 보고 눈치채지 못할 리가 없다.

"너――."

거짓말이라고 단언한 근거의 속사정을 알아차렸지만, 그렇다고 직접적으로 표현하는 건 거부감이 들었겠지. 확인하고 싶은 감정과 확인하면 안 된다는 이성이 충돌하고 있다는 것을 요시다의 표정을 보고 알 수 있었다.

"오해하지 마, 요시다. ……그런 거 아니야."

"딱히 오해는…… 뭐…… 그렇다면 됐지만. 아니, 나도 딱히 시라이시에 대해선, 그러니까……."

두 사람은 서로 다른 쪽을 보며 말을 주고받았다.

아무래도 둘 다 다른 여학생에게는 느끼지 않는 강한 감정을 시라이시에게 품고 있는 듯했다. 당사자는 자신이 이성에게 인기 있다는 것을 잘 아는 눈치였는데, 단순히 허울뿐인 자신감이 아님이 이렇게 증명되었다.

"어쨌든 서점에서 볼일은 끝났어. 가게에 민폐 되니까 나가자."

시마자키는 요시다가 보내는 의심의 눈초리를 피하면서 그렇게 말했다.

하긴 살 것도 다 정한 지금, 여기서 줄줄 대화를 이어가는 건 민폐일 뿐이다.

게다가 이런 이야기를 다른 학생이 듣는 상황은 피하는 편이 좋겠지.

"……그러네."

우리는 빠르게 계산을 마치고 서점에서 나오기로 했다.

3

참고서를 다 골랐으니 이만 헤어질 줄 알았는데, 뜻밖에도 시마자키가 제안해서 휴게실에 들르게 되었다.

두 사람 다 어딘지 모르게 무거워진 분위기를 그대로 남겨두고 싶지 않았는지도 모른다.

그렇게 자연스럽게 사고하고 해석했는데, 이는 내가 개인적으로 감정에 대한 이해가 깊어졌다는 증거겠지.

장소의 분위기란 물리적으로 증명할 수 없는 어려운 것.

그러나 그 공간에 있는 사람의 표정과 긴장감 등을 알아차릴 수 있는지에 따라 인식은 명확하게 바뀐다.

요컨대 장소의 분위기란 각자의 생각을 거쳐 존재하는 셈이다.

입학 초반에는 그 장소의 분위기를 미처 깨닫지 못하고 놓쳤던 적이 적지 않았으리라.

아는 것 같아도 그래봐야 겉핥기. 불확실했던 순간도 많았겠지.

그만큼 이 『감정』이라는 것에 대한 지식이 희박했고 경험이 거의 없었다.

하지만 지금은 조금 다르다.

타인의 감정을 명확하게 피부로 느낄 수 있게 되었다.

그것도 무의식적으로.

구매한 책을 벤치에 올려둔 다음, 시마자키가 자판기 쪽으로 걸어갔다.

"뭐 마실래? 참고서 고르는 거 도와준 답례로 내가 쏠게."

우리에게 등을 보인 채 자판기를 응시하면서 물었다.

"그래도 돼?"

"당연하지. 그리고 아까 서점에서 보니까 너 돈 아끼는 중 같던데? 반을 옮기는 데 프라이빗 포인트를 썼다는 거 잘 알아."

통 크게 말해주니, 지금은 사양하지 않고 얻어먹기로 한다.

"나도 사 주냐?"

"넌 네 돈 주고 사 먹어라."

"쪼잔하긴……."

요시다는 작은 목소리로 투덜거리더니 어쩔 수 없다는 듯 시마자키의 옆에 있는 다른 자판기 앞에 가 섰다.

"사실은 카페 가서 사 주고 싶었는데, 지금은 사람이 많아서."

비가 오기도 해서 그런지 휴일에 시간이 남아도는 학생들이 줄지어 카페로 몰려들고 있었다. 근처를 지나칠 때 이미 많은 사람이 카페에 입장하기 위해 기다리고 있었다.

그런 의미에서 오늘만큼은 이곳이 이야기를 나누기에 더 적합하리라.

자판기에서 뽑은 블랙 캔 커피를 건네받아 뚜껑을 탁 땄다. 손가락으로 뚜껑 고리를 잠시 만지작거리다가 조용히 꾹 눌렀다. 살짝 찌그러진 알루미늄 틈새로 커피 향이 은은하게 올라왔다.

"블랙커피라니 취향 고상하네."

그렇게 말하는 시마자키도 똑같은 캔 커피였다.

"좋아해?"

"솔직히 말하면 내 취향은 아닌데, 집중력을 올려야 할 때는 이거만 한 게 없어. 각성 효과가 뛰어나거든."

아무래도 맛보다는 블랙커피를 마셔서 얻을 수 있는 효과에 주목한 모양이었다.

참고로 요시다는 뭘 살지 아직 고민되는 듯 자판기 앞에서 끙끙거렸다.

"오래도 고민한다. 필요 없으면 억지로 안 사도 되잖아?"

손가락이 자판기로 가지 않는 요시다의 등을 보며 시마자키가 지적했다.

"뭐랄까, 분명히 목은 마른데. 그렇다고 많이 마시고 싶지는 않은 거야. 이럴 때는 이거랑 이것 중에 뭘 살지 고민되지 않냐?"

그렇게 말한 요시다가 자판기에서 한 발 옆으로 스윽 물러나더니 우리 쪽으로 돌아보면서 두 음료를 번갈아 가리켰다. 하나는 500mL짜리 녹차, 다른 하나는 280mL짜리 녹차로 용량만 다를 뿐 똑같은 상품이었다.

"양만 보면 280짜리가 좋은데 가격 차이가 20포인트 난다고. 그래서 답을 몰라 너무 고민이야."

비단 음료에만 국한된 이야기가 아니라 상품 대부분이 그렇다. 과자 하나 살 때도 대용량을 사는 편이 양도 많고 싸지만, 개별 포장해서 소분한 것에 비하면 편의성이 떨어진다.

"가성비를 중시하지, 보통은. 20포인트 차이면 망설일 것 없이 500짜리를 사면 돼."

시마자키가 바로 대답했다. 자신은 늘 그렇게 하고 있겠지.

"그야 그렇지~. 그런데 결국 다 마시지 못하고 남길 때도 많은데. 그래도 네 말대로 가성비를 따지는 게——."

"나라면 280짜리로 사겠어. 처음부터 다 마실 자신이 없으면 나중에 가지고 돌아가더라도 시간이 지나면 맛도 떨어지잖아. 페트병을 한 번 개봉해서 마시면 아무리 녹차에 항균 작용이 있다고 해도 구내균이 들어가기 마련이야. 위생적인 면도 무시할 수 없지."

"윽……! 그, 그러네. 그럴 수도 있으니까……."

괜한 소리인가 싶기도 했지만, 일단 내 의견을 말했더니 요시다가 다시 망설이기 시작했다.

그리고 최종적으로 요시다가 한 선택은 버튼을 동시에 누르는 것이었다.

나온 것은 500mL 쪽. 그 페트병을 든 요시다의 얼굴은 만족한다기보다 이게 나았을까? 하는 자문. 다만 아마 280mL가 나왔어도 같은 얼굴이었겠지.

그렇게 고민에 고민을 거듭해 음료를 골라 그 자리에서 3분의 1 정도를 마시고 난 후, 그가 어딘지 안절부절못하는 모습으로 시마자키를 보고 있음을 알아차렸다.

서점에서 했던 이야기를 마저 하고 싶은데 어떻게 운을

떼야 할지 몰라서겠지.

"시마자키. 100명 자빠트린 이야기 말인데——."

지금은 내가 말을 꺼내 줘야겠다고 판단해서 직설적으로 물어보았다.

요시다가 곧바로 가까이 다가와 시마자키 옆에 앉았다.

"설마 너도 그 소문을 믿어? 아야노코지."

"처음에 니시카와한테 들었을 때는 그대로 받아들였는데, 지금까지의 흐름을 들어보니까 좀 부자연스럽게 느껴지는 부분도 있어. 다른 반이었다지만 그런 별명은 들어봤어도 이상하지 않은데, 시라이시의 소문은 하나도 들은 게 없었거든."

"그래? 하긴 아야노코지는 몰랐던 것 같긴 했는데……."

물론 내가 이런 쪽으로 둔하고 관심 없어서 그랬을 뿐일 수도 있지만, 별명 이전에 시라이시의 이름을 다른 학생으로부터 들은 적조차 없었다.

"하지만 전부 시마자키의 말이 옳다고 치면 말이야, 대체 무엇 때문에 그런 어중간한 짓을 했을까?"

이성을 멀리하려는 방편이라는 건 요시다의 머릿속에도 이미 떠올라 있겠지.

개중에는 화려한 연애 편력을 혐오하는 사람도 어느 정도 있겠지만, 옆에 있는 요시다가 시라이시의 소문을 알고도 호감이 떨어지지 않았듯, 절대적 효과는 없다. 또 그 소문을 다른 반, 다른 학년에 억지로 퍼트리지 않았다는 점도 기묘한 위화감이 든다.

"이건 그냥 내 추측인데…… 니시카와가 시라이시한테 특별한 감정을 품고 있는 것 같아. 그게 소문을 만든 발단이 아닌가 하는 거지. 남자를 멀리하게 하는 데 100명 자빠트렸다는 소문이 딱 좋다고 생각했던 것 아닐까. 그런 소문을 듣고 가벼운 여자라면서 좋아할 남자도 적잖이 있겠지만, 굳이 따지자면 혐오의 대상이 되는 경우가 더 많잖아."

우리가 느끼는 의문에 대한 정답 후보로 시마자키의 생각을 들려주었다.

"……지금 무슨 소리를 하는 거야? 니시카와는 여자인데."

"요즘은 꼭 성별로 연애를 한정하는 시대가 아니라고."

"그야 뭐, 그럴지도 모르지만……. 그렇다고 해도 시라이시한테 이득 될 것 없는 얘기잖아."

"그건 모르는 거 아닌가? 시라이시도 지금은 남자랑 사귈 마음이 없어서 남자를 멀리하기 위해, 니시카와의 의도를 알고도 제안을 받아들였을지 모르지."

캔 커피를 끝까지 다 마신 시마자키가 고개를 끄덕였다.

아직 단정 지을 수는 없지만 가능성으로 남겨둬도 될 듯하다.

"아니, 하지만, 아무리 그래도 그건 좀 과하지 않아? 단지 남자랑 사귀는 걸 피하겠다고 주변 사람들한테 가벼운 여자로 보이는 건 너무하다고 보는데?"

"나도 그렇게는 생각해. 그러면 또 하나의 가설이 떠오르지?"

아직 가설이 떠오르지 않는 요시다 앞에서 시마자키가 계속 말을 이었다.

"시라이시가 애초에 남자한테 관심이 없는 거지. 니시카와처럼 동성한테 관심 있으니까, 이성이 싫어할 소문이 나돌아도 크게 신경 쓰지 않는 선택을 했다, 그런 가설이야."

"헉, 지, 진짜……?!"

남자를 적당히 멀리하면서 여자의 호감은 받아들이는 것.

그 양쪽을 다 실현할 수 있는 아이디어가 아닌가 하는 얘기다.

니시카와가 시라이시의 취향을 아는지는 현재까지 알 수 없지만, 이 가능성도 전혀 없지는 않으려나.

시마자키가 했던『시라이시를 입학 직후부터 지켜봤으니 틀림없다』라는 발언도 전혀 과장은 아닌 듯하다.

하지만 동시에 허점도 눈에 띈다. 100명 자빠트렸다는 소문은 니시카와의 입으로 들은 것이지, 시라이시 본인에게는 별명에 관해 들은 바가 없다. 그렇다고 해서 본인이 모르는 곳에서 소문이 퍼진 것도 아니겠지. 반에서 쑥덕거리는 이상 본인 귀에 들어가는 것은 시간문제였을 터. 1학년 무인도 시험 때부터라면 거의 100%의 확률로.

그리고 시라이시가 동성을 좋아한다 해도, 이 소문은 이성을 멀리하는 역할을 하는 동시에 동성들까지 거리를 둘 위험도 내포하고 있다. 시라이시가 이성을 좋아한다는 인식이 대전제에 깔려 버린다면 여자도 쉽게 다가오지 못하겠지.

"아까도 말했지만 이건 내 개인적인 추측이야. 100명을 자빠트렸다는 거짓말 빼고는 전부, 아니 그것조차도 맞혔다는 보장은 전혀 없어. 내가 보고 멋대로 그렇게 생각해서 결론 내린 것뿐이야. 믿기지 않는다면 직접 확인해 보면 돼."

이야기를 마치고 흥분했던 감정이 조금 가라앉았는지 시마자키가 한숨을 쉬었다.

자리에서 일어나 캔 커피를 쓰레기통에 넣고 돌아왔다.

"그런데 왜 그렇게 자세히 알려주는 거야?"

"이유가 궁금해?"

"아니…… 알고 싶기도 하고, 알고 싶지 않기도 하고."

"걱정하지 마, 요시다. 안 물어봐도 대답할 생각이니까."

그렇게 말한 시마자키는 요시다——가 아니라 내 앞에 와 섰다.

"이 참고서는 고맙다. 그런데 난 아직 알고 싶은 게 많거든. 여기서 내가 도움을 주면 아야노코지가 언젠가는 입을 열어줄지 모르니까."

아무래도 시마자키에게 중요한 문제는 시라이시도, 요시다의 진심도 아닌 모양이다.

그런 것보다 지금은 공부의 효율을 우선하고 싶은 듯하다.

"지금 말해줘도 되고?"

"미안하지만 아까 말한 것 말고는 딱히 없어."

다시 똑같이 대답하자 시마자키가 한숨을 푹 내쉬었다.

"인터넷으로 조사하고 동영상 본다고 했던 그거 말이지. 미안한데 그런 평범한 방법으로 만점 받았다는 건 설명이 안 돼."

"우연도 컸다고 말했잖아. 좌우지간 쓸데없는 걸 조사하는 걸 좋아하거든. 앞으로 고등학교 3학년 때 뭘 배우고 대학에 가면 뭘 배우는지, 나도 모르게 미리 알아보는 버릇이 있어. 그러다가 어쩌다 시험에 나온 문제를 어떻게 푸는지 알았을 뿐이야."

계속 변명하자 시마자키가 입술을 앙다물었는데, 그런 자신의 태도가 어떻게 보이는지 깨달은 듯 이내 표정을 풀고 한숨을 토했다.

"하긴…… 모든 걸 쉽게 알려줄 리도 없나."

집요하게 더 캐물으려고 하지 않고 일단은 단념한 눈치다.

이런 부분에서의 이해력과 판단력이 나쁘지 않으니 대화에 군더더기가 없어서 크게 도움이 된다.

"하지만 정보는 정보야. 언젠가 비슷한 형태로 돌려받을 거야."

돈으로는 해결할 수 없는 빚인 만큼 내가 갚기란 힘들 듯하지만 어쩌겠는가.

이 이야기가 호감을 가진 요시다의 마음을 편하게 해주

었을 뿐만 아니라 시라이시의 사고에 의문을 가졌던 나에게도 유의미했다는 것은 분명하다.

3

잠시 후, 공부해야겠다면서 먼저 돌아간 시마자키.

한편 요시다는 아직 생각이 다 정리되지 않았는지 벤치에 앉아 음료가 절반쯤 남은 페트병을 움켜쥐고 등을 웅크렸다. 이래저래 이번에는 280mL짜리 쪽이 나았을 수도 있겠다.

"이만 돌아갈까? 날씨도 다시 나빠진다는데."

빗줄기가 여기서 더 거세져 버리면 우산을 써도 바지가 흠뻑 젖을 것 같다.

그렇게 물었는데, 정신이 딴 데 가 있는지 반응이 없었다. 잠시 가까이에서 지켜보다가 다시 재촉하려고 했을 때 웅크렸던 등이 곧게 펴졌다.

"……그래……."

그리고 힘없이 대답하며 몸을 일으켜 느릿느릿 걷기 시작했다.

"책 놔두고 갔는데."

벤치 위에 놓여 있는 책 봉투를 건네자 또 힘없는 대답과 함께 받았다. 좀전의 이야기가 꽤 마음에 걸리나 보다.

"만약에 시라이시가 동성을 좋아하면 어떻게 하냐……. 난 남잔데, 남자."

"아직 사실로 밝혀진 것도 아니잖아."

"하지만……."

"벌써 충격받을 바에는 시라이시를 좋아하는 마음은 접는 게 낫겠다. 100명 자빠트렸다는 소문이 사실이고, 동성을 좋아하는데 거기에 또 다른, 요시다가 바라지 않는 면이 나올지도 몰라. 내 말이 틀렸어?"

비단 시라이시에게만 국한된 이야기가 아니다. 누군가를 알아가려고 할 때 상상도 하지 못했던 과거가 튀어나오는 것은 앞으로의 인생에서 수없이 경험해 나갈 일. 그럴 각오가 아직 되어 있지 않다면 물러나는 것 또한 용기다.

"……바라지 않는, 면?"

충격받은 영향일까, 아니면 시라이시를 좋아한다는 사실을 인정했을까, 그 부분에는 반론하지 않았다.

"나는, 응, 그렇구나…… 100명 자빠트린 게 뭐 어쨌다고, 여자 좋아하는 게 뭐 어쨌다고, 그렇게 받아들이지 않으면 앞으로 나아갈 수 없겠지."

가능성을 열려면 가시밭길을 걸어가야만 한다.

팔에 힘을 싣고 책을 꼭 껴안은 요시다의 눈동자에 빛이 돌아왔다.

"그래── 나는……!"

"과거를 신경 쓰기보다도 지금 제일 낙담해야 하는 부분은 시마자키가 시라이시를 좋아한다는 거지. 이건 틀림없는 사실이니까."

"크허억!"

막 의욕을 불태우려던 요시다가 과장되게 피를 토하는 척하며 타격받았음을 온몸으로 표현했다.

"아, 아야노코지, 너는 나를 격려하고 싶은 거냐, 우울하게 만들고 싶은 거냐, 어느 쪽이냐고!"

"타이밍이 나빴던 것 같긴 하지만, 지금 상황을 알려주려고 했을 뿐이야. 그 어느 쪽도 아니야."

"어느 쪽도 아니라는 말도 심하잖아."

듣고 보니 과연 그렇다.

"격려하고 싶지."

"억지로 내 말 따라 하지 말라고. ……넌 뭔가 그런 놈이라니까."

내가 이것저것 분석하고 있듯 요시다도 나를 그런 식으로 분석한 모양이다.

"뭐 사실, 그게 현실이긴 하지. 설마 시마자키가 라이벌이었을 줄이야…… 하아."

케야키 몰 입구에서 나왔을 때 주변에 사람이 없기도 해서인지, 요시다가 다시 그렇게 말했다. 그 말을 토하지 않고서는 도저히 견딜 수 없었겠지.

우산을 펼치고 걷기 시작하니 이내 세찬 비가 우산을 때렸다.

"시마자키가 라이벌인 게 싫어?"

"그야 당연하지. 이런 쪽으로 라이벌은 한 명이라도 적은 게 좋다고. 가뜩이나 시라이시는 인기가 많으니까. 소문 때문에 대놓고 노리는 놈은 적지만, 만약에 그게 거짓말이라면 우르르 몰려갈지도 몰라."

그렇게 되면 시마자키가 어쩌고 하는 문제가 아니다.

"그래도 지금은 시라이시에게 마음을 전할 생각은 없어 보였어."

멀리서 지켜보는 것만으로 충분하다. 어떻게 보면 연애로 발전시킬 용기가 없다고도 할 수 있겠지만, 그것은 앞으로의 인생에 있어 얼마나 큰 비중을 차지할지에 대한 판단에 달려 있다. 학력이 높은 시마자키는 그래도 자만하지 않고 조금이라도 더 성과를 내기 위해 휴일에도 공부를 소홀히 하지 않는다. 그만큼 가고 싶은 학교의 수준이 높다는 것을 엿볼 수 있다. 그런 점을 봐도 제일 우선해야 할 게 연애가 아님은 틀림없으리라.

그래도 생각지 못했던 라이벌의 등장에, 연애를 우선하는 사람은 당연히 조바심을 느끼겠지.

"그렇지만 갑작스러운 심경 변화 같은 것도 있잖아……. 내가 대놓고 시라이시를 노리면 단념했던 감정이 폭발할지도 모르고. 안 그래?"

"그럴지도 모르지."

나와 시마자키의 앞에서 자신의 감정을 한 번 인정해 버려서일까, 요시다는 더 이상 속내를 숨기지 않았다.
연애 감정이란 쉽게 제어되지 않는 법이다.
그 본질을 직접 경험해 보지는 않았어도 지식으로서 이해는 하고 있다.
"혹시 몰라서 확인하는데, 너까지 시라이시를 노린다고 말하진 않겠지?"
"아니라고 말했을 텐데."
"그래도 소문이 거짓말이면 참전할지도 모르니까. 그리고 변심, 아니 점점 마음이 갈 수도 있지. 바로 옆자리이기도 하고."
좌우지간 확답을 받고 싶은지 집요하게 확인을 구했다.
"말로 안심해도 네가 과연 받아들일지 모르겠지만, 걱정하지 마."
현재까지 시라이시에 대해 반 친구 이상의 감정은 일절 없다.
진의를 확인하려는 듯 쳐다보는 요시다였지만, 이내 어느 정도 받아들였다는 듯 고개를 끄덕였다.
아마 받아들이는 것밖에 할 수 없겠지.
"하긴, 네가 사귀었던 카루이자와랑은 완전히 다른 스타일이긴 한가. 아니, 나쁜 의미는 아니거든? 카루이자와가 귀여운 건 틀림없는 사실이고."
카루이자와를 가루, 가벼운 여자로 보는 남자도 적지 않은데, 사실은 그런 이미지와 전혀 다른 구석도 있고 주위에서 상상하는 그런 타입이 아니다. 그래도 방금 한 요시다의 말은 무엇보다도 외모라는 점에 있어서 주위가 부러워할 수준이었다는 것을 뒷받침해 주는 증거다.

"하고 싶은 말이 뭔지는 알겠어."

애초에 음식에도 호불호가 있듯 연애 대상에도 어느 정도 취향이란 게 있다.

실제로 시라이시와 카루이자와는 비슷한 스타일이 아니겠지.

그런 점이 요시다를 조금 안심하게 만드는 요소가 된 듯하다.

그나저나 시마자키도 그렇고 요시다도 그렇고, 이른 시기에 가까워진 두 사람이 다 시라이시에게 관심 있다니 이건 도무지 우연 같지 않다. 어쩌면 반 애 중에 어느 정도는 시라이시에게 연심 비슷한 감정을 품고 있는 게 아닐까.

"지금 알 수 없는 게 하나 있는데, 시라이시가 실제로 이성에게 인기 있는 학생이야? 아니, 물론 일반 여학생들보다 시선을 끄는 뛰어난 외모라는 건 인정하는데——."

학년 전체로 보면 소수지만, 그래도 비슷한 수준의 여학생들이 있다.

"흠잡을 데 없이 귀여우니까. 그리고……."

"그리고?"

단순히 매력적인 외모 때문만은 아니다, 라는 말을 은근히 포함하고 있었다.

어서 오세요
실력지상주의 교실에
3 학 년 편
키누가사 쇼고
토모세슌사쿠
2

"류엔 군은…… 저한테서 아야노코지 군 정보를
무리하게 얻으려고는 하지 않네요."
"너한테 물어봐야 유익한 정보가
나올 것 같지 않아서 그럴 뿐인데."
"……정말로 그게 전부, 인가요?"
"뭐? 나한테 무슨 말을 듣고 싶은 거야.
어떤 방법을 써서라도 놈의 약점을
알아 오라는 명령이라도 받고 싶나?"
"——그건……."

"정말 감사해요."
"인사는 됐어.
내 멋대로 사과하려는 자기만족에 불과하니까."
그렇게 대답했지만 사실은 조금 다르다.
그냥 단순히 히요리에게 선물해 주고 싶었다.
순수하게 기뻐하면 좋겠다고 생각했다.
그런, 충동적인 마음에 선물한 꽃양귀비.

시라이시 아스카

나나세 츠바사

Welcome to the Classroom of the Third-year

하지만 부끄러운지, 아니면 알려주기 싫은 건지 더 말하지 않았다.

“어떤 면이 매력 포인트인지 물어봐도 될까?”

그래서 조금 더 깊게 물어보기로 했다.

“어? 그야…… 뭐라고 할까…….”

왠지 민망해하면서도 요시다가 말을 이었다.

“뭐랄까, 미스터리한 면이, 좋은 느낌으로 다가온달까.”

미스터리한 면. 요시다의 그 표현은 적확한 평가라고 말해도 지장 없겠지.

나 역시 시라이시의 사고에는 어딘지 종잡을 수 없는 느낌을 받았으니까.

또 이번에 시마자키로부터 100명 자빠트렸다는 시라이시의 별명이 거짓임을 단정하는 말을 듣게 된 것도 그렇게 느끼게 하는 요인이 되었다고 할 수 있다.

“미스터리한 면이라. 무슨 말인지는 대충 알겠는데, 미스터리의 정도로 따지자면 모리시타가 더 위인 것 같지 않아?”

똑같이 연애 대상인지 묻자, 요시다가 바로 눈꼬리를 치켜올렸다.

“무슨 바보 같은 소리야, 아야노코지. 모리시타는 미스터리한 게 아니라 그냥 이해 불가 괴짜지. 너도 뒤통수에 지우개 똥을 맞은 적 있잖아. 그 오망한 짓거리랑 똑같이 취급하지 말라고. 시라이시는 엄청 친절하기도 하니까.”

너도, 하면서 강한 어조로 말하는 요시다 역시 과거의

피해자인 모양이다.
자습 중에도 시라이시를 관찰하고 있었는지, 그 장면을 놓치지 않고 목격한 듯하다.
“미안. 그건 솔직하게 사과할게.”
모리시타와 동급으로 여겨선 안 됐다며 바로 반성했다.
“……알았으면 됐어. 아니, 그런데 너 설마 의외 중의 의외로 모리시타를?”
“왜 이야기가 그렇게 되는 거야.”
“아니, 그 녀석이 너 보고 자기 앞자리에 앉으라고 했을 때 좀 이상하다 싶었거든. 게다가 평소에 아무와도 어울리려고 하지 않는데 너한테는 자꾸 말 걸고. 그 녀석 입만 안 열면 귀엽잖아? 외모 평가를 내면 행실로 상쇄하는 희귀 케이스인데.”
과연 상쇄로 끝인지 의심스러운 부분은 있지만.
그래도 여기서 더 쓸데없이 놀리는 것은 역시 그만두는 편이 좋겠지.
이렇게 마음대로 자기 이야기를 했다는 사실을 알면 좋은 기분은 아닐 테니까.
“유감이지만 그건 아니야. 그쪽도 나한테는, 굳이 따지자면 경계심을 갖고 있을 거야. 정말 반을 도울 마음이 있는지 제일 의심하고 있어.”
연애가 어쩌고저쩌고하는 대상에서 가장 먼 지점에 있는 존재라고 말해도 과언이 아니다.

"그래서 너를 가까이에 뒀다는 말인가. 지금 한 말 다 사실이겠지?"

"매일 뒤에서 온갖 말을 다 해서 고생하고 있다고."

흉한 것에게 홀렸다, 그런 표현이 정확할지도 모른다.

"그렇구나. 그런 상태라면 모리시타가 연애 대상이 될 일은 없어 보이네. 애당초 있다면 그 사람은 상당한 괴짜겠지. 그리고 넌 모리시타 같은 애를 상대하지 않아도 인기 있을 거고. ……솔직히 완전 부럽다고."

"내가 인기 있어?"

"젠장, 사람 열받게 말하지 마라. 생긴 것도 멋있는데, 시마자키보다 머리도 좋고 운동신경까지 뛰어나잖아. 게다가 A반에서 C반으로 옮겨서 리더까지 됐는데? 평범한 여자라면 가만히 안 두지."

그게 인기 있는 거라고. 주위에서 나는 그렇게 보이는 모양이다.

반의 배신자이자 실력을 감췄던 비겁자.

남녀 상관없이 미움받을 짓만 골라서 하고 있는데, 같은 편이 된 C반 학생에게는 그런 인상이 희미한가 보다.

"사귀지 마라, 시라이시랑!"

더는 감정을 억누를 수 없는지 쩌렁쩌렁한 목소리로 마음을 터트렸다.

"뒤에서 시라이시가 듣고——."

"으악, 거짓말이지?!"

펼친 우산을 내던지고 펄쩍 뛰는 요시다.

심지어 책까지 던졌는데, 땅에 떨어지기 직전에 내가 잡았다.

"——있으면 어쩌려고? 하고 물어보려고 한 건데."

"그게 무슨 페이크야! 다 젖었잖아!"

허둥지둥 우산을 주워들었지만, 순식간에 후드 집업이 전부 비에 젖은 듯했다.

"그 정도는 금방 말라."

"남 일처럼 말하네……!"

책을 건네주고 다시 걷기 시작했다.

요시다는 표정을 휙휙 바꾸면서 희로애락의 감정을 전부 다 보여준다.

전체적인 공통점은 『연애 감정』이다.

내 앞에 있는 요시다가 시라이시를 진심으로 『좋아한다』라는 사실은 누구나 인정할 틀림 없는 사실. 그렇지만 나는 그 감정을 본질적으로는 아직 이해하지 못한다.

『연애 감정』을 알기 위해 카루이자와와 사귀었다가 여전히 모르는 채로 헤어졌다.

내가 알아낸 것이라고는 남녀의 단순한 연애 방식뿐, 감정적 분석은 하지 못했다.

누군가를 좋아하는 일.

누군가를 싫어하는 일.

진정한 의미에서 나는 아직 아무것도 모른다.

만약 네 반의 균형을 맞추겠다는 목적이 없었더라면 남은 1년 동안 그것을 더 추적해도 좋았을 것이다.

연애 감정을 가지고 카루이자와를 볼 수 있었을지도 모른다.

하지만 그것도 이제는 이미 다 지나간 일. 더는 의미 없는 상상이다.

진지하게 이야기를 늘어놓는 요시다를 보면서 나는 그냥 든 생각을 말해보기로 했다.

"너는 내가 부럽다고 했지만, 난 네가 부러운데."

"뭐? 내가? 왜?"

"시라이시를 좋아한다는 감정을 솔직하게 말할 수 있는 거. 아니, 그렇게 느낄 수 있는 요시다가 솔직히 부러워."

계산식으로는 나타낼 수 없는 문제에 요시다는 자연스레 몸을 맡긴다.

"아니, 아니, 아니 그러니까 좋아하는 게── 그런 말 하지 말라고. ……그저 일방적이고 좁사나운 마음인데."

여기까지 와서도 부인하려고 하다가 과연 이제 무리라고 판단했는지, 한 번 숨을 쉰 다음 다시 말을 이었다.

"하나도 부러워할 게 없다니까. 너 역시 나를 놀리는 거지?"

웃으면서도 살짝 화내는 건 진심이기 때문일까.

하지만 나도 진심으로 하는 말이다.

"놀리는 거 아니야. 난 연애 감정이 뭔지 아직 잘 모르겠어. 누군가를 진심으로 좋아하게 되고, 사랑을 이루고 싶고, 차이고 싶지 않고, 미움받고 싶지 않고. 혹은 반대로 이제 싫어졌다거나 헤어지고 싶다거나, 그런 플러스와 마이너스 감정을 모르겠어."

"그게 무슨 소리야? 지금 장난 치……는 것도 아닌 듯하지만…… 하지만 넌 카루이자와랑 사귀었잖아? 그것도 꽤 오래 사귀지 않았냐?"

틀림없는 사실을 들이밀었다.

"……됐어, 방금 한 말은 잊어줘."

이 마음을 언어로 표현해도 상대에게 이해받을 수 없는 얘기다.

요시다의 입장에서 보면 나는 카루이자와와 사귀었다는 엄연한 사실이 존재하는 사람.

연애에 관한 일련의 감정들을 전부 경험했다고 판단하는 게 당연하다.

그런데 내 말과 태도를 보고 완전한 이유까지는 모르더라도 뭔가를 알아차린 듯했다.

"뭐, 더 말하면 촌스러울 것 같으니까 그만두겠지만."

요시다는 그 한마디를 던지고 잠시 틈을 두었다가, 그래도 확인하고 싶은 것이 있는지 나를 똑바로 보면서 물었다.

"그러면 지금은 좋아하는 사람이 없는 거야?"

"없어."

"그래, 그런 녀석도 있겠지."

"그래서 부럽다는 말이야. 누군가를 진심으로 좋아할 수 있는 게."

"……너도 찾아내면 좋겠다, 진심으로 좋아할 수 있는 사람을."

진심으로 좋아할 수 있는 이성.

카루이자와와의 연애를 체험했고, 남들에게 이해받지 못할 이치노세와의 관계도 있으니, 아마 머지않았다는 것은 분명하다.

상대를 귀엽게 여기는 것, 예쁘다고 여기는 것.

이성을 대하면서 심박수가 올라가는 것.

그런 경험은 어느 정도 했다.

하지만 역시 내 안에 연애 감정은 여전히 싹트지 않았다.

아니면 내가 깨닫지 못했을 뿐 이미 경험했을까?

내리는 비를 바라보며 둘이 나누던 대화도 어느 정도 마무리되었다.

"일단 돌아가자, 아야노코지. 앞으로 빗발이 더 거세질 모양이니까."

그건 아까 내가 말했는데……. 뭐, 촌스러운 지적은 그만두자.

우두커니 서 있던 다리를 다시 앞으로 내디딘다.

짧은 시간이지만, 요시다와 시마자키와 이야기를 나눔으로써 그 사람에 대해 대충 파악을 끝냈다.

좋은 의미로도 나쁜 의미로도 겉과 속이 크게 다르지 않고, 둘 다 자기 생각을 비교적 잘 드러내는 스타일이었다.

요시다 쪽이 더 겉으로는 타인에게 엄격해도 속으로는 꽤 잘 챙겨준다. 시마자키는 누구에게든 잘 다가가지 않고, 너무 편향적이지도 않고, 적절한 거리를 두고 반 아이들과 친구를 대할 줄 아는 인물. 그 이외에 연애 때문에 고뇌하고 있다는 정보도 얻을 수 있었다.

같은 반으로서 분석은 충분히 마쳤다고 판단해도 될 듯하다.

둘 다 반에 없어서는 안 되는 존재인 데다 유용한 학생으로서 앞으로도 기능할 테니, 곤란한 일이 생기면 도와주고 보호해야 한다.

강해지기 시작한 빗속을 우리는 조용히 걸어서 기숙사로 돌아왔다——.

○무난한 시험

5월도 절반이 지나간 목요일.

고등학교 3학년이 된 학생 중 일부는 작년과는 비교할 수 없이 빠른 페이스로 진지하게 공부에 임하고 있다. 며칠 전 함께 서점에 갔던 시마자키도 그중 한 명이었다.

놀랄 것은 전혀 없다. 지망 대학과 지망 분야를 본격적으로 검토하기 시작하는 시기니까.

공부 이외에도 할 일이 다방면으로 깔려 있다. 대학교 팸플릿을 신청해 받아보고, 오픈 캠퍼스*를 앞두고 정보 수집을 하는 것도 중요하리라.

보통 이 학교 재학생이 학교 밖으로 나갈 수 있는 경우는 한정적이지만, 3학년은 여름방학 때 오픈 캠퍼스를 신청할 수 있다. 거기서 모의 수업과 입시 설명회, 개별 면담과 체험 이벤트 등에 참여한다. 팸플릿이나 홈페이지로는 다 전달할 수 없는 분위기, 자신과 잘 맞을지를 직접 눈으로 보고 느끼는 것은 아주 중요한 요소이리라.

이는 비단 진학뿐 아니라 취업을 희망하는 경우에도 비슷하다.

여름이 다가오면 기업 설명회라든지 현장 견학, 인턴십 등 다양한 각도로 사회에 나갈 준비를 시작해야 한다. 학생 대부분은 이때 진학할지 취업할지 결정하게 되는데, 그

*대학을 개방하여 수험생에게 미리 체험할 기회를 주는 행사.

중에는 예외도 존재한다.

이를테면 현재 시점에서 다양한 요인으로 인해 이미 장래가 결정된 케이스다.

가족 또는 친척이 경영하는 기업에 입사가 내정되어 있다거나, 진학도 취업도 하지 않고 프리터족으로 살아가는 쪽을 택한다거나.

아니면 그 어느 쪽도 아직 결정하지 않고 마지막 순간까지 진로를 보류하는 사람도 있을지 모른다.

이 모든 것의 공통점이라면 지난 2년에 비해 좌우지간 바쁘다는 사실.

"이제 좀 반 분위기에 적응했나요?"

홈룸 도중, 뒤에 앉아 있던 모리시타가 그렇게 속삭였다.

"나름대로."

"나름대로요? 혹시 센 척하는 거면 솔직해도 된답니다?"

"센 척하는 거 아닌데."

"정말요? 나를 신부님이라고 생각하고 괴로운 속마음을 고백하는 게 좋지 않을까요?"

전혀 센 척하는 게 아닌데, 왜 이렇게까지 신경 쓰는 걸까.

"혹시 걱정해 주는…… 건가?"

너무 의외인 모리시타의 말에 내가 슬쩍 뒤돌아보았다.

이렇게 느닷없이 물어보는 것도 모리시타 나름의 배려가 들어간 걸까?

"맞아요. 아직 적응 못 했다고 대답했으면 배꼽 잡고 웃어주려고 했거든요."

"전혀 '맞아요'가 아니잖아. 티끌만큼도 걱정 안 했는데."

그냥 놀리고 싶었던 모양이다.

설마 뒤돌아본 것조차 후회될 줄은 몰랐다.

"어라? 걱정해 주길 원했나요?"

"전혀."

진심으로 그렇게 대답했는데, 모리시타는 믿기는커녕 한층 의심스러워했다.

"아아, 센 척하네요. 히라가나 발음이 『아』로 시작해서 『카』로 끝나고 이름 글자 수가 아홉 개인 사람은 이래서 안 되는 거예요. 그런 통계가 나온 것도 수긍이 간다니까요."

완전히 마이너한 감성을 가진 사람에게만 먹힐 희한한 농담이다.

어쨌든 지금은 홈룸 시간이니까 더는 상대해 주지 않는 편이 좋겠군.

"방금 상대해 주지 않는 편이 좋겠다고 생각했나요?"

"아니라곤 못 하겠다."

나는 뒷자리 학생을 잊고 다시 앞을 보기로 했다.

"——내일부터 새로운 시험이 시작될 예정이야."

곧 홈룸이 끝나려 할 때쯤 마시마 선생님이 그렇게 말했다.

반 아이들은 조금 의아한 표정을 지었다.

내일부터라는 갑작스러운 부분. 그리고 이제 1, 2분만 지나면 홈룸이 끝나는 시점에 이 이야기를 꺼낸 데 위화감을 느낀 것이다. 보통 특별시험처럼 설명이 길어지기 쉬운 이야기는 시간에 여유가 있을 때 말을 꺼내기 마련이다.

쉬는 시간까지 잡아먹으면서 얘기를 이어갈 생각일까.

아니 애초에…… 방금 그 마시마 선생님의 전달 방식과 표현은 우연일까?

이야기의 어떤 대목이 마음이 좀 걸리기는 했지만, 일단은 선생님의 이어지는 말을 기다렸다.

"보수는 1위 반에 플러스 50포인트, 2위 반에 플러스 20포인트, 3위 반은 0, 4위 반은 마이너스 25포인트로 각각 반 포인트에 변동이 생긴다. 만에 하나 결과가 동률일 때는 보수가 어떤지까지 포함해 자세한 내용은 일주일 뒤에 발표할 거야. 그때까지 학생답게 행동하도록 주의 바란다. 그리고 이번에는 질문을 일절 받지 않아."

모니터에 규칙과 보수를 띄우지도 않고 그것만으로 설명을 마쳤다.

이상. 마지막으로 그렇게 덧붙인 순간 종이 울렸다.

선생님은 정말로 시험의 상세한 내용 설명과 추가 질의 답변 없이 교실에서 나갔다.

짧으면서 몇 가지 궁금증이 남는, 인상적인 설명이었다.

두 가지 의미로 받아들일 수 있는 표현과 학생답게 행동하라는 말. 그리고——.

순간 교실에 정적이 감돌았는데, 그때 하시모토가 의자

를 밀며 일어섰다.

"이 학교는 자꾸만 성가신 걸 우리한테 떠미네. 그래서 어쩔 거냐, 리더? 지금부터 회의 시작해?"

회의가 원활하게 진행될 수 있도록 하시모토가 그렇게 말하면서 뒤돌아 나를 보았다.

"가능하다면 반 아이들의 의견부터 들어보고 싶어. 그런 다음에 정보를 정리해서 내 의견을 말했으면 해."

모두에게 그렇게 말하자 하시모토가 피식 웃었다.

"아, 미안, 나쁜 뜻으로 웃은 거 아니야. 뭐랄까, 사카야나기가 리더였을 때와는 정반대다 싶어서. 예전 리더는 아무것도 묻지 않고 혼자 판단할 때가 많았거든."

모든 일의 본질을 혼자 생각하는 것이 사카야나기. 아니, 그런 의미에서는 나도 사카야나기와 같은 부류지만, 공교롭게도 지금은 반의 정보 수집까지 병행하는 중이다.

회의에서 학생들이 무슨 말을 할지 귀를 기울이고 싶기도 하다.

잠시 정적에 휩싸였다가 이내 사나다가 입을 열었다.

"선생님이 시험 내용을 일절 언급하지 않은 건, 당연한 말이지만 이번이 처음이야. 밝힌 정보는 보수랑 일주일 뒤에 시작한다는 것뿐——."

마시마 선생님이 했던 발언을 다시 되짚자, 타미야가 거기에 맞추듯 손을 들었다.

회의가 시작된 지 불과 5초. 조금만 다뤘을 뿐인데 상황이 움직이기 시작한다.

"잠깐만. 난 내일부터 일주일 동안 시험 기간이라고 생각했는데."

들은 몇 안 되는 정보를 가지고 시험을 다르게 이해한 사람이 있다는 사실이 벌써 드러났다.

"나도 타미야와 같은 생각이야. 내일부터 시험 기간이고 일주일 뒤에 결과가 나온다고 받아들였어."

이어서 동조한 사람은 시미즈였다. 적극적으로 회의에 참여했다.

"그런가? 마시마 선생님 말씀으로는 상세한 내용 발표가 일주일 뒤라고 하지 않았어? 그럼 내일부터 일주일 동안은 그 준비 기간이라고 받아들이는 게 맞지 않아?"

그다음에 손을 든 모토도이가 이유를 들며 시미즈의 말에 반론을 펼쳤다.

마시마 선생님의 발언 중 시험 기간과 관련 있었던 말은 『내일부터 새로운 시험이 시작될 예정이야』와 『자세한 내용 발표는 일주일 뒤』라는 두 가지.

전자만 있는 그대로 받아들이면 내일부터 시험이 시작된다.

반대로 후자만 있는 그대로 받아들이면 일주일 후에 자세한 내용을 설명하고 시험을 치른다.

듣는 이에 따라 절묘하게 판단이 엇갈리는 표현이다.

"……그렇군. 아까 마시마 선생님이 했던 말은 어느 쪽으로도 받아들일 수 있는 표현이었어. 그럼 우선 전체 의견을 가볍게 들어볼까. 선생님의 말을 명확하게 한쪽으로 판단한 사람은 손 들어줄래? 내일부터 준비 기간이고 일주일 뒤에 특별시험이 시작된다고 생각한 사람?"

바로 거수를 요청한 사나다. 손을 든 사람은 반의 과반이 넘는 19명이었다.

"다음으로 내일부터가 특별시험 기간이고 일주일 뒤에 자세한 설명이랑 결과가 발표된다고 생각한 사람?"

이번에는 아까보다 적은 12명.

어느 쪽에도 손을 들지 않은 학생은 판단이 서지 않아서거나, 아니면 단순히 대답하고 싶지 않아서겠지. 다수결로 판단할 일은 아니기 때문에 사나다는 따져 묻지 않았다.

이어서 시마자키가 손을 슬쩍 들었다. 내일부터 시험 준비 기간이라고 생각한 학생 중 한 사람이다.

"현재까지 틀림없는 사실은 어느 쪽이 됐든 규칙이 복잡하지 않다는 거지. 설명이 없었던 점이 그걸 뒷받침해 주고 있고, 보수의 증감 폭도 크지 않아. 학교 측에서 판정을 내리는 이상 눈에 보이는 형태로 경쟁할 것 같아. 있는 그대로 생각해 보면 시험 점수 같은 걸로 말이야. 학생답게 행동하라고 말했던 것도 학생의 본분인 공부를 가리키는 게 아닐까 하고 나는 판단했어."

시마자키는 마시마 선생님의 말을 유심히 들은 모양인지 『학생다운 행동』이라는 부분을 놓치지 않고 주목한 것 같았다.

"또 시험? 연속으로?"

하시모토가 미심쩍어하며 말했다. 얼마 전에 치른 『단체전, 소수전 학력 종합 테스트』. 그런 특수 규칙이 포함된 게 아니라 단순히 반의 평균점이나 종합 점수로 경쟁할 가능성을 생각한 시마자키인데, 하시모토는 연달아 필기시험으로 대결하게 할까? 라는 의문을 품은 듯했다.

"연속이라고 생각하면 확실히 이상하기도 하지만, 그건 그것대로 오히려 있을 법하지 않아? 공부라는 게 꼭 하라고 해서 하는 게 아니라 시키지 않아도 착실하게 해야 한다는 의미로 해석하면 규칙을 설명해주지 않은 것도 납득이 가고. 깜짝 쪽지 시험으로 경쟁하게 할 가능성은, 응, 있을지도 몰라."

시마자키의 옆에서 경청하던 여학생 츠카지도 그 의견에 동의하는지 고개를 끄덕였다.

일주일 후에 갑자기 시험을 치른다면 그럴 가능성도 충분히 있겠지.

하지만 깜짝 쪽지 시험이라는 표현은 모순을 내포하고 있다.

본래 깜짝 쪽지 시험은 전조, 예고가 없어야 비로소 의미 있는 법.

시험을 치른다고 고지한 후에는 더 이상 깜짝 쪽지 시험의 효력이 별로 없다.

다만, 그렇다고 해서 필기시험이 아니라고 확실하게 단정 지을 수도 없다는 것이 어려운 점이다.

어떤 교과목인지, 난이도는 어떤지 등이 하나도 공개되지 않은 이상, 학생들은 넓은 범위를 공부하거나 알아서 범위를 좁혀 공부하거나, 과목의 취사선택을 강요받는다. 그렇게 되면 꼭 높은 학력만이 승부를 결정짓는다는 법이 없다. 운에도 의지한 예측이 적중한다면 종합적으로 학력이 낮은 류엔 반이라도 조금이나마 승산이 있기 때문이다.

양쪽으로 의견이 갈리긴 했어도, 자신이 지지하는 쪽을 억지로 밀어붙이려 하는 사람은 아무도 없었다. 모두 똑같이 『이기고 싶다』라는 마음뿐.

그렇기에 후회하지 않도록, 의견이라는 이름의 재료를 저마다 내밀고 있다.

지금 시점에서 확실하게 어느 쪽인지 판단하기란 불가능하기 때문에 계속해서 회의를 이어갔다. 마시마 선생님의 짧은 설명을 최대한 곱씹으면서 앞으로 나아가려고 하는 긍정적인 자세는 솔직히 높이 평가하고 싶다.

이 규칙 설명 없는 시험에는 내용이 어떻든 명확한 의도가 들어 있다.

바로, 긴장감을 얼마나 오래 유지할 수 있는가다.

사람은 눈에 보이는 위험 앞에서는 자세를 똑바로 하고 강하게 경계할 수 있다.

또 명확한 목표가 있으면 앞으로 나아갈 수 있지만, 허

공에 붕 떠 있는 막연한 목표를 향하기란 쉽지 않다. 그만큼 오래 긴장감을 유지하기가 어렵기 때문이다. 일주일간 치는 건지, 일주일 뒤에 치는 건지 모르는 데다 그 내용조차 보이지 않는다.

그렇기에 사람은『가상』의 목표를 정하려고 하고, 또 정해야만 한다.

논의하는 것은 교착 상태에 빠지지 않고 전진할 수 있는 길잡이 만들기.

이것만 제대로 논의해도 서로 의견을 나눈 사람들에게는 훌륭한 성장 기회가 된다.

"하고 싶은 말이 뭔지는 알겠는데, 일주일 동안 대비하는 것과 일주일 후에 대비하는 건 그 방침이 완전히 다르다고. 그러니 과감하게 어느 한쪽으로 방향을 잡아야 해."

쉬는 시간도 절반밖에 남지 않았을 때, 논의가 평행선을 달리는 것이 못마땅했던 시마자키가 방침을 정하자고 제안했다.

"어떻게 생각해, 아야노코지. 이제 슬슬 답을 들어볼까."

리더가 나설 차례라면서 대표로 시마자키가 반의 방침을 요구했다.

"나온 의견에 대체로 동감해. 이번에 학교 측에서 일부러 규칙을 설명하지 않았다는 건, 그 규칙이 굳이 설명하지 않아도 이해할 수 있고 성립하는 것이어야 해. 그러면서 일주일이라는 단기간임을 고려했을 때, 지금까지 의논했던 것처럼 수업의 연장인 필기시험이나 운동 관련 테스트도 당연히 후보에 들어가겠지."

"그러니까 너도 내 생각처럼 일주일 후가 특별시험 시행 타이밍이라고 보는 거지?"

"아니, 어디까지나 그럴 가능성도 부정할 수 없을 뿐이야. 내일부터 우리도 모르게 시험이 시작될 가능성도 충분히 있어. 이를테면 이 논의를 통해 도출한 답이 무엇인지 제시하는 게 시험일지도 모르지."

다 함께 한 의논을 다시 되짚으면서 내 의견도 섞어서 대답했다.

"……우리가 무엇에 대비했는지. 그걸 학교 측에서 일주일 후에 확인한다는 뜻이야?"

"그래. 어떤 반은 필기시험에 대비해서 열심히 공부했고. 어떤 반은 운동으로 예상해서 그렇게 움직였고. 또 어느 반은 양쪽을 다 합한 답을 도출했고. 이걸로 판단을 내릴 수도 있지."

"아하……?"

그렇게 말해도 아, 그렇구나 하고 강하게 확신하는 학생은 없었다. 중요한 것은 지금보다 시야를 더욱 넓히고, 유한하면서도 많은 선택지가 있다는 사실을 고려하는 일.

"다양한 의견이 오갔는데, 내가 유력하다고 생각하는 후보 중 하나로 내일부터 일주일간『생활 태도』를 보는 게 아닌가 하는, 그런 가능성을 느꼈어."

학교생활에는 다양한 실천 활동이 있다. 비행 예방 주간, 재해 예방 주간, 독서 주간, 인사하기 운동 월간, 교통안전 월간, 배려하기 월간. 예를 들자면 한참은 더 들 수 있다.

"생활 태도……? 생각도 못 해본 의견인데……."

초반 이후로 계속 조용히 있었던 사나다가 턱에 손을 대면서 놀란 듯 중얼거렸다.

이 의견이 유력하다고 말한 데 의문을 느끼는 듯했다.

"그 말은 그럼, 1학년 때랑 비슷한 걸 한다는 뜻?"

"그래. 그때는 기간이 한 달이었지만, 시험이라는 사전 고지조차 없었지. 그 결과 내가 속했던 전 D반은 반 포인트를 전부 토해내고 대패했는데——. 이번에는 네 반이 그걸 파악했다는 전제로 맑고 올바르게 학교생활을 해나갈지. 그걸 시험하려 한다고 생각했어. 설령 생활 태도가 이번 시험과 무관하다고 하더라도, 이걸 머리 한쪽 구석에 넣어두기만 해도 큰 의의가 있어."

"그러네. 생활 태도는 거기에만 얽매일 필요 없는 일상 행동이지. 수업을 성실하게 듣고, 지각과 결석은 최대한 피해야 하는 거고, 등교 전과 하교 후에도 조심해서 행동하는 건 당연하니까."

시간을 따로 잡아먹는 것도 아니므로 후보에 넣어서 손해 볼 것은 없다.

"그래도 모든 반이 생활 태도에 주의하면서 대비하면 판정 포인트가 아주 엄격해질 거야. 교내에 있을 때뿐 아니라 그 밖에도 케야키 몰이나 통학로에 이르기까지 철저하게 모범적인 행동을 요구하겠지.”

승패를 가르는 것은 아주 세세한 차이가 될지도 모른다. 떨어진 쓰레기 하나를 줍지 않고 그냥 지나쳤다. 그런 행동 하나에도 1점씩 감점된다면 패배로 이어질 위험도 있다.

“나도 왠지 사생활과 관련된 시험이 아닐까 생각했어. 선생님이 학생답게 행동하도록 주의하라고 했던 말을 그렇게 받아들였거든.”

니시도 조금 머뭇거리면서 내 발언에 동조했다.

몇 명쯤, 머리로는 의견이 떠오르는데 말로 내뱉지 못했던 학생들이 동의한다는 듯 고개를 끄덕였다. 하지만 이거다 하고 확신하기에는 정보가 조금 부족하다.

아무도 지적하지 않은 마시마 선생님의 말을 여기서는 굳이 언급하지 않겠다.

바로 『특별시험』이라고 하지 않고 『시험』이라고만 말했다는 부분. 입학 후에 몰래 시행했던, 생활 태도를 본 한 달도 특별시험의 범주에 들지 않았으니까.

차바시라 선생님도 1학년 체육대회 때 『특별』이라는 부분을 빼고 말했던 전례도 있다.

하지만 그냥 단순히 말을 빠트렸을 가능성도 부정할 수 없으므로, 일단은 정보를 다 모은 뒤에 말해도 늦지 않는다고 생각했다.

"단정할 필요는 없어. 그보다도 어떠한 시험이 시행된다는 것까지 전제에 깔고 일주일을 보내야 한다는 사실은 다르지 않아. 단지 여기에 그걸 추가해 보자는 이야기지."

시마자키도 생활 태도를 보는 시험일 가능성을 부정하지 않고 받아들였다.

"시간을 할애해야 하는 거면 엄선해야 하겠지만, 사생활은 분리할 수 없는 부분이니까. 그 자체에 독자적으로 많은 수고가 들어가는 건 아니야. ——그 의견에 찬성해."

시험을 인식하는 방법이 두 가지로 나뉘어도 폐해가 없는 것.

그리고 누구나 평등하게 임할 수 있는 것이라면서 모두 순순히 찬성 의사를 밝혔다.

1

규칙 설명 없이 시험 발표가 있었던 그날 점심시간.

"아야노코지 군. 시간 좀 내줄 수 있나요?"

의자를 밀며 자리에서 일어나려고 했을 때 옆에 앉은 시라이시가 내게 말을 걸었다.

"응. 무슨 일인데?"

"괜찮으면 오늘 점심, 학교 식당에서 같이 먹지 않을래요?"

생각지 못했던 옆자리 주인의 제안. 시라이시의 그 말에, 멀리서 귀를 쫑긋 세우고 있었는지 요시다가 몸을 휙 돌리고 잰걸음으로 다가왔다.

"야, 같이 밥이나 먹자, 아야노코지!"

어디까지나 용무가 있는 건 너뿐이다, 라는 너무 티 나는 거짓 어필.

하지만 본인의 표정에서 남우조연상을 노릴 각오의 기백만큼은 잘 느껴졌다.

그렇게 너무 알기 쉬운 요시다를 구경하면서 시라이시가 웃었다.

이 상황에서 내가 취할 수 있는 최선의 선택지는 아마도 하나뿐이다.

"같은 제안이 우연히 겹칠 수도 있구나. 요시다도 같이 먹어도 될까?"

혹시라도 상의라든지 시험에 관한 이야기라면 거절할 필요가 있을지도 모른다. 그래서 확인을 구했다.

"물론 괜찮아요. 특별히 까다로운 이야기를 하려는 건 아니었으니까. 그럼 저도 니시카와 씨를 데려가도 될까요? 북적북적하면 더 즐거울 것 같은데."

단순한 식사 권유라는 사실이 바로 드러났으니 나도 거부할 이유는 없다.

"요시다도 괜찮아?"

"뭐야, 시라이시도 같이 가냐? 뭐, 나야 상관없지만."

이것도 빤히 보이는 연기였고 기쁨을 감추지 못했다. 열심히 무표정으로 있으려고 하지만 오히려 싱글벙글거리는 표정이 드러나니 정말 알기 쉽다.

이렇게 다 티 나는 남자, 요시다가 시라이시도 재미있어서(혹은 귀여워서?) 참을 수 없겠지. 계속 웃으면서 보고 있다.

"모리시타 씨도 같이 갈래요?"

니시카와도 다가와 작은 원이 형성되었을 때 시라이시가 내 뒤로 시선을 던졌다.

"저는 사양할게양."

네 사람에게 낄 생각은 없는지 이상한 말로 거절하는 모리시타.

하시모토는 나를 힐끔 봤지만, 그냥 평범한 식사 자리로 들렸는지 여기에 합류할 생각은 없어 보였고 혼자 일어나 복도 쪽으로 걸어갔다.

시험이 발표된 직후이기도 해서 하시모토 나름대로 시간을 쓸모 있게 활용하기 위해 정보 수집과 탐색 등을 하려는 걸까. 그 후에 모리시타도 혼자 교실을 빠져나갔다.

"유감스럽게도 거절당했네요."

"신경 쓰지 마, 모리시타 따위는. 자, 어서 가자."

요시다가 시라이시에게 그렇게 말하고 교실 밖을 쳐다보았다.

"잠깐만. 또 같이 가고 싶은 녀석이 있는데, 물어봐도 될까?"

"또? 아아, 하시모토 말인가?"

"아니, 하시모토는 벌써 교실에서 나갔어."

"뭐야, 그런 거야? 보통은 너한테 말 거는데 말이지. 그러면 누군데."

나는 아직 의자에 앉아 있는 한 학생의 등으로 시선을 던졌다.

세 사람 다 그 시선을 좇아, 말 걸고 싶은 인물이 누구인지 확인하고는 깜짝 놀랐다.

"정말로?"

"정말로."

요시다가 험악한 표정을 지은 후 시라이시 일행을 쳐다보았다.

"……그래도 될까, 시라이시, 쟤를 넣으면 힘들어질지도 모르는데."

즐거운 식사 시간이 될 수 없음을 우려하면서 어떻게 할지 맡겼다.

"후후후. 재미있을 것 같지 않아요? 저는 대찬성이에요."

거절해 주면 좋을 텐데, 하고 희망하는 요시다를 향해 시라이시가 웃음을 던지고는 받아들인다고 허락했다. 요시다는 당혹스러워했지만, 니시카와도 흔쾌히 승낙했다.

"재밌겠는데. 나도 찬성."

"진짜 여자들은 이럴 때 과감하다니까……."

아니면 그저 단순히 요시다가 당황하는 모습을 즐기고 있는 건지도 모르지만.

시라이시와 니시카와의 미소를 보고 있으면 그런 생각이 절로 든다.

그래도 허락해 준 것은 나로서는 기쁜 일이다. 그렇게 두 여학생의 동의를 얻은 나는 그 인물—— 키토의 자리까지 걸어갔다.

2

다섯 명이 학교 식당으로 향해 저마다 식권 발매기에서 식권을 사서 주문을 마치고, 모두 음식을 받아 아직 비어 있는 구석 테이블에 자리를 잡았다.

내 오른쪽에 요시다, 왼쪽에 키토. 맞은편에는 시라이시. 그리고 요시다의 정면에 니시카와가 앉았다. 사실은 요시다와 시라이시를 마주 보고 앉게 해줄 생각이었지만. 요시다가 조심스러웠는지 부끄러웠는지는 몰라도 그렇게 앉는 것을 피했다.

본인은 자연스럽게 행동한다고 했겠지만, 내 의도나 요시다가 하는 행동의 의미를 시라이시와 니시카와도 느낀 모양이었고, 특히 니시카와는 숨기지도 않고 히죽히죽 즐겁다는 듯 웃었다.

"엑…… 아야노코지다……."

가까운 곳에서 그런 목소리가 들려와 고개를 돌리니, 이케와 혼도가 트레이를 든 채 우리를 보고 있었다. 아마도 이쪽 자리가 비어 있어서 앉으려고 했던 모양인데, 나를 발견하고 바로 피하기로 했는지 점점 멀어져갔다.

"아야노코지 군, 꽤 미움받고 있는 것 같네요."

"그것도 무리는 아니지. 저 녀석들한테는 완전한 배신자니까."

그렇다. 내가 이케 무리를 피했으면 그런 자의식 과잉이 또 없겠지만, 그 반대는 당연한 반응. 친한 척 말 거는 게 더 이상해 보이겠지.

"특별시험도 시작되니까 괜히 정보를 빼앗기고 싶지 않은 것 아니야?"

"그렇겠지."

니시카와와 요시다가 나누는 대화를 들으면서 나 또한 비슷한 생각을 했다.

솔직히 최소한으로 그 정도의 방어 의식을 갖췄으면 좋겠고, 더 바라자면 사적 감정을 빼고 C반 정보를 훔치기 위해 싫은 사람의 가까이에 앉는 노력 정도는 했으면 좋겠다. 그들이 근처에 앉기만 해도 우리 다섯 명은 경솔하게 말할 수 없게 되고, 동시에 나에 대한 괴롭힘으로도 이어지기 때문이다.

하지만 이케 무리는 그런 분위기조차 없이, 그저 우연히 가까운 자리를 잡으려고 했던 것뿐이다.

두 사람은 다시 돌아오지 않고 멀리 떨어진 자리에 앉기로 한 듯하다.

"아, 그렇지, 그렇지. 말하려고 했는데 이번 달 OAA 확인해 봤어?"

옛 반 친구와의 우연한 만남도 있어서일까, 요시다가 화제를 바꿔서 우리에게 그런 질문을 던졌다.

"저는 아직이에요. 뭐 특이한 거라도 나와 있었나요?"

나와 니시카와는 고개를 가로저었고, 키토는 반응조차 하지 않았다.

아무도 보지 않은 것을 확인한 요시다가 씩 웃으면서 나를 손가락으로 가리켰다.

"이 녀석, 아야노코지의 OAA 말이야."

그러더니 스마트폰을 꺼내서 니시카와와 시라이시에게 화면을 열어 보여주었다.

그런 다음 내 쪽으로도 화면을 돌렸다.

아야노코지 키요타카

학력 A+(96)

신체 능력 A−(81)

기지 사고력 B(66)

사회 공헌도 B+(77)

종합 능력 B+(80)

내 OAA 화면으로, 최신 학교 평가가 표시되어 있었다.

"이게 왜요?"

"왜요가 아니지. 자세히 보라고, 여기 종합 능력. B+은 3학년에서 종합 톱 클래스라고, 톱 클래스. 반 이동이랑 저번 특별시험 과정과 결과가 학력, 기지 사고력, 사회 공헌도에 영향을 미쳤다는 증거잖아."

하긴 C반에 들어온 뒤부터 노골적으로 능력을 아낀 적은 전혀 없다.

필기시험도 대충 치지 않았고, 체육 등에서도 주어진 과제에 평범하게 임했다. 그러니 1, 2학년 때에 비해 점수가 올라가는 것이 필연이긴 하겠지.

반 이동에 관해서는 보기에 따라 사회 공헌도 등이 마이너스가 될 가능성도 있었지만, 어디까지나 학교 측이 인정한 규칙과 제도이고 당연히 합법적인 이동이었기에, 그것 자체는 평가에 좋게도 나쁘게도 크게 영향을 미치지 않았다고 보는 편이 좋을 듯하다.

"지금은 잠정적이긴 해도 C반 리더. 너, 진짜 대단한 놈이었구나."

"되게 기뻐 보이네, 욧시. 아야노코지가 대단한 건 틀림없겠지만 그래 봐야 남의 성적 아니야? 네 성적도 아닌데 그 정도까지 기뻐할 일이야?"

"야, 그야 이제 우리 편이니까 그렇지. 국민적인 사랑을 받는 야구 선수나 축구 선수도 나랑 직접적으로 상관없어도 하나의 팀이라고 느끼니까 무조건 대단해 대단해 하면서 응원하잖아. 그거랑 같다고나 할까. 지난번 홈런도 그렇고 극적인 역전 골도 그렇고 완전 소름이었다고. 온 일본이 들썩이면서 축제 분위기였지."

열변을 토하는 요시다였는데, 그 열량이 니시카와에게는 전달되지 않는 듯하다.

"그런가? 난 그런 땀 냄새 나는 운동은 별로 안 좋아해서 잘 모르겠는데."

반박부터 하는 니시카와의 말에 진절머리 났는지, 요시다가 시라이시에게로 시선을 옮겼다.

"시, 시라이시는……? 내가 하고 싶은 말이 뭔지 알지?"

"네, 물론 이해해요. 저도 아야노코지 군을 응원하는 학생 중 한 사람이고요. 이런 멋진 인재를 반에 영입해서 정말 기쁘답니다."

"그, 그렇지? 역시 그렇잖아."

"난 기쁨보다 질투 쪽이 더 크지만~. 누가 봐도 부러워할 만한 성적이니까."

"속 좁네, 니시카와."

"현실적인 거라고 말해줄래? 그리고 맹신은 위험하다고 봐. 강한 자에게는 무릎을 꿇어라, 빨간불이어도 다 함께 건너면 무섭지 않다. 공교롭게도 난 그런 영웅들을 무조건 응원하지는 않는 주의라. 오히려 일방적인 정보전달에는 질린 사람이거든."

요시다의 주장에 니시카와는 끝까지 노골적으로 부정적이었다.

"너 성격 진짜 끝내준다."

"고마워."

요시다가 숨김없이 싫은 티를 팍팍 내도 니시카와는 기쁜 듯 웃었다.

"키토 군은 어떻게 생각해요? 아야코노지 군의 OAA 말이에요."

학교 식당까지 따라오긴 했지만, 시종일관 입을 다물고 있는 남자에게 시라이시가 말을 걸었다. 키토는 자기가 고른 메뉴인 카레라이스에 시선을 떨어뜨린 채 미동도 보이지 않았다.

요시다와 시라이시처럼 칭찬할까, 니시카와처럼 부정적으로 경계심을 드러내 보일까.

이 학교의 기준 레벨이라면 내가 아직 더 위로 올라가는 것쯤은 식은 죽 먹기이기에, 내 보여주기식 성적이 반에 미치는 영향을 최대한 자세히 파악해 두고 싶다.

만약 니시카와처럼 생각하는 학생이 많아서 불만이 점점 쌓여간다면 페이스를 다시 잡을 필요성도 생기겠지.

"쓸데없어, 물어볼수록 헛수고라고. 어차피 관심 없다는 한마디로 끝내겠지."

"남의 OAA 평가에는 관심 없어."

불쑥, 그러나 중심이 잡힌 목소리로 대답하는 키토.

"그것 봐라."

"하지만――."

키토의 날카로운 시선이 나를 찔렀다.

"……이 정도로 실력이 있으면서 2년 동안 계속 숨긴 이유는 좀 궁금하군. 그리고 왜 이제 와서 실력을 드러내기 시작했는지…… 그것도 말이야."

OAA가 도입된 것은 2학년 초반. 나구모가 학생회장이 된 이후의 이야기다.

그때 내 성적은 과연 평범하기 그지없었다.

"그러고 보니 옛날에 아야노코지의 OAA가 어땠더라? 모든 반을 전체적으로 본 적은 있지만 기억이 잘 안 나는데."

"나도 기억 안 나, 아야노코지의 인상조차 거의 희미하고. 아스카는?"

"그러, 게요……. 저도 안 나요."

세 사람 모두 내 OAA가 어땠는지 전혀 기억에 없는 듯했다.

나는 대답하지 않고, 머릿속으로 1년 전 데이터를 떠올렸다.

학력 C(51)

신체 능력 C+(60)

기지 사고력 D+(37)

사회 공헌도 C+(60)
종합 능력 C(51)

틀림없이 지극히 평범한, 딱히 언급할 만한 부분이 하나도 없는 성적이었다.

그렇기에 1년 전과 비교했을 때 전체적 성장만큼은 틀림없이 학년 최고 수준이 맞으리라. 이는 의도적으로 능력을 발휘하지 않았기 때문이지만, 주위에서 이상하게 느끼는 것은 정상적이다.

그래도 절대 자랑할 만한 수준은 못 된다.

지금은 다른 반, 그것도 전에 속했던 반에 관한 이야기가 되기 때문에 언급하지 않겠지만, 순수한 성장으로 따지자면 스도야말로 자랑할 만한 OAA다.

"분명 평범한 성적이었을 텐데요, 그런 만큼 지금의 OAA는 시선을 강하게 끄는 부분이 있어요. 아야노코지 군이 입학 초반부터 지금처럼 능력을 발휘했다면 호리키타 씨의 A반은 지금 반 포인트를 더 많이 모으고 위에 있었겠지요. 말이 조금 벗어나 버렸는데, 왜 본래 실력을 드러내기 시작한 건가요?"

키토는 시라이시에게 자신의 뒷말을 맡길 생각인지, 커다란 숟가락으로 카레의 루와 라이스를 퍼서 입에 넣었다.

"나는 튀는 걸 별로 좋아하지 않아. 처음에는 A반으로 졸업하는 것에도 관심 없었어. 그래서 반이 올라가든 내려가든 별로 관여할 생각이 없었지.”

“그런데 3학년이 되기 전? 된 후? 에 생각이 바뀌었다는 거야? 그 말이 사실이라면 완전히 확 바뀐 건데. 사실이라면 말이야.”

역시 요시다에게 품은 의심과 마찬가지로 내 말에도 강한 의문을 드러내는 니시카와.

“안 믿는다는 건 알겠는데, 정말 사실이야.”

“그럼 말이지, 그렇게 튀는 걸 꺼리고 성실하게 임할 생각도 없었던 아야노코지가 갑자기 진짜 능력을 드러낼 마음을 먹게 된 이유가 뭐야?”

“전에 설명했던 것 같은데 새삼스럽네. 사카야나기가 떠나 이길 수 없게 된 상황을 어떻게든 해결하고 싶다고 도와달라면서 하시모토가 부탁한 게 큰 요인이야. 내 능력으로 도움이 될 수 있다면 그 반의 리더가 되어도 좋겠다고 판단했어.”

지금은 살짝, 반 이동이 하시모토의 작품이었음을 다시금 강조해 둔다. 반에서 의심의 눈길을 많이 받는 하시모토는 따지자면 기피 대상이 되어 있으니까.

“으음. 왠지 잘 안 와 닿는데. 아스카도 그렇게 느끼는 부분이 있지?”

잠시 생각한 시라이시도 고개를 끄덕이며 동의했다.

“도움이 되고 싶다, 리더가 되고 싶다고 생각한 게 진심이라고 해도, 그런 이유만으로 하위 반으로 옮긴다는 것이 말이 안 돼요. 그대로 A반에 남아 있으면 아야노코지 군이 이끌 수도 있었을 테고, 일이 더 원활히 진행되지 않았을까요?"

"맞아, 맞아. 위험을 무릅쓰면서까지 배신할 필요는 없는데~."

"잠깐만, 아야노코지를 너무 비난하지 말라고. 그 바람에 의욕을 잃어버리면 어쩔 거야."

"이 정도 추궁 좀 받았다고 의욕을 잃는다면 어차피 별 볼 일 없는 거죠."

요시다가 나를 감쌌는데, 니시카오가 웃으면서 그 말을 가볍게 일축했다.

"뭐…… 그래도……."

"그렇게 단순한 얘기가 아니야. A반은 호리키타를 리더로 세웠고 그 지위가 확고히 자리잡혀 있어. 그런데 내가 갑자기 나서면 혼란만 일어날 뿐이지. 게다가 진지하게 리더를 맡을 거라면 하위 반을 다시 일으키는 것 정도는 하지 않으면 의미가 없어."

"……고생하더라도 자기 손으로 A반까지 올라가고 싶다는 건가."

그렇다고 하자 요시다는 감탄한 듯 두세 번 고개를 끄덕였다.

"그 당돌함은 인정이다."

"사람이 독특하달까, 완전 M 성향 같은 느낌? 아니 정말,

정말이야?"

연거푸 웃으면서도, 여전히 사라지지 않는 의심을 대놓고 말하는 니시카와. 이걸로 의심이 걷히지는 않겠지만, 계속 대답하는 편이 좋겠지.

그러나 내가 입을 여는 것보다 먼저 요시다가 굳은 얼굴로 말했다.

"전부는 아닐지 몰라도 어느 정도는 사실을 말하고 있다고 보는데."

"아야노코지의 부하 말은 너무 가벼우니까."

"누가 부하라는 거야!"

"그럼 하시모토 2호라고 불러줄까?"

"그건 진짜 싫다."

짧고 빠른 말싸움이 이어지다가 니시카와가 오른손에 든 젓가락을 한 바퀴 돌렸다.

"그럼 사실을 말하고 있다고 생각하는 그 근거가 뭔데?"

"딱 보면 안달까. 아무리 봐도 모리시타와 비슷한 수준으로 괴짜잖아."

감싸주는 건 고마운데, 모리시타와 동급으로 보는 건 마음에 안 든다.

"잠깐 안 본 사이에 잘도 이 정도까지 욧시의 신뢰를 얻었구나~."

"어머, 니시카와 씨. 저도 아야노코지 군을 많이 신뢰하고 있답니다?"

요시다가 말했던 미스터리한 미소를 머금으며 시라이시가 대답했다.

"왜 왜? 특별시험에서 성과를 보여줘서? 아니면…… 개인적 취향?"

니시카와가 오늘 본 것 중 최고라고 말할 만한 의미심장한 미소를 지으며 요시다를 쳐다보았다.

"개, 개인적 취향이라니…… 뭔데, 그게."

요시다가 당연하다는 듯 그 말을 물고 늘어지며 니시카와를 추궁했다.

"다 알아들었으면서. 사실은 욧시가 아스카한테 그렇게 보이고 싶을 뿐 아니야?"

"그야…… 뭐…… 아, 아니, 그럴 리가 없잖아!"

저번에 시마자키와의 대화에서 백 명 자빠트렸다는 소문이 거짓일 가능성이 부상했었다.

하지만 그건 어디까지나 시마자키의 의견임을 잊어서는 안 된다.

실제로, 부정한다는 걸 남들에게 말하지 말라고, 그 이후에 못 박았었다.

어리석은 학생이라면 몰라도, 요시다는 그것을 절대 내색조차 하지 않는다. 오히려 100명 자빠트렸다는 소문이 사실이라는 전제로 이야기를 이어가고 있다.

아니면 부정하고 싶지만, 아직 시마자키의 말을 완전히 확신하지는 않는 것일까.

"난 아직 호리키타가 보낸 자객설을 남겨두고 있지만 말이지."

이 정도까지 거침없이 말하는 니시카와를 보며 요시다의 표정이 더욱 굳어졌다.

"그런 말은 그만하지, 니시카와."

"왜? 나까지 욧시처럼 전폭적인 신뢰를 보내라는 말이니? 난 그렇게 쉬운 여자 아닌데."

"전폭적인 신뢰? 엉뚱한 소리 좀 하지 마. 우리 C반과 아야노코지의 사이에 아직 그런 신뢰 관계는 형성되지 않았어. 지금은 서로를 탐색하는 시기야."

"으음? 그런데도 아야노코지의 반 이동도 앞으로의 활약도 벌써 의심하지 않는 거네?"

"그게 아니야. 일단은 믿어보는 거지. 적어도 아야노코지는 첫 특별시험을 잘 극복해서 그 자격을 얻었잖아. 아니면 항상 아야노코지를 의심하면서 앞으로도 도움이 될까? 정말 우리 편일까? 하고 계속 말하는 게 옳은 행동이라고 할 셈이야?"

실실 웃는 니시카와에게 이제는 짜증을 감추려고도 하지 않는 요시다가 열을 올리며 강하게 주장했다.

"욧시치고 지나치게 멋있는데——."

니시카와는 얼굴은 여전히 요시다를 향해 있으면서도 눈만 살짝 돌려 시라이시를 보았다.

"그래, 뭐 그게 옳을지도 모르지. 지금 당장은 무리지만 최대한 빨리 아야노코지를 믿을 수 있게 되면 좋겠다고는 생각했달까.”

이 정도까지 드러내놓고 나를 의심하는 니시카와가 여기서 한 발 뒤로 물러났다.

“저는 양쪽의 마음을 다 잘 알아요. 그러니까 여기서 한 번 서로에 대해 좀 더 자세히 알아보는 건 어떨까요? 특별시험 결과처럼 눈에 보이는 성적도 중요하지만, 사생활을 전혀 모르는 상태로는 진정한 의미에서 상대방을 알 수 없으니까요.”

시라이시가 두 손을 모으고 그렇게 제안했다.

“그거 괜찮네. 네 말대로 아야노코지가 어떤 사람인지 아직 잘 모르겠거든.”

시라이시가 말해서일까, 순순히 찬성하는 니시카와.

“모처럼 이렇게 같이 점심 먹고 있으니까, 자기소개를 다시 해보기로 해요.”

짜증 내던 요시다도 시라이시의 제안이면 받아들일 수밖에…… 아니, 벌써 너무 좋은지 눈꼬리가 한껏 내려가 있었다.

“그럼 저부터 시작할게요. 저는 평일에 혼자 있으면 곧장 기숙사로 돌아갈 때가 많아요. 니시카와 씨나 다른 친구들이 제안하면 케야키 몰에 들르기도 하지만, 그렇게 자주는 아니고 일주일에 한두 번 정도예요.”

학생 대다수는 땡전 한 푼 없는 상황이 아닌 이상에야

하루가 멀다고 케야키 몰에 갔다가 귀가하는 날이 많다. 자잘한 쇼핑에서부터 놀이까지, 개인 시간 대부분을 즐길 수 있는 유일한 장소이기 때문이다.

"아스카는 내가 놀자고 해도 자주 거절해."

"미안해요. 굳이 말하자면 혼자 있는 걸 좋아해서요. 하지만 휴일에는 오히려 외출해서 사람 만날 기회를 늘리려고 노력해요. 그래도 오전에는 느긋하게 쉬고 오후부터 활동할 때가 많달까. 자주 가는 곳은 카페랑 잡화점이에요."

이렇게 시라이시는 자신에 관해 알려주기 위해 예상보다 더 세세하게 행동 패턴을 말했다. 거기에 맞춰서 니시카와도 이야기를 시작했다.

"그러면 다음은 나. 난 대체로 케야키 몰에 간달까~. 혼자 갈 때도 많고, 친구들이랑 갈 때도 많고~. 타카나시나 츠카지 같은 애들이랑."

발랄하게 말을 꺼낸 니시카와는 친구의 이름을 언급한 후에도 말을 술술 이어 나가면서 어떤 대화를 나누고 무엇을 하는지까지 자세히 들려주었다.

"알았어, 알았다고. 충분하다 못해 과할 만큼 잘 알았다니까."

어느 정도까지는 묵묵히 들어주던 요시다도 몇 분이 지나도록 말이 끝나지 않자 한계가 왔는지 강제로 끼어들어 말을 끊었다.

니시카와는 아직 할 말이 한참 남은 듯했지만, 뚱한 표정으로 내게 바통을 넘겼다.

"솔직히 다른 애들이랑 별로 다르지 않다고 생각해. 굳이 차이점을 들자면, 최근 들어서는 평일이든 휴일이든 시간이 나면 헬스장에 나가는 것 정도일까."

"헬스장이라면 2층에 있는? 거기 다니는 애가 있었구나."

니시카와가 특이한 것이라도 보는 듯한 얼굴로 중얼거렸다.

"우리 반에 다니는 녀석이 또 있어?"

"으음, 아마 없지 않을까?"

요시다와 아이들은 퍼뜩 떠오르는 반 아이가 없는 듯했다.

나도 헬스장에 그렇게 자주 가는 편은 아니지만, C반 학생을 본 기억은 없다.

"하긴 별로 인기가 없을지 모르지만, 그래도 학교 전체에서 서른 명 가까이는 다닐걸. 신입생도 앞으로 조금은 들어올 테고."

게다가 학교 관계자도 이용할 수 있기 때문에, 아마 어른까지 포함하면 총 마흔 명에서 쉰 명 정도는 다니지 않을까 싶다.

"누구 헬스장 안 다닐래?"

"우왓, 진짜 못한다, 아야노코지……."

"이 흐름에 갑자기 권유하다니, 센스가 너무 없네~?"

요시다와 니시카와가 거의 동시에 느낀 점을 말하면서 나를 보았다.

그때 키토가 살짝 난폭하게 의자를 끌며 일어섰다.

카레를 다 먹었는지 트레이를 들었다.

"……교실로 돌아간다."

그 한마디만 남기고 그룹에서 빠져나갔다.

"결국 대화에 거의 끼지 않았네……. 아니, 그럼 왜 같이 밥 먹자는 걸 받아들인 거야?"

"글쎄? 키토는 무슨 생각을 하는지 잘 모르겠으니까. 얼굴도 무섭게 생겼고."

자기 생각을 있는 그대로 말하는 니시카와가 나쁘다고까지는 말하지 않겠지만, 마지막 한마디는 틀림없이 괜한 사족 아닌가.

어쨌든 키토와의 거리는 역시 쉽게 좁혀지지 않을 듯하다.

그 후 나는 식사를 이어가면서 방과 후에 할 일을 생각했다.

이제 슬슬 도서실에 가볼까 고민하던 참인데, 운 나쁘게도 오늘은 시험이 발표된 날. 아직 규칙을 좁히기에는 가진 재료가 부족하므로 방과 후에는 그쪽으로 시간을 할애하고 싶다.

그럼 내일── 다시 시간을 만들어보자.

분명 그러는 편이 더 여유롭게 히요리와 대화를 나눌 수도 있을 테니까.

○상대방을 아는 것

아침 홈룸 시간의 종료를 알리는 종소리와 동시에 서로 얼굴을 마주 보는 A반 학생들.

관례처럼 되어가는 예고 없는 특별시험 발표지만, 이번에는 조금 다른 전개에 당혹감을 감추지 못했다.

"이, 이상이라니요, 설명이 너무 부족한데요!"

교실에서 나가려고 문 앞까지 간 차바시라 선생님을 이케가 허둥지둥 불러세웠다.

"말했을 텐데. 이번에는 질문을 일절 받지 않는다고."

"아니, 하지만……."

차바시라 선생님이 보라는 듯 한숨을 푹 내쉬고 얼굴만 돌려서 이케를 보았다.

"내가 일부러 차갑게 대하고 있는 게 아니야. 이번 시험의 구체적인 규칙을 교사들이 자세히 말해줄 수 없게 정해졌을 뿐이야."

엄격한 말투에 이케를 포함한 반 아이들의 표정이 더욱 굳었다.

"언제까지나 애 같은 소리 하지 말고 성장하는 모습을 보여주면 좋겠구나. 입학 초기와는 다르다고, 내가 그렇게 생각할 수 있게 해주길 바란다."

더 타격을 가하듯 말을 내뱉는 차바시라 선생님.

괴롭히려는 것이 아니라 처음부터 규칙 설명에 시간을 쓸 계획이 없었다는 사실은, 홈룸 종료 직전이라는 부자연스러운 타이밍에 한 시험 발표로 좀 알아차리라는 뜻.

차바시라 선생님은 그대로 교실 문을 열고 조용히 자리를 떠났다.

문이 탁 닫히고 나서도 교실은 조용해지기는커녕 선생님이 떠나면서 오히려 더 소란스러워졌다.

"진짜로 그냥 가네. 규칙도 말 안 해주고 시험을 어떻게 치라는 거야!"

"일부러 차갑게 대하는 게 아니라고 했지만, 그래도 차갑지 않았냐?"

"그러니까, 엄청 차가웠다고. 혹시 저번 특별시험 때 져서 그러나?"

"우리도 진짜 열심히 한 건데."

투덜투덜, 학생들이 자기 좋을 대로 불만을 늘어놓았다.

"그렇게 말하고 싶은 마음은 알겠는데, 일단 진정하자. 시끄럽게 떠든다고 해서 규칙을 알 수 있는 것도 아니잖아."

시끄럽다고 어필하려는지 스도가 새끼손가락을 왼쪽 귀에 꽂으면서, 초조해하는 아이들을 진정시켰다.

"스도 말이 맞아. 규칙 설명이 없다고 그렇게까지 화낼 필요는 없어. 다른 반도 똑같은 조건에서 싸우는 거니까 지금 단계에 유불리는 없잖아."

크게 울려 퍼진 스도의 목소리에 맞춰서 히라타도 그렇

게 말하며 학생들을 달랬다.

"하지만 규칙을 모르면 할 수 있는 게 아무것도 없잖아. 차라리 아무것도 몰랐다가 일주일 뒤에 바로 시험 치는 게 낫지 않나?"

"나도 그게 낫다고 봐. 이건 사람 피 말리는 느낌이랄까."

이케의 끝없는 불평에 시노하라도 강하게 동조했다.

하고 싶은 말도 모르지는 않지만, 이미 이렇게 특별시험은 발표되고 말았다.

그렇다면 우리가 할 수 있는 일은 그저 성실하게 임하는 것.

애초에 생각도 해보기 전부터 힌트가 없다고 단정 짓는 것은 문제가 있다.

수습이 힘들어질 때까지 가만히 지켜보고 있을 수만은 없으므로 입을 열기로 했다.

"특별시험은 내일부터 시작되니까, 여기서 당황하고만 있는 건 시간 낭비야. 우선 진정하고 모두 아이디어를 모아서 의논해야 해."

"아이디어라고 해도, 규칙 설명을 못 들었으니까, 우리가 할 수 있는 일이 없잖아?"

혼도가 어이없어하면서, 전원이 켜져 있는 칠판 대용 대형 모니터를 바라보며 평소와는 다르다고 다시 한번 강조했다.

"지혜를 서로 나누면 규칙에 가까워질 가능성이 있어.

다 함께 어떤 특별시험일지 상상하면서 선택지를 미리 준비하면 돼."

"아니, 그야 네 말이 맞을지도 모르지만, 그래도 아까 선생님의 태도는 그냥 넘길 수 없지 않아? 그 차가운 태도는 도대체 뭐였나 싶은데?"

차바시라 선생님이 보였던 행동이 퍽 마음에 들지 않았는지 시노하라가 그 부분을 계속 물고 늘어졌다.

그리고 몇 명쯤 되는 학생들도 동조했다.

특별시험의 내용보다 우선해야 할 일은 전혀 아닌 것 같은데…….

물론 차바시라 선생님은 예전에 비해 많이 부드러워졌다. 실제로 2학년 후반부에 가서는 꼭 딴사람처럼 우리에게 웃어주는 빈도도 늘어났다.

3학년이 되고 아야노코지가 반을 옮기면서 선생님도 상처받았을 것이다.

그런 부분이 태도에 드러나기도 할 것이다. 하지만 그건 선생님도 우리 A반이 장차 혹독한 전개를 강요받게 된다는 걸 느끼고 있다는 증거가 아닐까…….

다시 정신을 바짝 차린다는 의미에서도 쓸데없는 친절과 미소는 최소한으로 봉인했다—— 라거나.

무엇보다도 이유가 뭐가 됐든 무조건적인 친절을 바라는 건 잘못된 생각이다.

나는 그렇게 받아들였는데 다른 아이들은 그렇지 않다.

일부 학생의 불만 어린 시선이 나와 히라타 그리고 스도에게도 향하고 있었다.

모두가 말로 표현할 수 없는 좌절감을 느끼며 괴로워하고 있다.

그런 과정까지 고려했을 때, 강하게 몰아세우면 적잖은 저항감을 느끼리라.

반 아이들 모두 아야노코지가 빠지면서 발생한 불협화음에 휘말린 피해자라는 사실을 잊어서는 안 된다.

결국 1교시가 시작되기 전까지 만족할 만한 논의를 하지 못하고 시간만 흘러가 버렸다.

1

쉬는 시간과 점심시간 등을 틈틈이 활용해, 불안을 느끼는 A반 학생에게 개별적으로 말을 걸어 방과 후에 같이 얘기해 보자고 부탁했고 동의를 얻었다.

이케와 시노하라를 필두로 불만을 드러낸 학생의 감정이 계속 상한 상태로 방과 후를 맞이하는 일이 없도록, 조금이라도 속을 풀어주고 싶었으니까.

너무 과하지 않느냐고 스도는 말했지만, 아침에 보인 태도와 별반 다르지 않게 여전히 싸늘한 차바시라 선생님을 보니 미리 움직이길 잘했다는 확신이 들었다.

"호리키타. 점심시간에도 말했지만 1시간 후에 학생회 안건으로 학생회실에 가야 한다. 의논하는 거야 상관없지만 잊지 말도록."

"네, 알고 있어요."

그리고 역시라고 할까, 오후 홈룸 시간에도 선생님은 특별시험 내용을 언급하지 않은 채, 나에게 가까이 다가와 그 말만을 남기고 교실에서 나갔다. 그 모습을 지켜본 나는 몸을 움직였다. 아침처럼 불평 대회가 열리는 건 피하고 싶으니까.

바로 교단 앞으로 가서 섰을 때, 다른 한 학생도 움직이기 시작했다.

우려 대상으로 인식하고 있지만 유일하게 말을 걸지 않았던 인물이다.

"저 자식이……."

가까이에서 조용히 중얼거린 스도가 혀를 차며 뒤돌아보았다.

그렇다, 유달리 주목을 모으는 학생 코엔지가 혼자 자리에서 일어나 곧바로 교실에서 나갔다.

"야, 코엔지——."

스도가 바로 따지듯이 가볍게 불러세웠지만 전혀 돌아보지도 멈춰 서지도 않고 가버렸다.

이는 늘 있는 일. 그는 의논을 방해하지 않지만 그렇다고 협력하지도 않는다.

그걸 잘 알기에 방과 후가 될 때까지 말도 걸지 않았다.

선불리 협조해 달라고 했다가 갈등을 빚는 게 더 힘들다고 포기했기 때문이다.

유일하게 말을 걸었던 스도도 사실은 같은 생각일 터.

그걸 보여주듯 그 역시 코엔지의 사라진 뒷모습에 흥미를 잃었다.

이거면 됐다. 그 없이 평소처럼 의논을 시작하면 된다.

그편이 대화도 원활하게 진행되고 문제가 별로 일어나지 않는다.

하지만…….

늘 있는 일, 그렇게 계속 넘겨버려도 정말 괜찮을까.

"히라타, 미안한데 먼저 시작해 줄래? 빨리 돌아올게."

"응, 알았어."

흔쾌히 받아들인 히라타에게 이 자리를 잠시 맡긴다.

부탁해도 소용없다는 걸 알면서도 나는 재빨리 복도로 나가 코엔지를 쫓아가기로 했다.

잰걸음으로 복도를 지나 신발장으로 향하는 그의 뒤를 쫓았다.

그리고 내가 찾던 그 커다란 등을 발견하자 바로 거리를 좁혀서 옆에 나란히 섰다.

"잠깐만 기다려줄래?"

키 큰 그를 가까이에서 올려다보며 말을 붙였다.

"오우, 호리키타 걸. 나한테 무슨 볼일?"

코엔지는 나에게 한 번 눈길을 주었지만, 고개까지 움직이지는 않았다. 얼굴은 꼿꼿하게, 귀가 방향만 향해 있었다. 길고 큼직한 걸음에 열심히 보폭을 맞추며 계속 쫓아갔다.

"이야기만이라도 들어줬으면 좋겠는데."

"걸어가면서라면 조금은 들어줄 수도 있지."

"아니. 지금 당장 교실로 돌아가 논의 내용을 들어줬으면 해."

나의 사소한 부탁.

코엔지는 요란한 리액션 없이 그저 하얀 치아를 드러내며 웃었다.

"그래봐야 헛수고 아닐까? 내 시간은 가치를 매길 수 없을 만큼 소중하거든. 그리고 그대와 나 사이에는 계약이 성립하고 있지. 내가 도와야 할 이유가 없잖아?"

"그래, 그건 잘 알아. 그래도 내가 하고 싶은 말은 회의에 귀를 기울여줬으면 좋겠다는 것뿐이야. 특별시험에서 이기기 위해 도와 달라고 부탁하는 게 아니야. 발언도 바라지 않고."

그의 능력에 의지해 승리에 공헌해달라고 하면 당연히 거절당할 것이다. 거절할 권리가 있다는 것을 사실로 인정한다.

"회의 끝날 때까지 앉아 있기만 하면 돼, 어려운 일 아니잖아?"

"열변을 토하는데, 나는 모르겠네. 대체 뭘 위해서 그렇게 해야 하는지?"

"반이 다시 하나로 뭉치는 데 필요한 일이니까. 네가 흐트러뜨리는 걸 바라지 않아. 한 명이라도 규율을 흩트리면 전체적인 사기에 영향을 미쳐."

내 말의 정당성과 호소. 코엔지에게도 분명 조금이나마가 닿을 터.

그렇게 생각하면서 계속 올려다본 그의 옆얼굴이 다음 순간에 띤 것은 실소였다.

"푭. 이상한 소리를 하네. 나 하나 빠진다고 반이 하나가 되지 못한다면, 그건 그냥 그대의 실력이 거기까지인 거지, 호리키타 걸."

"내가 우수한지 아닌지는 둘째 치고, 반에서 멋대로 구는 학생이 한 명이라도 있으면『하나로 똘똘 뭉쳤다』라고 평가할 수 없잖아? 조각이 하나만 빠져도 그 퍼즐은 완성되지 못해."

"그렇군. 조금은 유쾌한 대답도 할 줄 아네. 그런데 그대는 다시라고 말했지만, 나를 제외하고 반이 한 번이라도 하나로 똘똘 뭉친 적이 있었나?"

그런 가차 없는 말에 나는 순간 표정이 굳어서 걸음을 멈추고 말았다.

하지만 이 정도 반론에 코엔지를 그냥 보낼 수는 없다며, 이내 다시 걷기 시작했다.

"결속한 적 없다는 말은 좀 심하지 않니? 지금까지 2년 동안, 내내는 아니었어도 반이 하나가 된 적도 많아. 그래서 지금 A반이 될 수 있었고."

고난을 함께 극복해 왔다. 다른 사람에게 자랑할 만한 수준은 아니더라도 사실은 사실이다.

"그대 혼자만의 생각——이라고 덧붙여 주고 싶네."

"너의 생각은 다르다, 라고 덧붙이는 게 좋겠어."

가는 말이 고와야 오는 말이 곱다지만, 물러설 수 없는 이상에는 무리해서라도 물고 늘어진다.

"A반이 된 게 결속의 증거라니. 운 좋게 반이 이겼던 건 아야노코지 보이가 움직였기 때문이잖아. 그런 건 굳이 내가 말하지 않아도 그대라면 잘 알 텐데?"

"……물론 아야노코지가 반에서 나간 건 사실이야. 하지만 오로지 그 애의 능력만으로 우리 반이 이긴 건 아니야."

"만약에 진심으로 하는 말이라면 그것참 웃긴 얘기로군. 결속이니 하나로 똘똘 뭉치니 하고 있는데, 그냥 아야노코지 보이가 없어도 이긴다고 굳게 믿고 싶은 것뿐 아닌가?"

"그건——."

그의 가차 없는 말이 내 등에 칼을 꽂았다.

"내가 여기서 교실에 돌아가 봐야 아무 의미 없어. 아무리 발버둥 쳐도 그대가 리더로 있는 한 다른 반한테서 승리를 가져올 일은 없다는 말이야."

돌려 말하지 않고 내 실력 부족을 지적했다.

"나로는 역부족……이라는 말이야?"

반이 일치단결할 만큼 신뢰를 얻고 있는 이치노세. 공포와 폭력으로 반을 이끄는 류엔. 그리고 높은 실력으로 성과를 내고 인정받았던 사카야나기.

압도적 실력으로 순식간에 반에 받아들여진 아야노코지——.

나와 비교했을 때 차이가 난다는 것은 부정할 수 없다.

"그래, 그럴지도 몰라. 하지만 그렇다고 여기서 멈춰 서도 되는 건 아니잖아? 할 수 있는 일부터 해나가야만 해. 바로 그 불완전한 결속을 다지기 위해서."

"그 자체를 부정하진 않아. 그대들이 뭘 하든 자유니까 말이야. 그리고 이 몸이 반의 지시에 따를 이유도 의무도 없는 이상, 계속 불참하는 것 역시 자유고."

"넌 우수한 학생이야, 그건 나도 잘 알아. 하지만 아야노코지가 적이 된 이상 우리 반은 머지 않아 A반 자리를 위협받게 될 거야. 너는 그래도 상관없니?"

돕지 않으면 A반으로 졸업할 수 없을지도 모른다.

코엔지에게 그럴 각오가 되어 있는지 확인했다.

행동…… 어딘지 평소와는 다른 기색을 놓치지 않으려고 그의 전체적인 모습을 주시했다.

하지만 시험하는 듯한 나의 시선을 받고도 코엔지의 태도는 전혀 달라지지 않았다.

그러기는커녕 오히려 유쾌하다는 듯이 웃었다.

"결국 그대도 똑같군."

여전히 걸음을 늦추려고 하지 않고 교실에서 점점 더 멀어졌다.

"……똑같아? 뭐가 똑같아?"

"나의 위기감을 부추겨 필사적으로 움직이려 드는 그 값싼 속셈 말이야."

"……나 말고 또 똑같이 굴었던 사람이 예전에 있었다는 뜻이야?"

지금 우리 반에서 코엔지의 이기적인 행동을 비난할 수 있는 사람이 있었던가. 천하의 스도조차 가볍게 주의를 주는 정도이고, 학생 대부분은 말을 거는 것도 피한다. 히라타라면 말을 걸 때도 있겠지만, 위협하는 행동은 절대 하지 않을 테고.

"글쎄, 어떨까."

계속 추리하는 사이 어느새 승강구까지 도착해버린 듯했다.

"나를 더 쫓아와 봐야 시간 낭비인데 그만하는 게 어떨까."

"……그 충고를 들어주고 싶지만, 그럴 수가 없네."

끝까지 물고 늘어졌다.

코엔지가 난처하다면서 교실로 돌아가자고 말해줄 때까지.

마음속에서 불타오르는 각오를 분명히 느꼈는데, 그 불길은 한순간에 꺼지고 말았다.

"충고? 끝까지 눈치라곤 없는 걸이네. 공교롭게도 방금 한 말은 충고가 아니라 경고야."

"윽……?!"

코엔지의 시선, 그 눈동자를 본 나는 숨을 삼켰다.

웬만해서는 보여주지 않는 코엔지의 희미한 살기가 담긴 짜증.

일상이 협박인 류엔 같은 사람이 보여주는 것과는 다른, 특유의 안광.

"호리키타 걸은 나까지 적으로 만들 생각인가?"

같은 편은 아니지만 중립.

그런 입장을 무너뜨리게 할 작정이라면 봐 주지 않겠다는 경고였다.

"……그럴 생각은 없어."

각오는 눈 깜짝할 사이에 소멸하고, 나는 걸음을 멈췄다. 멈출 수밖에 없었다.

도움을 못 받는 선에서 끝나면 차라리 낫지, 만에 하나라도 적으로 만든다면 아무 의미가 없다.

그는 좋은 쪽으로든 나쁜 쪽으로든 트러블 메이커. 마음만 먹으면 반을 와해하는 짓도 서슴지 않으리라.

"굿. 그럼 난 이만 실례."

애가 타면서도 결국 지금의 나는 코엔지의 걸음을 멈추게 만드는 것조차 못했다.

2

반 회의가 계속 평행선을 달리며 끝나지 않는 가운데, 나는 학생회 일 때문에 히라타와 아이들에게 뒷일을 맡기고 서둘러 학생회실로 향했다.

어떻게든 방향성만이라도 잡고 싶었지만, 이루지 못했다.

원래라면 납득이 갈 때까지 계속 의견을 나누고 싶었는데…… 이것만은 어쩔 도리가 없다.

학생회실 앞에 도착하니 나나세도 이미 와 있었는지 꾸벅 머리 숙여 인사했다.

"고생이 많으십니다, 호리키타 학생회장."

"빨리 왔네."

그렇게 한마디씩 주고받으며, 아직 아무도 없는 학생회실에 함께 들어갔다. 그리고 학생회장 의자에 앉자, 나나세가 옆에 서서 인쇄지 두 장을 보여주었다.

"아까 1학년 A반 담임이신 호죠 선생님께 자료를 받았습니다."

각각의 종이에는 어떤 학생의 정보가 담겨 있었다.

한 명은 1학년 A반 쿠사나기 미나토. 다른 한 명은 1학년 D반 마키 유마.

"그리고 이건 안건의 개요입니다."

프로필을 훑어본 후 또 다른 종이 한 장을 받았다.

복잡한 내용은 딱히 없었고 가볍게 읽어보면 파악할 수 있는 내용이었다.

"이 두 사람이 크게 싸웠다는 거네."

날짜는 지난주 금요일이고 장소는 1학년 기숙사 뒤편.

D반 마키가 A반 쿠사나기를 불러내 말싸움을 벌이다가 주먹다짐으로 발전했다.

두 사람 다 얼굴까지 포함해 몇 차례 때려서 마키는 전치 3주, 쿠사나기는 전치 1주의 부상을 입었다. 기숙사 뒤편에서 돌아오는 모습을 제삼자가 발견하면서 싸움이 들통났다. 다행히 그다음 주 월요일부터는 등교할 수 있게 되었다――.

"기숙사 뒤편이면 그 애들이 싸우는 모습이 찍힌 동영상은 없겠네?"

"네. 감시 카메라 사각지대라. 다친 두 사람이 기숙사로 돌아오려는 타이밍에 역시 귀가 중이던 제삼자가 발견하면서 사건이 발각되었다고 합니다."

어디에 카메라가 있고 어디에 카메라가 없는가.

그런 건 입학한 지 얼마 되지 않은 1학년들도 이미 파악한 모양이다.

"학교에 다시 한번 감시 카메라 증설을 건의하는 편이 좋겠어."

"저도 그렇게 생각합니다. 일단 호죠 선생님께 가볍게 여쭤봤는데요, 자세한 건 학생들한테 들으라면서 알려주지 않으셨어요."

"공평성을 기하기 위해서겠지. 이번에 그 잘잘못을 가리는 권한을 우리 학생회에 맡긴 것도 어디까지나 그런 이유일 테니까."

고개를 끄덕인 나나세는 뭔가 생각하는 부분이 있는지 사실은, 하고 말을 계속 이었다.

"작년에 비슷한 일로 저도 한번 학생회에 불려 간 적이 있어요."

"나나세 네가? 누구한테 맞기라도 했어?"

"아뇨, 그런 건 아니고요. 같은 반 애가 일으킨 문제 때문에——."

조금 씁쓸하게 웃더니 자세한 내막을 들려주는 나나세.

작년에 여름을 앞두고, D반 호우센 카즈오미와 C반 우토미야 리쿠가 복도에서 서로 지나치다가 사소한 문제로 언쟁이 벌어지면서 일촉즉발, 서로 닿을 만큼 가까운 거리에서 노려본 일이 있었다고. 언제 주먹이 나가도 이상하지 않은 소동으로 발전했을 때, 두 반의 다른 학생들이 근처에서 다투기 시작했고 C반 학생이 인내심의 한계를 맞이해 D반 학생을 한 대 때리고 말았다. 그 기세를 몰아 호우센에게도 달려들었지만, 되려 보란 듯이 역공을 당했다.

"참고 있던 우토미야가 주먹을 휘두르려고 했을 때 선생님들이 지나가시면서 소란은 겨우 수습됐지만, 그 후에 학생회에서 이 문제가 안건으로 올라오고 말았어요."

호우센의 반격으로 한 대 맞은 C반 학생이 전치 3주의 부상을 입은 것. 하지만 그 학생이 먼저 덤빈 것이고, 또 다른 학생도 때려버린 것. 그래서 어느 쪽의 잘못인지, 어떻게 심판해야 할지 오래 끌었고 회의가 몇 차례나 이어지면서 해결까지 보름이나 걸렸다고. 그런 이야기를 나나세가 들려주었다.

"나구모 선배도 힘들었겠네."

"그럴 거예요."

나는 어이없어하면서 무심코 웃고 말았다.

"그렇게 웃긴 이야기였나요?"

"아니, 그런 게 아니야. 어디에나 똑같은 문제가 일어난달까, 1학년 때 나도 비슷한 경험이 있었거든."

"그러……셨어요?"

"너랑 비슷해. 우리 반 애가 류엔 반 애랑 싸워서."

그때, 지금 내가 앉은 이 자리에는 오빠가 앉아 있었다.

스도가 특별동에서 학생을 때렸는데, 어느 쪽이 먼저 때렸는지 등 책임 소재를 밝히는 회의가 열렸다. 오빠는 일방적으로 한쪽 편을 들지 않고 공평한 시선으로 학생회의 역할을 해냈다. 분명 작년 나구모 선배도 비슷했을 것이다.

"신입생이 한 번은 문제를 일으키는 게 매년 있는 행사다, 그렇게 상상했더니 갑자기 좀 웃겨서."

"그 말씀을 들으니 현실로 확 와 닿는 것 같네요. 이대로 내년에도 여기서 비슷한 일이 일어날 것 같아요."

“그때는 네가 학생회장으로 심판을 내릴 차례야.”
“으앗, 제, 제가요?”
“이대로 순탄하게 간다면 그렇게 되겠지. 맡아 줄래?”
“……제가 맡으면 좋겠지만……. 역대 학생회장은 A반으로 졸업하셨다고도 하고…… 저는 지금 D반이어서.”
자신 없는 투로 대답하는 나나세였지만, 틀림없이 지금 후보 0순위는 그녀다.
“우연이 낳은 전례 따위는 너무 신경 쓰지 마. 지금까지는 A반이나 B반에서만 학생회장이 나왔지만, D반에서 시작한 나도 하고 있잖아. 그리고 이건 좋은 예인데, 나도 졸업할 때까지 A반일 거라는 보장은 어디에도 없어.”
지금의 A반도 일시적인 위치.
아야노코지의 도움이 없었다면 도달하지 못했을 곳이다.
“적어도 난 네가 학생회장이 될 자격이 충분히 있다고 생각해. 자신감을 가져.”
“……감사합니다. 우선은 서기로서 확실한 성과를 남기고 싶어요.”
사양하듯, 그러면서도 내 말을 순순히 받아들인 나나세가 고개를 끄덕인 후 숙였다.
“두 사람의 싸움 사건이 학생회로 넘어왔다는 건 싸움이 꽤 컸다는 증거야. 그 애들이 오기 전에 내 생각을 몇 가지 미리 말해둘게. 상황에 따라 도움을 주면 좋겠어.”
한쪽은 A반 학생. 이런 폭력 사태를 잘 일으키는 학생은

D반 아니면 C반이라는 선입견이 있지만, 이번에는 다르다. 쿠사나기는 신체 능력이 B+로 높을 뿐만 아니라 학력도 B+. 머리가 잘 돌아간다는 점까지 가능성에 넣어서 취할 수 있는 조치는 미리 해두고 싶다.

"물론입니다."

남은 시간 동안 나는 나나세에게 계획 몇 가지를 말로 전해 두었다.

이윽고 예정 시간이 다 되자 건조한 노크 소리가 학생회실에 울렸다.

"도착한 모양이네요. 네, 들어오세요."

나나세의 대답과 함께 두 남학생이 서로 노려보며 모습을 드러냈다.

둘 다 개성 넘치는 헤어스타일에, 누가 봐도 불량 학생이 떠오르는 복장이었다.

게다가 반성의 기색을 전혀 보이지 않고 상대에게 책임이 있다고만 생각하는 듯했다.

하지만 지금 제일 눈길을 끄는 것은 헤어스타일이나 태도가 아니라 두 사람의 얼굴이었다.

"……꽤 심하게 다쳤는데요."

나나세도 무심코 말해버릴 정도로 많이 다쳤다.

내 시각에서 왼편에 서 있는 학생이 1학년 D반 마키.

오른편에 서 있는 학생이 1학년 A반 쿠사나기.

전치 2주, 3주는 가벼운 부상이어도 그렇게 진단 내릴 때가 있다지만, 딱 봤을 때는 몰골이 말이 아니었다. 둘 다 꽤 진심으로 때렸는지 얼굴이 퉁퉁 부어 있었다. 특히 마키가 심하게 다친 모습이라, 어느 쪽이 우세했는지 확연히 드러났다.

"여러분이 학생회실에 불려 온 이유는 잘 아시겠죠?"

나나세가 자발적인 설명을 유도했다.

"아니, 모르겠는데. 왜 내가 불려 와야 하냐고. 잘못은 저 자식이 했는데."

쿠사나기가 바로 반박하면서 마키를 향해 이를 드러냈다.

"뭐? 웃기고 있네! 네가 먼저 때렸잖아!"

"뭐래! 먼저 주먹 휘두른 건 너잖아. 뭐, 헛스윙이었지만!"

누가 먼저 덤비고 때렸는지 큰 목소리로 설전을 펼치기 시작했다.

나와 나나세는 슬쩍 얼굴을 마주 보며 남학생들의 입씨름에 잠시 귀를 기울였다.

일단은 쌓인 불만을 터트리게 해야 나중에 편하다고 판단했기 때문이다.

처음에는 명확하게 싸움의 발단이 된 원인을 서로에게 떠넘기기만 하다가, 점점 필요 없는 온갖 욕설까지 주고받더니 이어서 키가 어떻고 외모가 어떻고 하는 아무 상관도 없는 이야기까지 번졌다.

"애네."

"어린애, 맞네요."

이제 막 고등학교 1학년이 됐다지만, 간과할 수 없는 영역까지 건드리기 시작하면서 가라앉을 기미가 보이기는커녕 학생회실에서마저 육탄전을 벌이기 직전까지 갔다.

"너무 시끄러워요. 일단 둘 다 조용히 하세요."

보다 못한 나나세가 그렇게 주의를 주었지만, 쳐다보기만 할 뿐 폭언을 멈추려고 하지는 않았다.

상대가 여자여서 만만하게 보고 있다. 그런 태도가 뻔히 보였다.

하지만 나나세의 말이 귀에 가 닿았다는 것을 알았으니, 그걸로 충분하다.

불평을 늘어놓는 건 서로 납득이 가지 않아서일 뿐.

그렇다면 제일 불만이 쌓일 판결을 내리려고만 하면 된다.

나는 나나세를 쳐다보았다.

눈이 마주친 그녀가 살짝 고개를 끄덕이며 내 의도를 완벽하게 알아차렸다.

"더 이상 멋대로 입씨름을 늘어놓는다면 이 시간은 필요가 없죠. 두 사람 다 무거운 페널티를 받을지도 모르는데 괜찮나요?"

나나세가 내치듯 싸늘하게 말했고, 나는 조용히 의자를 밀며 자리에서 일어났다.

"뭐? 잠깐만, 그런 거 난 받아들일 수 없어!"

"고작 학생회, 그것도 여자가 끼어들 일이 아니라고, 이건!"

"발언할 때는 존댓말을 쓰기 바랍니다."

주의를 주었더니, 눈빛에 불만을 실어 노려보았다.

그렇게 하면 우리가 물러설 거라고 생각했겠지.

"여기는 고도 육성이고, 학생회에 어느 정도 권한이 있답니다. 이곳에서의 논의는 진실을 밝히는 귀중한 자리. 그것을 두 사람이 짓밟는다면 더 시간 들일 생각이 전혀 없어요. 선생님들에게 올릴 보고를 정리하죠, 학생회장."

"멋대로 끝내지 마!"

"두 사람은 이제 그만 돌아가도 좋아요. 그러지 않고 계속 입씨름 벌일 거면 복도에 나가서 부탁드립니다."

아직 입학한 지 얼마 되지 않은 그들에게 반을 위해야 한다고 설득해 봐야 전혀 통하지 않을 것이다.

그런 두 사람에게 있어서 최악의 상황은 어느 쪽의 주장도 통하지 않는 것. 그건 알량한 자존심이 허락하지 않겠지.

그래도 조금씩, 지금 분위기가 심상치 않다는 것을 두 사람이 느끼기 시작했다.

그들이 학생회실에 들어온 뒤로 나는 두 사람에게 한마디도 하지 않았다.

"……왜 학생회장은 계속 입 다물고 있어. 뭐라고 말 좀 해."

입학식 때 인사말을 하기도 했었으니, 내가 학생회장이라고는 제대로 인식하고 있나 보네.

"어느 쪽이 나쁜지 지금까지 봤으니까 알겠지?"

둘 다 서로 손가락질하면서 자기는 나쁘지 않다, 상대가 잘못했다고만 계속해서 주장했다.

내가 답을 줄 때까지 그럴 작정이겠지.

그러나 나는 침묵으로 일관했다.

입을 열 가치도 없는 상황임을 침묵으로 그들에게 전달했다.

이윽고 그런 나의 의도가 결실을 맺기 시작해, 시끄럽던 학생회실에 정적이 찾아왔다.

자기들만 떠들고 있었음을 알아차렸다는 증거다.

그럼에도 아직 저항하듯 뭔가 말하려고 입을 열었지만, 내 귀에 들리지 않을 만큼 작은 목소리였다가 이윽고 입술이 굳게 닫혔다. 두 사람 다 거의 동시에.

"우리가 어떻게 하면 되는데……."

목소리를 쥐어 짜내 나에게 판단을 부탁했다.

"해결하고 싶은 의지는 있어 보이네요. 어떻게 할까요, 학생회장."

나는 조용히 고개를 끄덕여, 나나세에게 진행하라고 신호를 보냈다.

"그럼 우선 쿠사나기 군부터 다시 이야기해 볼래요? 그동안 마키 군은 아무리 못마땅해도 절대 끼어들지 않길 부탁드립니다. 이어서 똑같이 얘기할 시간을 반드시 줄 거니까요. 알겠습니까?"

나나세의 충고에 입술을 질끈 깨문 마키 군이 아주 살짝 고개를 끄덕였다.

"이 녀석…… 마키가 마음에 안 들어 하는 눈빛으로 나를 쳐다봤어. 그래서 왜 시비 거냐고 했더니 갑자기 화내잖아. 그러면서 기숙사 뒤편으로 나를 불러내더라고. 나도 물러설 생각은 없어서 갔더니 바로 주먹을 휘두르는 거야. 뭐, 내가 더 세다고 직감했으니까, 가볍게 피한 다음에 카운터를 먹여줬지."

한쪽의 주장. 철저히 듣기만 한 마키의 입장에서는 당연히 받아들일 수 없겠지.

짜증을 감추지 않고 입을 열려고 했지만, 나와 눈이 마주치면서 겨우 멈췄다.

끼어들면 자신이 일방적으로 악역이 될 위험이 있다.

입 다물고 있으면 변명할 여지가 주어진다.

그런 자리라는 것을 그도 본능적으로 알아차린 듯하다.

그렇게 얼마간, 마키가 전부 잘못했다는 쿠사나기의 주장이 이어졌고 더 이상 새로운 증언이 나오지 않겠다고 판단한 우리는 꾹 참고 있던 마키에게로 순서를 넘겼다.

"정말 제멋대로 지껄이네. 자기한테 불리한 내용은 싹 빼고, 이 자식. 애당초 쿠사나기 자식이 처음에 나더러 불량품이니 뭐니 불러댔다고! 난 그냥 그 말을 취소하게 만들고 싶었던 것뿐이야! 그리고 직감은 무슨 직감? 아무리 생각해도 내가 더 강하구만! 몸통 맞았을 때 다리 후들거린 거 안 들킨 줄 알았냐?"

지금까지 쌓인 울분을 큰 목소리에 실어 쿠사나기의 귀에 대고 말했다.

그런 마키의 말에 조금 민망해하면서 모른 척 다른 쪽을 쳐다보며 무시했다.

불량품. 그것 또 옛날 생각이 새록새록 나는 말이구나.

우리 1학년 D반도 딱 그렇게 불렸었는데. 이런 부분도 나쁜 전통 같은 것이어서, 올해 역시 이 학교에서 이어져 내려왔을까.

두 사람의 이야기를 감정 빼고 정리해 보면——.

먼저 쿠사나기가 마키에게 불량품이라면서 무시하는 발언을 했다. 그 말을 듣고 화난 마키가 기숙사 뒤편으로 그를 불러내 취소하라고 요구했다. 하지만 쿠사나기는 취소하지 않았고, 그런 태도에 인내심이 바닥난 마키가 주먹을 휘둘렀다. 그런데 첫 공격이 빗나가고 반대로 쿠사나기의 카운터가 명중. 그다음부터는 난타전이 펼쳐졌다. 승패는 부상 정도를 봐도 알 수 있듯 쿠사나기에게 마키가 진 모양인데, 마키는 그 사실을 인정하지 않고 있다. 어디까지나 자신이 우위에 있었다고 주장한다. 반대로 쿠사나기는 자기가 이겼다면서, 승패가 결정 난 시점에 때리는 것을 멈췄다—— 그런 이야기.

주장이 완전히 엇갈렸기 때문에 어느 쪽으로도 판단이 서지 않는다.

쿠사나기는 말을 마친 마키를 다시 노려본 다음 표정을

누그러뜨리고 나를 보았다.

“뭐랄까, 학생회장은 내가 하고 싶은 말이 뭔지 이해해 주겠죠? 어쨌건 같은 A반이니까요. 완벽한 정당방위라고요.”

이때 처음으로 제대로 된 존댓말을 썼는데, 그것만으로 그에 대한 인상이 나아질 만큼 호락호락하진 않다.

“A반이라는 지위 자체는 의미 없어. A반 소속이라도 어리석은 행동을 하면 처벌받고, D반 소속이라도 선행을 베풀면 칭찬받는 거야.”

“뭐, 뭐라고? 하지만……!”

조금이라도 비위를 맞추려 했던 자신을 힘껏 후려치기라도 한 듯, 또 바로 쿠사나기의 태도가 달라졌다.

올해는 A반에도 이런 다혈질이 있구나.

“마키가 먼저 불러낸 건 사실 같지만, 그렇다고 해서 쉽게 반격한 행동이 옳다고는 할 수 없어. 특히 넌 네가 강하다고 바로 직감했다며?”

“그건……!”

“뭐, 자기가 강하다고 초반부터 확신한 것치고는 너도 꽤 많이 다친 듯하지만?”

조금은 쿠사나기가 우위였다고 하더라도 도토리 키재기 수준으로 보인다.

쿠사나기는 불만스러워하면서도 정곡을 찔리니 시선을 회피했다.

"그야 대답 못 하겠지. 네가 이긴 게 아니니까."

"웃기지 말라고, 마키. 누가 봐도 내가 더 강해."

이대로 사과와 화해가 없다면 부상 정도의 차이로 따져서 마키가 4, 쿠사나기가 6, 그 정도 비율로 처벌해야 한다.

그런 생각이 들기 시작했을 때였다.

"애초에 난 마키를 이 정도까지 때리지 않았는데…… 빌어먹을."

우리에게 한 말이라기보다 자기도 모르게 입에서 튀어나온 말.

보통은 자기가 살기 위한 연기로 받아들이겠지만, 옆에 있는 마키가 그 말에 반박하기는커녕 그냥 한 귀로 흘려 넘겼다. 지금까지의 흐름대로라면 반드시 반론을 펼쳤을 텐데.

그 이해할 수 없는 태도에 나와 호나세는 순간 얼굴을 마주 보았다.

"그게 무슨 말인가요? 이 정도까지 때리지 않았다니."

"아니, 아무것도 아니야."

"아무것도 아닌 게 아니지. 폭력은 폭력인데, 분명 마키 쪽이 더 심하게 다쳤잖아. 학교의 판단까지 더해져서 네가 더 무거운 처벌을 받을 수 있어. 그럼 확실하게 변명해야 하지 않아?"

지금까지 노려보는 것 말고는 서로 본 적 없던 두 사람의 눈이 순간 마주쳤다.

내가 나나세와 종종 주고받았던 아이 콘택트처럼 보이기도 했다.

"더 할 말 없어…… 지금 말한 게 전부야. 그렇지, 마키."

"그래……. 아니, 분명 쿠사나기가 잘못한 거 맞잖아."

"뭐야? 너 아직도 그딴 말을 하냐!"

이게 바로 돌고 돌아 제자리라는 건가.

"새로운 증언이 없으면 이만 마무리 지을게. 정말 이걸로 끝내도 되는 거지?"

"저도 이 이야기만 들어선 두 사람 다 똑같이 잘못했다고 느꼈어요."

학생회의 의견을 다시 전달하자 둘 다 불만을 표시하며 반박했지만, 조금씩 말수가 줄어들어 갔다. 새로운 정보가 나오지 않는 한, 진전이 없다는 게 전해진 듯했다.

"……알았어. 똑같은 수준으로 처벌받으면 될 거 아냐."

"췟…… 그럼 그걸로 됐어. 완전 시간 낭비였네……."

마키에게 맞추듯 쿠사나기 역시 미련을 남기면서도 그렇게 결론을 냈다.

적어도 학생회실에 모습을 드러낸 시점에는 서로에게 잘못을 떠넘겼었는데.

양쪽 다 자신이 조금이라도 가벼운 처벌에 그치길 바랐던 것은 분명했다.

나나세가 할 이야기 있으면 해야 한다고 다시 한번 재촉했지만, 경직된 태도는 풀어지지 않았다. 학생회로서도 계속 잡아둘 수는 없기에, 오늘은 이만 해산하고 두 사람을 돌려보내는 쪽으로 판단을 내린 후 결과는 추후에 전달하는 것으로 끝맺었다.

3

완전히 조용한 공간으로 돌아온 학생회실에서 나는 거리낌 없이 한숨을 푹 내쉬었다.

"이번 일, 공평한 판정으로 끝내려고 하면 할 수는 있지만……."

"서로 때렸다는 사실은 부정하지 않지만, 그 실언 같은 말 이후에 두 사람 다 처벌받는 방향으로 받아들인 게 아무리 생각해도 이상해요."

쿠사나기는 마키보다 자신이 우위에 있었다면서, 때린 사실은 인정하고 있다.

한편으로 마키도 자기가 우위였다고 주장했다.

하지만 부상 정도에 꽤 차이가 났는데, 겉으로 봐서는 쿠사나기가 우위였다.

그래도…… 그 차이를 결정짓는 얼굴 타격. 그 부분에서, 그 정도까지 다칠 만한 공격은 하지 않았다는 말이 느닷없이 튀어나왔다.

게다가 본래라면 마키 입장에서는 거짓말을 해서라도

자신의 죄를 가볍게 하기 위해 쿠사나기가 과도하게 공격했다고 주장할 수 있는 절호의 타이밍이었는데도 불구하고, 그 말실수를 그냥 넘기고 못 들은 것으로 했다.

"학생회장은 어떻게 받아들이셨나요. 저는 마키 군이 패배를 인정하고 싶지 않아서 자존심을 우선한 것처럼 보였습니다."

"그래. 그럴 가능성은 있지만…… 처음에는 틀림없이 쿠사나기에게 무거운 죄를 뒤집어씌우고 싶어 보였어. 그런데 그 말실수를 물고 늘어지지 않은 게 이상해. 군이 맞받아치는 걸 자제했는데도 쿠사나기는 공격을 멈추지 않았고. 그런 방식으로 자존심을 지킬 수도 있지 않았을까?"

그렇게 대답하자 나나세가 생각에 잠긴 듯 눈을 감았다.

아니면……. 다른 방향으로도 한 번 생각해 본다.

"이번 폭행 사건에 관여한 인물이 또 있다……거나."

그렇게 생각하고 두 사람의 증언을 다시 떠올려 보니 진실이 아주 살짝 엿보이는 듯한 느낌이 들었다.

"하지만 싸움에서 이긴 쪽은 쿠사나기 군이죠. 만약 거기에 앙갚음한 거면 쿠사나기 군이 힘들어졌어야 앞뒤가 맞지 않나요?"

"꼭 복수했다고만 볼 수는 없지 않을까? 싸움에서 진 마키를 제3의 인물이 용서하지 않고 벌줬을 수도 있어. 물론 용납할 수 없는 일이지만."

"……그러네요. 그렇게 볼 수 있을지도 모르겠습니다.

그래도 만약 그렇다면 쿠사나기 군이 그걸 주장하지 않는 이유가 설명이 안 돼요. 그 벌 준 인물한테 자신도 불똥 튈까 걱정돼서…… 일까요?"

"지금 내가 상상한 건 그거랑 비슷해."

류엔이나 호우센 같은 인물한테 마키가 폭행당했다면, 이긴 쿠사나기도 호소할 용기가 나지 않는 흐름 또한 충분히 이해가 간다. 그래도 그들이 신입생의 사소한 갈등에 개입하고, 심지어 군이 1학년 기숙사까지 찾아갔다고 생각하기는 어렵다. 게다가 선배의 난폭한 개입을 받았다면 학생회에서 당당하게 서로 죄를 떠넘길 수 있을 리도 없고, 양측 다 반성의 기미를 보이면서 좋게 마무리하는 전개로 가라고 지시받았을 것이다.

그 두 사람에게 그런 모습은 전혀 보이지 않았으며, 확실하게 느꼈던 건 둘 다 싸움 실력에 자신 있고 자존심도 강하다는 것. 그러나 모든 사실을 말할 마음은 없다는 것. 여기까지는 추측이 된다.

"하지만 학생회장——."

"알아. 내가 아는 한에서의 얘기지만, 올해 1학년에는 류엔이나 호우센처럼 폭력과 공포로 주위를 지배하는 남학생이 아직 보이지 않아. 너도 그 말이 하고 싶었던 거지?"

"네. 공포로 반을 지배할 만큼 눈에 띄는 남학생은 한 명도 떠오르지 않아요."

잘 숨기고 있는 걸까, 아니면…… .

나는 나나세에게 받은 자료를 다시 보았다.

다쳐서 나온 두 사람을 발견한 최초 목격자에게 의견을 물어봐야 하나……?

아니면 다시 한번, 좀 더 흥분이 가라앉았을 때 마키와 쿠사나기를 불러야 하나?

혹은 개별적으로 보는 방법도 있긴 한데, 괜히 자존심을 건드려도 해결되지 않을 것 같다.

"……나나세. 남자란 좀 어린애 같은 발상을 하는 편이지?"

"으음, 그러네요. 그런 면도 적잖이 있다고 생각합니다. 실제로 학생회에 들어온 뒤로 그 두 사람도 처음부터 끝까지 애 같았죠."

"응. 골치 아프게도 쿠사나기와 마키 모두 자기가 더 강하다고 생각하고 있어. 그래서 더 싸움의 승패만 신경 쓰고, 학생회가 처벌할지도 모르는 자리에서조차 한 발도 물러나지 않고 서로 잘못을 떠넘겼어."

"네."

"만약에 싸움에 자신 있는 두 사람을 동시에 상대한 누군가가 있었다면, 어떨까?"

"2대1로 싸웠는데 져서 자존심 상했다, 그런 말씀인가요? 전혀 가능성이 없는 이야기는 아닌데, 그렇게까지 입을 다물까요? 둘이 협심해서 그 사람에게 잘못을 떠넘길 수도 있지 않았을까요?"

"하지만 만약에 그 상대가 남자가 아니라…… 여자…… 그것도 한 명이었다면?"

옆에서 듣고 있던 나나세도 멈칫한 표정으로 나를 보았다.

"그럴 수도 있겠네요. 싸움에서 지지 않았다고 주장하면서 큰소리치던 그 두 사람이 여고생에게 졌다고 하면 창피해서 입도 뻥긋 못 하는 것도 수긍이 갑니다."

이번 문제는 두 남학생이 처분을 받아들였으므로 이만 마무리해도 상관없다.

하지만 만약 제3의 인물이 이 싸움에 관여했다면 그것은 명백한 가해 행위.

앞으로의 학교생활을 고려한다면 지금 바로잡고 싶은 문제다.

"그 두 사람이 호소하지 않은 이상, 안 알아보고 넘어갈 수는 없어. 혹시 나나세만 괜찮다면 진상 파악을 좀 도와줄 수 있을까?"

"물론입니다, 학생회장. 그나저나 학생회장이란 참 힘든 자리네요. 대단하세요, 호리키타 선배는."

"난 아무것도 아니야. 중학교 때야 우수하다는 소리도 많이 들었지만, 아야노코지와 오빠, 나구모 선배…… 아니, 사카야나기와 이치노세도 그래. 옆에서 보고 있으면 역시 뼈저리게 느끼는걸. 저 사람들 눈에 나는 틀림없이 평범한 사람에 불과하다고……."

한심한 자학이긴 하지만 솔직한 생각을 털어놓았다.

방과 후, 코엔지에게 받았던 가벼운 무시도 마음속 깊이 남아 있어서일까.

나나세는 무슨 영문인지 살짝 놀란 듯 눈을 커다랗게 뜨고 나를 물끄러미 바라보았다.

"왜 그래……?"

"아니—— 평범. 그래도 된다고 생각하는데요. 나쁘지 않습니다, 평범한 호리키타 선배."

"으윽…… 그렇게 반복해서 말하니까 왠지 살짝 열 받네."

아무리 봐도 바보로 여기는 것처럼 들린다.

"아, 아앗?! 죄, 죄송해요! 호리키타 학생회장은, 정말 훌륭하다고 생각합니다!"

진심으로 당황했는지 어쩔 줄 몰라 하는 나나세.

"수습하려고 해도 이미 늦었어."

화난 척한 다음, 나는 웃으면서 그녀의 어깨에 다정하게 손을 얹었다.

"당분간 힘 좀 빌릴게."

"아, 네. 물론입니다."

4

학생회 문제도 내버려둘 수 없지만, 그와 동시에 반의 리더로서도 해야 할 일이 있다.

나는 피곤함을 느끼면서도 오후 6시 전에 약속 장소인 케야키 몰로 향했다.

아무리 적은 보수, 반 포인트 증감이라 할지라도 중요한 시험.

그리고 시험은 내일부터 1주일간 아니면 1주일 후.

지지 않기 위해서는, 이기기 위해서는 오늘 할 수 있는 일을 해둬야 한다.

케야키 몰 안의 마트 입구에 서 있는 학생을 발견한 나는 얼른 가까이 다가갔다.

“얏호. 왠지 요즘 계속 날씨가 안 좋네.”

합류한 상대, 카루이자와가 중얼거렸다.

“그러게. 장마는 아직 멀었을 텐데 말이야.”

지난 일요일에도 하루 종일 비가 내렸었다.

늦은 밤에도 비가 조금 내릴 거라는 예보가 있다.

“이런 시간에 같이 쇼핑하러 와 줘서 고마워.”

“아니야, 전혀. 나도 마트 가고 싶었으니까 너무 신경 쓰지 마.”

우리는 각자 바구니를 들고 입구와 가까운 과일 코너부터 천천히 둘러본 후 채소 코너 쪽으로 걸어갔다. 나는 특가 판매하는 골드키위를 하나 고른 다음 카루이자와를 쳐다보았다.

“오늘 방과 후에 있었던 회의 때 뭔가 특별하게 든 생각 있어?”

"으음, 글쎄. 평소와 다르지 않은 느낌이었는데. 의견이 하나로 모이지 않고 다들 자기 좋을 대로 말하고…… 아니, 그런데 왜 의견을 구하는 상대가 나야?"

이런 거 절대 안 맞는데? 하고 쓴웃음 지으며 그녀가 대답했다.

하긴 평소에 카루이자와는 진지한 회의 시간에 적극적으로 나서는 아이가 아니다. 발언은 대부분 나와 히라타 그리고 그 이외에 발언을 많이 하는 학생들에게 맡기고 있다.

"평소와 똑같이 해서는 안 돼. 그래서 변화를 위한 한 발을 내딛고 싶어."

"그래서 나한테 물었다고? 뭐, 원래라면 시험 상의 같은 건 도움이 안 되니까 안 하겠지."

"아니야. 물론 변화를 위해서 너한테 제안한 건 맞아. 하지만 카루이자와가 도움이 안 된다고 생각하지 않아. 예전과는 다르게 말이야."

화낼 것까지 각오하고 솔직하게 말했다.

예전부터 도움이 되는 존재였다고 거짓말하는 것이 더 상대에게 실례니까.

"진짜 호리키타는 가차 없구나. 그래도 그런 점이 나는 호감이야."

카루이자와는 싫은 기색 하나 없이 웃으면서 내 진심을 받아주었다.

그녀는 내가 생각했던 것보다 훨씬 더 인간적으로 현명

하다.

그렇게 인식을 새로이 할 수 있었던 것은 아주 큰 수확이다.

"그럼 도움이 되는 내가 살짝 상담에 응해줄까나. 호리키타는 이번 특별시험에서 어떤 규칙이 진짜라고 생각해?"

내가 질문하기 전에 카루이자와가 먼저 물었다.

그게 왠지 재미있어서 나도 덩달아 웃었다.

방과 후 회의에 내가 참여한 시간은 한 시간도 채 되지 않았지만, 반 아이들로부터 후보가 될 만한 아이디어가 몇 가지 나왔다.

전형적인 필기시험과 운동 테스트.

그 밖에도 구술시험, 프레젠테이션, 음악 실기, 면접시험. 그중에는 프로그래밍과 미술, 데생 평가 같은 이야기도 나왔다.

어쨌든 어떠한 형태의 시험이 일주일 후에 실시된다고 보는 견해가 다수를 점했다.

특히 면접시험이 아닐까, 하는 목소리가 많았던 까닭은 3학년으로서 입시와 취업이 다가오고 있는 영향이 크겠지.

일주일이라는 준비 기간과 규칙 설명이 없다는 점을 봐도 과연 그 가능성을 버릴 수 없다.

그래도 그렇다면 굳이 규칙을 숨길 필요가 없다는 의견도 나왔다.

만약 면접이라면 면접이라고 처음부터 알려주는 편이

좋은 소재가 될 수 있기 때문이다.

어쨌든 유력한 것부터 비현실적인 것까지 나왔는데, 어느 것도 아직은 결정적이라고 말하긴 어렵다. 내용이 겹치는 게 몇 가지 있는 만큼 범위를 좁히면 효율을 높일 수 있다.

특히 공부와 관련된 것일 경우 전 과목일지 특정 교과목일지 파악하기에 따라 결과가 크게 달라져 버리겠지.

나는 내 생각 몇 가지를 카루이자와에게 들려주었다.

원래라면 지루하다고 느낄 진지한 이야기도 그녀는 싫은 표정 하나 없이 끝까지 경청해 주었다.

그리고 대화는 카루이자와랑만 나눌 수 있는 깊은 이야기로 이어졌다.

"내 추측으로는, C반이랑 D반이 연결되어 있다고 봐."

조미료 코너로 접어들었을 때 카루이자와가 그렇게 말을 꺼냈다.

"아야노코지가 이치노세를 도와준다…… 그렇게 너는 생각하는 거지?"

"응. 저번에도 틀림없이 그랬을 거고, 이번에도 비슷하지 않을까 싶어."

차분한 말투로 내 눈을 똑바로 보면서 카루이자와가 대답했다.

지난 특별시험의 패인 중 하나로 그 가능성을 가장 먼저 제시한 사람이 그녀다.

물론 그렇다는 확증은 아직 없다. 아야노코지와 이치노세가 가까워졌다는 건 반 이동 직후부터 위화감으로 느끼고 있긴 했지만, 정보를 공유하는 사이로 발전했다고는 생각하지 않았다.

"호리키타는 어떻게 생각해?"

"……가능성은 작지 않다고 봐. 아야노코지 입장에서 보면 A반인 우리가 이기게 두고 싶지 않은 게 당연한 발상이니까. 직접 대결할 수 없는 만큼 이치노세에게 정보를 줘서 이기게 했다는 것도 납득하기 쉬워. 그 애라면 우리 반을 누구보다도 잘 알고 있으니까."

내가 제 역할을 못 하는 동안 히라타와 아이들의 주도로 테스트의 멤버를 골라 주었다. 아야노코지는 분명 그 배경을 직접 보지 않고도 상상할 수 있겠으리라. 이야기가 어떻게 진행되어 어떤 결론에 도달했는지.

물론 히라타와 아이들에게 잘못이 있는 건 아니다. 만약 내가 회의에 참여했다 해도 과정에 변화는 있을지언정 결과는 똑같았을 것이다.

"하지만 이번 특별시험은 꼭 일대일로 붙는다는 보장이 없어. 이치노세한테 정보를 줬다가 아야노코지가 불이익을 당하는 일도 일어날지 몰라."

"그런 일은 없을 거야."

"그 애라면 정보를 줘도 지지 않으니까?"

그렇게 되묻자 카루이자와가 피식 웃으며 부정했다.

"만약에 C반으로 이동한 목적이 자기 손으로 A반까지 올리는 데 있다면 좀 어중간하잖아. 기왕 하는 거 최하위인 D반으로 가면 되지."

"하지만 그건 이치노세라는 리더가 있어서겠지. C반은 사카야나기가 학교를 그만둬서 차기 리더가 없는 상황이었잖아."

"아야노코지라면…… 이치노세를 퇴학시켜서라도 D반에 갔을걸."

"그런—— 아무리 그래도 비약이 너무 심해. 특별시험 도중에 퇴학 위험이 있으면 저격할 수 있을지 몰라도…… 아니면 학년말 특별시험 때 이치노세의 퇴학을 노렸다는 말이니?"

그 특별시험은 대전 상대 반에서 의도적으로 퇴학자를 만들 수 있는 것이 아니었다. 반 내부에서 퇴학자가 나오는가 나오지 않는가, 그런 규칙으로 구성되어 있었다.

"난 방법이 떠오르지 않지만, 퇴학시키는 건 굳이 특별시험에 한한 얘기가 아니지 않아? 오늘처럼 평범한 하루를 노리는 것도 가능할지 모르지."

그와 사귀었던 카루이자와는 나보다 훨씬 아야노코지를 높이 평가하고 있는지도 모르겠다. 물론 과대평가라고 반박할 마음은 없지만…….

"만약 그렇다면…… 왜 C반으로 갔을까?"

"그건 나도 몰라. 하지만 아야노코지라면 전혀 예상할

수 없는 걸 얼마든지 생각할 수 있고, A반으로 올라가기 위해 이치노세한테 의지할 필요도 없을 텐데. 그런에도 도와줬으니까 이번에도 도와줄 것 같다고 짐작했을 뿐이야."

하위 반끼리 손잡으면 나중에 치를 시험도 한결 편해지니까, 그걸 위한 도움?

목적과 답이 불명확한 이상 억측은 위험하지만 일단 머리에 넣어두는 게 좋겠지.

그리고 그 가정대로 대결하게 된다면 한시라도 빨리 이번 특별시험의 규칙, 그 답의 범위를 좁혀야 한다.

뒤늦게 내일부터 대비하기 시작하면 그야말로 치명상을 입고 말겠지.

지금까지와 다르게 했다고 해서 번뜩이는 아이디어를 그리 쉽게 얻을 수 있다고는 생각하지 않는다. 그래도 이러한 새로운 시도는 장차 틀림없이 도움이 될 것이다.

이미 늦었다는 말을 듣더라도 지금 깨달은 것을 소중히 여기고 싶다.

5

아야노코지가 반을 바꿔 버린 뒤로 어느 정도 시간이 흘렀지만, 마음의 상처는 완전히 낫지 않았다.

그건 같이 쇼핑했던 카루이자와도 마찬가지일 것이다.

그래도 서로, 전보다는 긍정적인 마음가짐으로 나아갈 수 있게 되었다.

아야노코지를 학교에서, 케야키 몰에서 혹은 기숙사에서 발견해도 조금은 평정을 가장할 수 있을 정도로는 회복했다.

다시 일어선 계기는 카루이자와였는데, 또 하나가 지금 눈앞의——.

"패배자치고는 안색이 좀 나아진 것 같네, 호리키타."

마트에서 돌아온 오후 6시 반 무렵. 거친 노크 소리가 들려 방문을 열자마자 이부키가 대뜸 한다는 소리가 빈정거림이었다. 지금부터 남의 방에 들어와 밥을 얻어먹는 사람의 태도로는 도저히 보이지 않는데.

"네 그 멋진 날아차기 덕분이지. 아주 고맙게 생각해."

비아냥에 비아냥으로 응수하는 내게 이부키가 우쭐한 표정으로 가슴을 당당히 폈다.

"다음에 또 그런 일 있으면 그때도 발로 힘껏 차줄 테니까 고맙게 여기라고."

머릿속으로 칭찬이라고 좋을 대로 해석하고 있는 걸까…….

아주 조금이나마 내가 재기하는 계기가 되었다고 평가했던 걸 후회하게 만든다.

아니, 그보다 다음 희생자가 나오지 않게 하기 위해서라도, 통하지 않는 비아냥은 접고 현실적으로 문제가 되는 점을 알려주는 편이 좋겠어.

“뒤에서 예고도 없이 남의 등을 발로 차는 건 아주 위험한 행동이니까 절대 그러지 마. 적어도 나 이외에는 절대 하면 안 돼.”

당한 내가 무술에 일가견이 있었고, 우연히 타격을 최소한으로 막을 수 있어서 다행이었지, 간약 급소를 맞았다면 크게 다쳤어도 이상하지 않은 상황이었다. 그 부분은 확실하게 주의를 주었다.

그런데 이부키는 그 말뜻을 그대로 받아들이지 않고 살짝 무시하듯 웃었다.

“너한테는 해도 되는구나?”

“되는 건 아니지. 그래도 난 더는 맞지 않아. 왜냐하면 네가 발로 차는 전제 조건은『다음에 또 그런 일 있으면』이잖아?”

혹시 몰라 미리 방어해 둔 게 이렇게 바로 효과를 낼 줄이야.

“호오. 이제 완전히 회복했다고 단언하는 건가.”

“단언할 수 있어.”

도저히 못 믿겠다면서 웃은 이부키는 신발을 아무렇게나 벗고 방에 들어왔다. 나는 나뒹구는 신발을 들어 올린 다음, 깔끔하게 정리된 신발 두 켤레 옆에 가지런히 놓았다.

한 켤레는 이 방 주인인 내 것.

그리고 다른 한 켤레는――.

"쿠시다는 어떻게 생각해, 호리키타가 방금 한 말."

또 다른 신발의 주인인 그녀를 쳐다보며 이부키가 물었다.

"믿을 수 없지."

나를 쳐다보지도 않고 스마트폰으로 시선을 떨군 채 바로 대답했다.

"그렇다는데?"

"저 애도 너처럼 내 말을 있는 그대로 받아들이지 않으니까 난 아무렇지도 않아."

한숨을 푹 내쉰 나는 현관에서 부엌 쪽으로 이동했다.

그리고 케야키 몰 마트에서 사 온 식재료를 장바구니에서 꺼내면서 뒤돌아보며 입을 열었다.

"적당한 데 앉아서 저 애처럼 스마트폰이나 보고 있어. 텔레비전 봐도 되고."

"말 안 해도 그렇게 할 거거든."

이부키는 자기 지정석에 가 앉더니 방 안을 두리번거렸다.

그런 이부키를 곁눈질한 쿠시다가 작은 목소리로 중얼거렸다.

"뭐야, 그 얼굴. 기분 나쁘게."

"뭐? 누구 얼굴이 기분 나쁘다는 거야?"

"근처에 한 사람밖에 없으니까 굳이 이름을 말할 것까지도 없지 않나?"

"호리키타일지도 모르는 거지. 기분 나쁜 얼굴이고."

"그런가? 음, 그건 그럴지도 모르겠다. 오해하게 만든 것 같기도."

저 두 사람은 여기가 누구 방인지 알고는 있는 걸까…….'

"하지만 방금 내가 말한 사람은 이쿠키만이야."

"뭐라고? 뭔데, 뭔데. 왜 갑자기 시빈데? 베개 싸움이라도 해?"

그렇게 언제나 시비조인 이부키가 물고 늘어졌다.

"오랜만에 호리키타 방에 와서 기뻐~ 하는 표정이었으니까."

"뭐야? 뭐라고? 기쁘기는. 공짜 밥을 먹을 수 있어서 럭키~ 하고 생각했을 뿐인데."

"그걸 기쁘다, 라고 말하지 않나?"

"완전 다르거든."

한 명 늘어났을 뿐인데 갑자기 시끌벅적해진 거실을 곁눈질하면서 나는 익숙한 손놀림으로 요리를 시작했다. 오늘 산 식재료는 평소보다 두 배로 예산이 들어갔다.

그래도 최근에 밥을 해 먹지 않고 편의점 등에서 간이식을 사 먹었던 것에 비하면 싸게 든 편이다.

얼마 전까지만 해도 절대 편안하게 느껴지지 않았던 두 사람의 소란한 목소리.

그런데 이제는 신기하게도 마음을 차분하게 만드는 음악처럼 내 귀에 들린다.

견해, 사고방식이 조금 변하는 것만으로 심경에 큰 변화가 생긴다.

칼로 채소를 썰면서도 나는 내가 놓여 있는 상황을 다시금 돌이켜보았다.

아까 이부키에게는 살짝 거짓말했다.

완전히 회복했냐는 물음에 대한 답. 단언할 수 있다고 말했던 것.

그건 분명히 거짓말이었다.

물론 절망의 구렁텅이에서는 그래도 좀 살 만한 데까지 기어 올라왔다고는 생각한다.

그래도 상처받은 마음이 완치되려면 아직 한참 멀었다.

이부키의 발차기에 당하는 희생자가 나오지 않게 하려고 한 거짓말.

그래도 사실은 그런 거짓말로, 나는 괜찮다며 스스로를 속이고 싶었으니까.

아야노코지가 없는 현실은 그만큼 버겁다——.

6

취사 예약해 두었던 밥솥이 삐삐 울면서 밥이 다 되었음을 알렸다.

바로 뚜껑을 열고 주걱으로 밥을 휘저어 표면에 남은 수분을 날린 다음 전체적으로 골고루 섞었다.

그리고 쿠시다와 이부키의 앞에 완성된 음식을 하나둘 늘어놓았다.

"일본산 구로게와규*로 만든 함박스테이크야. 그냥 흑우가 아니라고."

"구, 구로게와규?! 꽤, 꽤 호화로운 느낌인데……!"

당황하면서도 두 팔을 벌리고 호의적인 눈빛으로 요리를 쳐다보는 이부키.

"네가 좋은 거 먹고 싶다며? 그리고 네가 쓰는 일본어 이상하니까 주의하도록 해."

어이없어하며 지적한 나는 다시 빠른 손놀림으로 밥을 마저 차렸다.

"이 정도로 대접해 준다면 매일 와줄 수 있는데?"

"절대로 사양할게. 오늘만 특별히 해주는 거야."

"쪼잔하긴, 호리키타. 뭐, 됐다, 내일부터는 평범한 밥이라도 손뼉 쳐 줄게."

왜 내일 이후로도 쭉 내가 밥을 차려준다고 혼자 정했는지 모르겠지만, 상대하면 기어오르기만 할 테니 무시하기로 한다.

적어도 저 애는 나의 보답이라고 순수하게 받아들이면서, 내가 특별히 솜씨를 발휘한 요리를 환영하는 모양이니까.

식탁 위에 차려진 평소와는 다른 요리들.

어느새 쿠시다도 스마트폰을 만지던 손을 멈추고 음식을 응시하고 있었다.

---

*일본산 최고급 소고기로 검은색 털이 특징이다.

"정말 특별한 것 같기도——."

기뻐하는 이부키와 대조적으로 쿠시다는 경계심을 한층 높였다.

"뭔가 다른 꿍꿍이가 있는 것 아니야? 경솔하게 먹었다가 후회할지도 모르——."

재빨리 이부키에게 경고하려고 했지만, 이미 이부키는 포크를 들고 입에 반찬을 넣고 있었다.

"빠르기도 해라……."

우걱우걱하는 소리가 들릴 정도로 거침없이 먹었다.

한 입 먹으면 멈출 수 없을 만큼 맛있다는 또 다른 표현 같아서 흐뭇한 광경이네. 만든 사람으로서 기분이 나쁘지 않아.

"야만인."

"누가 야만인이라는 거야."

입에 음식물이 남아 있었지만, 쿠시다의 시비에 즉시 응수했다.

잠시 가만히 지켜보고 있는데, 미소 가득한 이부키가 고개를 들었다.

"요즘에 계속 돈이 부족해서 이런 밥도 감지덕지야."

어떤 생활을 하기에 그러는지 궁금하지만, 지금은 우선 해야 할 일이 있다.

이부키는 언제나 밥을 다 먹고 나면 바로 돌아가 버리니까.

"너희의 의견을 좀 듣고 싶어."

"요리 말이야?"

"아니. 요즘 화제인 아야노코지에 관해서."

그 이름을 듣자마자 이부키가 노골적으로, 혐오감을 숨기지 않고 드러냈다.

한편 쿠시다는 평소와 다름없는 표정으로 나를 한 번 보았다.

그래도 그 눈은『그럼 그렇지』하고 말하는 듯했다. 특별 요리의 의도를 알아차렸다.

"반 옮긴 거? 그거라면 새삼스러운 화제 같은데."

무덤덤하게 말하는 그녀는 아야노코지가 없다는 사실에 그다지 충격받지 않은 걸까. 앞으로 A반을 안전하게 유지할 수 있다는 확실한 보장이 사라지게 되었는데도.

"적이 된 아야노코지를, 그 아이를 이기려면 어떻게 해야 좋을지…… 지금의 나는 모르겠어. 돌파구를 찾기 위한 힌트가 필요해."

"백지장도 맞들면 낫다는 마인드? 그래도 이부키는 너무 역부족 아닌가?"

"그건 나도 아주 잘 알아."

쿠시다에게 그렇게 대답하자 이부키가 포크를 움켜쥔 주먹으로 테이블을 탁 쳤다.

"나를 바보로 본다는 것만은 알겠네. 발차기 맞아볼래?"

"바보로 보는 건 맞을지 몰라도, 의지하려고 해. 적어도 이 주제에 관해서는 내가 생각지도 못하는 조언을 던져줄지도 모른다고 기대하고 있어. 이부키는 아야노코지를 쭉 탐탁지 않아 하기도 했고."

"흠, 그렇구나."

내가 돌려서 한 말을 납득한 모양이네.

"아니 그렇긴 뭐가 그렇구나야, 이부키. ……뭐, 그건 됐고."

이부키는 포크를 다시 쥐고 요리를 한껏 집어서 입에 넣고 꼭꼭 씹어 삼킨 다음, 다시 한번 콧방귀를 꼈다. 그리고 매너 없이 포크를 빙빙 돌리면서 고개를 끄덕였다.

"아야노코지를 이기는 방법 말이지. 애초에 불가능해."

"너 치고 포기하는 쪽으로 판단이 빠르네. 조금은 생각 좀 하고 말해주면 좋겠어."

"했는데? 그 녀석은 괴물처럼 강하고 기습 공격도 안 먹혀. 이길 수 있을 것 같은데 못 이긴 상대였으면 다음번에는 기필코 이겨주겠다고 열의를 불태우겠지만, 걔는 그런 수준이 아니야. 그래서 나는 이제 포기했어."

싸움을 좋아하는 이부키가 이 정도까지 말하게 하다니 역시 아야노코지── 지만, 문제는 그게 아니다.

"너는 그 애를 이기는 걸 물리적인 방향으로만 생각하는구나."

"엥, 그거 말고도 있나?"

상식적으로 생각하면 머리 쪽이라는 걸 알 수 있을 테

지만, 이것 또한 그녀만 할 수 있는 발상 중 하나라면서 긍정적으로 받아들이기로 한다.

"우선은 그 방향부터 생각해 보는 것도 나쁘지 않을지 몰라."

여기에 있는 사람이 이부키이기에 이런 의논도 가능할 테고.

"애초에 말이야, 너, 그 녀석이랑 같이 있었으면 강함의 비밀 정도는 알아냈어야지."

"비밀이라니……?"

"너나 나나, 싸움으로는 그 녀석을 못 이기잖아. 천하의 알베르트조차 아야노코지 앞에서는 어린애나 마찬가지였어. 순수하게 힘만 봤을 때는 아야노코지에게 승산이 없었는데, 전혀 상대도 되지 않았다고."

손가락으로 빙빙 돌리던 포크를 멈추더니 꽉 움켜쥐었다.

이부키가 말하는 비밀. 이상할 정도로 강한 그 힘을 언제 어디서 쌓았는가.

아니, 강한 힘뿐만이 아니다. 비상한 머리도 일반 학생과는 명백하게 다른 느낌이 든다.

"유감이지만 하나도 몰라. ……그 애는 나한테 아무것도 알려주지 않았으니까."

제일 가까이에 있었으면서. 속으로 그렇게 자학했다.

"하나도 도움이 안 되네. 너랑 아야노코지는 한 세트 같은 느낌이었는데 말이야."

반박할 수 없는 너무나 뼈아픈 한다디.

사실은 손으로 귀를 틀어막고, 한심한 나를 감추고 싶다.

하지만, 그렇더라도 조금씩 받아들일 각오를 하고 있다. 아야노코지의 이야기가 나올 때마다 비슷한 감정이 올라와도 이제는 어쩔 도리 없다며 정리할 수 있게 되었다.

"싸움이 어떻고 하는 건 난 전혀 모르겠지만, 그건 아야노코지한테는 근력 말고 다른 면에서 야마다를 능가하는 요소가 있었다는 뜻 아니야? 아무리 생각해도 힘은 야마다가 훨씬 셀 것 같으니까."

"뭐, 단순히 말로 표현하자면 그렇겠지만……."

이부키가 머뭇거리면서 나를 쳐다보았다. 성가신 설명을 떠넘기려는 거겠지.

"그 애는 단련을 어떻게 하고 유파가 어떻고, 그런 차원이 아니야."

강해지는 과정은 기본적으로 누구나 똑같다. 특정 분야, 예컨대 가라테면 가라테, 유도면 유도, 이렇게 일단 수련을 거쳐서 기술을 갈고닦아 나가는 수밖에 없다. 그 이야기를 쿠시다에게 해주었다.

"갈고닦은 기술의 근간이 무엇인지를 알면……."

탁월한 재능을 가진 천재라도 달인 소리를 들을 수준까지 성장하려면 몇 년은 걸린다.

이부키만큼 많이 보지는 못했어도 호우센을 상대했을 때 그리고 합숙 때 그 능력의 편린은 목격한 바 있다. 나 역시

무도를 익혔기에 머리가 이해하기를 거부한다. 도저히 고등학교 3학년이 도달할 수 있는 수준이라고 볼 수 없다.

"그 기술을 익힌 게 이 학교에 들어온 이후일까, 아니면 이전일까."

"그 녀석은 고등학교 1학년 겨울 시점에 이미 괴물처럼 강했어. 그러니까 입학한 이후는 말이 안 되지. 여기에는 그런 기술을 배울 장소도 없잖아. 쿠시다 이 바보야."

"저기 말이야, 난 너희처럼 뇌가 근육으로 되어 있지 않거든? 야만적인 지식 따위는 없는 게 일반적이야. 알까 모르겠지만? 그러면 초등학교 들어가기 전, 아니면 입학 무렵에 그런 걸 배우기 시작했을 뿐인 얘기 아닐까?"

"무도도 공부랑 똑같아, 쿠시다. 단순히 시간을 많이 쏟아부었다고 해서 잘하게 되는 게 아니라고. 아무리 열심히 공부해도 많은 사람 중에 1등 하는 건 어려운 일이잖아? 계속 단련한다고 그 누구보다도 강해질 수 있는 게 아니야."

나는 1등 하기 위해 초등학교, 중학교 때도 계속 열심히 공부했다.

실제로 중학교 때는 솔직히 말해 학년에서 3등 안에는 들었다는 자부심이 있다.

하지만 고도 육성에 들어온 뒤 허무하게도 그 자리에서 내려왔다. 상위권은 유지할 수 있었지만, 1등은 쉽게 하지 못하게 되었다. 대학에 진학하면 또 비슷한 경험을 하겠지. 전국에서 우수한 학생이 모이면서 내 순위는 자연스레 뒤로 밀려날 것이다. 그런 일들의 반복. 노력만으로는 채울 수 없는 비정한 현실이 기다리고 있다.

"그럼 더더욱, 정답은 하나밖에 없네. 이 학교에서 그 누구보다 공부 잘하고, 이 학교에서 그 누구보다 강한 거잖아? 단순하게 아야노코지에게는 1등이 될 천재적 소질이 있다는 이야기지."

그렇다. 깊이 생각하지 않으면 그것만으로도 일종의 답이긴 하다.

학년에 몇 명 정도 있는 노력파와 수재와는 다른, 진정한 재능을 가진 인간.

일본 굴지의 고등학교와 대학교에서 계속 1등을 차지할 재능을 가진 극소수.

아야노코지는 틀림없이 그 자격을 갖춘 사람이다.

"사실대로 말하자면 그럴지도 모르지. 하지만 그렇게 생각해도 아직 현실적으로 느껴지지 않는단 말이야. 나도 지금껏 나보다 뛰어난 사람을 몇 명이나 봐왔지만, 그중에서도 아야노코지는 이질적이랄까…… 자기 혼자 서 있는 위치가 확실하게 다른 느낌이 들어."

——왠지 마음대로 신격화에 가까운 평가를 내려버렸다는 느낌도 들지만.

지금은 그 정도로 과장된 존재라고 가정해 두자. 그러다가 막상 그에 대해 알게 됐을 때 상위 10%에서 20% 정도에 드는 수재였다, 그 정도 선에서 정리가 된다면 마음의 평온도 유지할 수 있을 테니까.

나는 호흡을 한 번 가다듬은 다음, 얼마 전에 있었던 일을 회상했다.

"그런 그의 배경을 알고 싶어서, 사실은 삼자 면담 때 아야노코지의 부모님을 만나러 갔었어."

지금까지 무도 이야기에는 거의 흥미를 보이지 않던 쿠시다가 살짝 구미가 당긴다는 투로 입을 열었다.

"아야노코지의? 어떤 분이었어?"

"그거 나도 좀 궁금하네. 고릴라처럼 강해 보였어?"

이부키도 뒷말을 기다리기 힘들다는 듯 몸을 앞으로 내밀면서 물었다.

"들으면 오히려 실망할지도 몰라. 면담에 온 건 아버지였는데, 좀 무서운 인상은 있었지만 차분하고 평범한 분이셨어. 교육에 관해서도 특별히 시킨 건 없다고 말씀하셨고."

"그게 말이 되냐? 사이보그로 개조하는 수준이 아니면 설명이 안 된다고."

된장국을 후루룩 소리 내 마시면서 엄청난 말을 했다.

"거짓말하는 것처럼은 안 보였는데……."

"그 아야노코지의 부모잖아? 솔직히 말이랑 생각하는 게 좀 이상할지도 모른다고."

"……그래, 그렇겠다."

하긴 일반적인 교육으로 그렇게 될 수는 없다.

상당한 영재 교육을 받았다는 표현도 한참 부족하다는

생각밖에 들지 않는다.

단순히 아들 자랑을 삼가려고 한 거짓말이었을까.

"부모 얘기가 나와서 말인데…… 우리 학교에 아야노코지랑 같은 중학교 출신은 없나?"

"글쎄. 내가 전에 몇 번쯤 비슷한 질문을 그 애한테 하려고 시도해 봤는데, 잘 피해 가더라고."

"보통은 출신 학교 정도는 대답해 줄 만도 한데. 안 한다는 건 역시 뭔가 비밀이 있는 걸지도."

바로 출신 학교를 숨기고 싶어 한 쿠시다가 하는 말이니만큼 설득력이 있다.

어떤 부적절한 이유라도 있는 게 아니라면 굳이 숨길 필요가 없는 건 분명하지.

"아야노코지는 싸움 말고 운동도 역시 다 잘해? 달리기는 빠르던데."

"어떨까, 그건 잘 모르겠어. 입학 초반에는 크게 의문을 느낀 적이 없었는데, 지금까지 필기시험에서 의도적으로 높은 점수를 받지 않았던 걸 보면, 자기가 잘하는 운동 분야에서도 일부러 힘 뺐을 가능성도 충분히 있겠지."

"그럼 중학교 때 동아리 활동 기록이 있다고 쳐도 대충 했을 가능성이 있는 건가."

"……그러게. 만약에 그 애가 특정 운동 분야에도 뛰어난 재능이 있다면 그 지역 안팎으로 소문 정도는 누군가가 들었을 텐데……."

"방금 시험 삼아 아야노코지의 이름을 검색창에 쳐봤는데 전혀 안 나와. 아야노코지라는 성씨가 흔치 않으니까 나올 것 같았는데 말이야. 초등학교, 중학교 때 기록을 남긴 흔적도 없고 아무 상관 없어 보이는 연예인이나 정치인밖에 안 나오네."

쿠시다가 손가락으로 스마트폰 화면을 스크롤 하면서 알려주었다.

고등학교에 입학하기 전까지는 좋은 쪽으로든 나쁜 쪽으로든 인터넷에 뭔가 올라올 만한 학생이 아니었다.

그것도 단서라면 단서에 해당하겠지만, 진척이 있었다고는 절대 말할 수 없다.

누군가 아야노코지와 연결된 단서를 쥔 사람 없을까…….

"그 녀석은 뭔가 알고 있을 것 같았는데 말이지."

이부키가 불쑥, 뭔가 생각 난 듯 중얼거렸다.

나도 거의 동시에 그 녀석이라고 불린 인물을 떠올렸다.

"이름이 뭐였더라, 으음, 한 학년 아래……."

"야가미, 야가미 타쿠야 말이지."

"맞아, 맞아, 야가미. 꽤 위험한 녀석이었다고 할까, 엄청 날뛰고 난리 쳤었잖아. 무인도에서 코미야 일행을 폭행했던 것 같고, 분명 아야노코지가 어쩌고 하면서 소리치지 않았어?"

이부키와 내가 야가미를 떠올리고 있는데, 조용히 듣고 있던 쿠시다가 그 이름에 표정이 굳었다. 학생회실에서 나구모 선배와 류엔 그리고 선생님들에게 추궁당한 야가미는 무인도 폭행 사건을 일으킨 인물로 퇴학 처분을 받았다.

하지만 당시에 나는 그 그림을 그린 인물이 따로 있는 게 아닌가 하고 생각한 순간이 있었다. 모든 것은 아야노코지의 계획이 아니었을까, 라는 의심. 하지만 증거는 어디에도 없었고 단순한 예감에 지나지 않았는데, 지금 와서 다시 그때의 의심이 불붙기 시작했다.

"마지막에 아마사와도 나타났고. 이상한 어른들도 들이닥치고."

"그랬지……. 그 사람들은 야가미와 아마사와를 다 아는 관계자라고 했던 것 같아. 나도 기억이 많이 지워졌지만 그건 똑똑히 들었어."

아야노코지를 퇴학시키려고 했던 야가미 무리.

그런 야가미를 아야노코지가 편지에 어떤 트릭을 넣어 불러냈다…… 그렇게 짐작했다.

야가미와 아마사와가 연결되어 있다는 것만은 틀림없다.

그래도 아야노코지와의 연결고리는 아직 불명확하다.

"야가미와 아마사와 그리고 아야노코지가 같은 중학교 출신이거나 옛날부터 다 아는 사이? 너무 충분할 만큼 가능성은 있지 않아? 일단 야가미와 아마사와도 검색해 보면 어때?"

"아쉽지만 안 나와. 방금 해봤어."

쿠시다가 이미 검색했는지 화면을 돌려 결과를 알려주

었다.

그 순간, 나는 지금까지 잊고 있던 것을 떠올렸다.

"잠깐만. 그러고 보니 야가미…… 나랑 같은 중학교——."

"뭐라고? 그런 거야? 그럼 아야노코지와는 아무 상관 없네. 그걸 왜 기억 못 하고 있었어?"

"어쩔 수 없는걸. 난 그 애랑 중학교 때 모르는 사이였는데. 하지만 쿠시다는 다르지."

지금까지 잠자코 이야기를 듣고 있던 쿠시다가 스마트폰을 조용히 테이블 위에 내려놓았다.

"쿠시다는 나랑 같은 중학교를 나왔고 야가미와도 아는 사이야. 그렇지?"

"그럼 멍청이 쿠시다 잘못이네. 빨리 말하라고."

"야가미…… 말이지."

쿠시다는 작은 목소리로 중얼거리더니 계속해서 말을 이었다.

"뭐, 아야노코지가 반을 바꿔 버린 이상 계속 숨기고 있어도 아무 의미 없을 테니까 알려주겠는데, 사실 나랑 야가미는 같은 중학교 출신이 아니야."

"——뭐?"

"이건 또 무슨 소리야. 어떻게 된 일인데?"

혼란스러워하는 이부키. 동시에 나도 혼란을 느꼈다.

작년 1학년들이 입학한 직후. 야가미가 2학년 교실에 찾아왔을 때 분명 두 사람이 같은 중학교였다는 대화를 나눴던 기억이 있다.

거기서 의심을 품을 리도 없이 무조건 믿었던 부분. 그 대전제가 느닷없이 무너졌다.

쿠시다가 그 이유를 우리에게 들려주었다.

자신의 본성을 아는 중학교 시절의 학생들. 그 후배 중에 야가미 타쿠야라는 학생은 기억에 없었는데, 상대는 분명 자신을 아는 것처럼 굴었다. 모른다고 어필했다가 괜히 과거를 폭로 당하고 난감한 전개가 펼쳐질까 봐 불안해서, 일단 같은 중학교 출신이라고 그 자리에서 거짓말하고 말을 맞췄다. 야가미가 어디까지 아는지 직접 알아보기 위해. 그리고 그 결과는 최악이었다. 야가미는 같은 중학교도 아닌데 쿠시다의 과거를 상세하게 알고 있었고, 비밀을 폭로하지 않는 대신 다방면으로 협력을 요구했다. 아마사와도 거기에 관여했던 모양이다.

"자, 잠깐만 있어봐. 너무 엄청난 정보여서 머리가 따라가질 않아. 너, 야가미가 똑똑하다는 사실도 알고 있었잖아……? 그런데 정말 후배가 아니었다고?"

"신입생의 OAA를 본 직후여서 조금 기억했던 것뿐이야. 학력 A여서 머리에 남아 있었어. 호리키타처럼 같은 중학교 출신인 후배가 들어오면 골치 아프잖아? 그래서 입수할 수 있는 타이밍이 됐을 때 모두의 얼굴이라든지 이름을 체크해 뒀지."

학력 A 부분을 잘 이용해서 지인인 척 연기했다고 고백했다.

"너희가 어디까지 확신했는지는 모르겠지만, 야가미를 퇴학으로 내몬 사람은 틀림없이 아야노코지야."

지금까지 나와 이부키가 확실한 답을 내놓지 않았던 부분을 쿠시다가 날카롭게 파고들었다.

"야가미가 퇴학당하고 나서 아야노코지한테 직접 들었어. 이용당하는 나를 구하려고 야가미를 처리했다고. 야가미와 아야노코지의 학교는 달랐던 것 같지만, 아는 사이라고 했어. 아마사와도 지인이고, 이웃에 살았다면서."

"그런 건 좀 빨리 말하라고. 진짜 바보 쿠시다."

"나한테는 봉인한 과거니까. 원래는 말하고 싶지 않은 얘기여서."

"진짜, 이 정도로 코앞에 우리가 궁금해하던 걸 알고 있는 녀석이 있었는데."

"그러게……. 사정은 알겠지만 등잔 밑이 어둡다더니."

마치 지금까지 혼자 쌓던 나무 블록을 옆에서 손을 써서 강제로 무너뜨린 느낌.

"아야노코지는 옛날에 두 사람한테 원한을 산 적 있다고 했어. 아마사와는 용서했다? 오해가 풀렸다? 뭐 그런 느낌이긴 했지만, 야가미는 용서하지 않았다고. 내 과거를 안 것도 아야노코지한테 복수하기 위해 조사한 것 같다던데……."

작년에 나눴을 그 대화를 최대한 떠올리면서 쿠시다가

말했다.

"이런 얘기는 아무한테도 말할 리 없다고 생각하지만, 모르지 뭐."

자조하듯 웃은 쿠시다가 물을 한 모금 마셨다.

지금까지 감춰온 진실을 털어놓으면서 목이 바짝 말랐는지도 모른다.

"힘든 기억을 떠올리게 했을지는 몰라도 아주 중요한 정보였어. 처음부터 다시 정리할 필요는 있지만…… 말이야."

정체를 알 수 없는 아야노코지 키요타카라는 인물.

하지만 그런 아야노코지에게도 아마사와와 야가미라는 공통 지인은 확실하게 있었다는 것. 또, 그 두 사람 역시 비범한 실력을 갖췄다는 것. 이를 통해 도출할 수 있는 사실은 적어도 단순히 안면만 있는 정도는 아닌 듯하다는 것이다.

그는 어딘가에서 두 후배의 원한을 샀다——.

"중학교, 또는 그 이전의 유년기부터 같은 환경에 있었다——?"

그러다 갈등이 일어나서…… 이렇게 머릿속으로 다시 한번 이것저것, 처음부터 차근차근 조립해 나간다.

"격투기 쪽으로는 모르겠지만, 전국적으로 유명한 가라테 도장, 유도 도장이 있으니까 그런 데 다녔다거나 한 건?"

"바보 쿠시다. 걔들이 가진 실력은 그런 뻔한 게 아니야."

"『격투기 쪽으로는 모르겠지만』이라고 전제를 깔았잖아?

이부키 너랑 인식이 동떨어져 있다고 해서 사람 그만 공격하지 그래? 창피하기만 할 뿐이니까. 그리고 자꾸 바보 바보 거리는 것도 그만둬 줄래? 너랑 나랑 성적을 따져보면 상대도 안 되면서 말이야."

어디까지나 일반인의 시점으로 하나의 의견을 냈을 뿐이라고 쿠시다가 어이없어하며 말을 덧붙였다.

"흥. 격투기쯤은 알아두는 게 상식인데."

"그런 상식은 없어."

"싸우지 말고. 그래도 확실히 유명한 도장에 다녔다고 해서 아야노코지와 그 애들 같은 스킬을 쉽게 익힐 수 없다는 말은 맞아. ……오히려 그래, 결과적으로 유명한 도장의 초청으로 그 애들이 서로를 알게 되었다…… 그럴 가능성은 있을지도 모르겠네."

학생회실에서 난동 부리는 야가미를 데리러 왔던 어른들.

그것도 그쪽 관계자였다고 하면 조금씩 앞뒤가 이어지기도 한다.

"조만간 아마사와한테 직접 물어볼까?"

"그 앙큼한 애가 알려줄 것 같아?"

"그야 그렇지만…… 너희는 어떻게 할래?"

"난 패스할게."

"아마사와의 얼굴을 보면 때리고 싶어져서 안 가련다."

거의 동시에 두 사람이 거절했다.

그래도 과연, 부주의하게 접촉했다간 아무런 진척도 없

을 가능성이 높을 듯하다.

일단은 상황부터 지켜보는 편이 나을지 모르겠다.

7

배가 빵빵하게 부른 이부키는 먼저 돌아가고 쿠시다도 2분 정도 뒤에 현관으로 가서 신발을 신었다.

그대로 뒤돌아보지 않고 나갈 줄 알았는데——.

"오늘 잘 먹었어. 고마워."

"……넌 좀 낫네. 어디 사는 누구 씨와 달리 인사할 줄 아니까."

"딱히 호리키타한테만 국한된 얘기가 아니라 누구에게든 고맙다는 말 따위 하고 싶지 않은데, 평소 습관이란 게 참. 말로 표현하려고 늘 의식하다 보니 무의식적으로 나오고 만다니까."

방금 한 인사도 무의식적으로 나온 거라고 쿠시다가 어이없어하며 말했다.

"그렇구나……. 뭐, 진심이 어떻든 말은 중요하지."

실제로 겉치레에 불과한 감사 인사라도 어느 정도는 만족감을 채우는 면이 있다.

바로 돌아갈 줄 알았던 그녀가 무슨 생각인지 나를 향해 몸을 돌렸다.

"그런데 특별시험은 괜찮아? 어떤 규칙일지 예측 정도는 했어?"

"후보를 좁히는 중이야. 내일 몇 가지 방침을 반에 보고하려고 해."

이런 이야기는 적대하는 반인 이부키가 있을 때는 할 수 없다.

그래서 쿠시다가 일부러 시간을 살짝 늦춰서 돌아가려고 했을까.

"그 애, 이부키라도 일단 경계하고 있나 보구나."

"솔직히 경계 같은 거 안 해도 될 수준이긴 했지만. 밥 먹는 도중에, 우리가 시험 규칙을 어떻게 생각하는지 캐보려나 싶어서 각오하고 있었는데 그럴 기색도 없더라. 머리 한쪽 구석에도 전혀 들어 있지 않은 느낌이었어."

순수하게 식사만을 목적으로 방에 찾아온 건 틀림없으리라.

그래도 쿠시다는 혹시 몰라 그 화제를 피했다.

솔직히 그 점은 고마운 배려였다고 할 수 있다.

"어떤 규칙일지 모르는 특별시험인데, 그래도 이길 거야?"

"그런 걸 물어보다니. 당연하잖아? 다른 반도 조건은 똑같아."

"그래도 C반에는 아야노코지가 있어."

날카로운 시선과 거침없이 핵심을 찌르는 말.

내 정신 상태를 다시금 시험해 보는 것 같기도 했다.

"참 이상하단 말이야. 입학 초반에는 상상도 못 했는데, 지금은 그 애의 이름만 들어도 몸이 멋대로 경계하고, 두려움을 느끼고, 이길 수 없는 상대로 느껴버리고 있어."

숨길 수 없는 사실을 인정하고, 약한 내 모습에 한숨을 내쉰다.

"그래도 이긴다는 마음으로 싸울 거야. 그게 최소한으로 필요한 마음가짐 아니겠어?"

그럴지도 모르겠네, 하고 대답한 쿠시다가 나에게서 시선을 뗐다.

"A반이 되면 조금은 기쁨에 젖을 줄 알았는데, 이제 우리는 안간힘을 써서 달아나야 하는 입장이네. 사자한테 쫓기는 토끼나 다름없으니까. 이대로 계속 지면 꼴이 우스운 느낌이 들까."

자존심 강하고 계속 우등생으로 있었던 쿠시다는 체면을 몹시 의식했다. 지금까지도 말로 표현하지 않았을 뿐, D반에 속했던 점이나 하위 반으로 만족하던 태도에 많은 짜증을 느꼈을 것이 틀림없다.

그러다가 만장일치 특별시험 때 반 전체에 자신의 본성을 들키면서 그녀의 환경이 확 달라졌다.

나처럼 치가 떨리게 싫은 사람도 상대하고, 상처받으면서도 계속 대결해야 하게 되었다.

그렇게 간신히 손에 넣은 A반이라는 지위.

그것을 한순간 빼앗길 위기를 예감하고 있기에, 심적 스트레스가 상당할 터다.

"어쨌든 호리키타 너 혼자 힘으로는 안 될 것 같네."

"……부정하고 싶지만 못 하겠어."

"일단 특별시험의 힌트가 될 만한 걸 알게 되면 알려줘. 그럼 나도 나름대로 생각해 볼 테니까."

"그래, 물론이야. 그런데……."

불평불만을 가감 없이 드러내면서도 도와주려고 하는 쿠시다.

"네가 돕겠다고 나올 줄은 몰랐어. 순수한 친절함도 가지고 있구나."

솔직하게 칭찬했다. 그러자 쿠시다가 코웃음 치더니 억지 웃음을 지으며 나를 보았다.

"난 친절한 척하는 귀여운 내가 너무 좋을 뿐이야. 성격이 나쁘다는 걸 자각하고 있으니까, 호리키타한테도 천사 같은 태도로 대할 수 있는 거지. 그럼 겉으로만 강한 척하는 게 아니길 기대하고 있을게."

그렇게 살짝 무시하듯이 웃은 쿠시다가 현관문을 열고 돌아갔다.

"그렇구나…… 나도 아직 사람 보는 눈이 한참 없나 봐."

황당해하기는커녕 나도 모르게 감탄하고 말았다.

끝까지 자기가 어떻게 보일지만 의식하는 쿠시다의 삶의 방식을 볼 수 있었다.

마지막에 했던 그녀의 한마디가 귓속 깊이 남았다.

『겉으로만 강한 척하는 게 아니길 기대하고 있을게.』

"――나도, 그렇길 기대해."

문이 닫힌 후, 나는 한숨 돌린 후 거실로 돌아왔다.

내일부터 새로운 특별시험이 시작된다.

하지만 오늘은 오늘 해야 할 일이 있으니 쉬려면 아직 멀었다.

"그럼…… 정리해야겠네."

살짝 귀찮아지려 하는 마음을 꾹 누르고, 테이블로 시선을 던졌다.

쿠시다는 원래 매너 있게 먹는 편인데, 의외인 것은 이부키다.

밥그릇에 밥알을 남기는 사람도 적지 않건만 그녀는 한 톨도 남기지 않고 깨끗하게 먹었다

다만――.

"그거 하나는 칭찬할 수 있어도 나머지는 여전히 엉망이야."

된장국 국물과 반찬 부스러기가 테이블뿐 아니라 그녀가 앉았던 자리에도 떨어져 있었다. 분명 교복 치마 등에도 묻어 있을 터.

"이런 평상시 예의범절과 매너를 보인다는 의식을 조금은 가졌으면 좋겠――."

손을 뻗으려다가 멈췄다.

문득 떠오른 생각이 있었다.

"그런가…… 그런 식으로도 충분히 생각해 볼 수 있겠어……."

학교 측에서 낸 일주일간의, 규칙 설명도 없는 특별시험.

그것이 이 일주일을 가리키는지, 아니면 일주일 후를 가리키는지.

답은 아직 얻지 못했다.

그래서 모든 반이 머리를 굴리고 있을 터.

"——가능성은, 절대 낮지 않아."

차바시라 선생님의 말과 태도.

그게 어떤 의미에서는 우리에게 최선을 다해 준 힌트였다면?

입학 초기와는 다르다고 생각할 수 있게 해주길 바란다.

그 차가운 말은 그야말로 미숙했던 우리 반을 봐왔던 선생님의 진심.

떠오른 내 생각이 적중했다면, 오늘 안에 빨리 손을 써둬야 한다.

특히 한 인물을 내일까지 컨트롤할 수 있는지, 그 여부가 승패와 직결되기 때문이다.

8

오후 8시가 지나 방을 뛰쳐나온 나는 일단 엘리베이터를 타고 아래층으로 내려갔다.

그리고 스도의 방 앞에서 조바심 나는 마음을 억누르며 조심스럽게 노크했다.

문 너머에서 후다닥 달려오는 발소리가 들리더니 조금 거칠게 문이 열렸다.

"뭐야, 이런 시간에 누구── 야──."

교복 상의만 벗은 모습으로 스도가 나왔다.

평소에는 거의 볼 수 없는 안경 쓴 얼굴이 좀 신선하게 느껴졌다.

"연락도 없이 찾아와서 미안해, 잠깐 할 얘기가 있는데."

"스스스, 스즈네! 어, 어떻게 여기에, 아니, 아, 그건 딱히 상관없지만!"

당황하며 손짓 발짓하는 스도의 손에 샤프가 쥐어져 있었다.

"어라, 호리키타?"

당황한 스도의 뒤편에서 목소리가 들리며 오노데라가 고개를 내밀었다.

순간 눈길을 준 현관에 신발 두 켤레. 나라도 어느 정도는 의심하게 되는 면이 있다.

"……내가 방해했을까?"

"아, 아니야, 하나도 방해 안 했어! 그냥 같이 공부하고 있었을 뿐이니까!"

"공부?"

과연 스도가 쓴 안경, 손에 쥔 샤프. 무엇보다 두 사람 다 여전히 교복 차림.

학생회장으로서 지적해야 할 문제점은 없는 듯 보였다.

"……뭐라고 해야 하나, 그 왜, 이번 특별시험. 공부는 아직 안 해도 된다지만, 만에 하나라도 필기시험이면 큰일이잖아? 그래서 조금이라도 대비해 두려고 했지."

아직 내일의 방침조차 전달하지 않았는데, 대책을 세우고 준비에 들어갔다. 그렇게 대답하는 그의 모습을 입학 초반에 예상할 수 있었던 사람은 아무도 없으리라.

"그건 참 훌륭한 일이지만, 통금 전까지는 오노데라를 무사히 방으로 돌려보내."

"다, 당연하지. 그런데 연락도 없이 무슨 일이야?"

손을 휘저어서 오노데라를 거실 쪽으로 보내려는 것을 내가 말렸다. 손님이 있으면 그 김에 같이 듣게 하는 편이 설명이 빠르니까.

"잠시만 들어가도 될까. 다른 반 애가 들으면 안 되는 이야기라."

"그래…… 당연히 되지."

현관 안으로 들어가 문을 닫았다.

그리고 궁금한 눈빛으로 나를 보는 오노데라를 현관 가까이로 불렀다.

"내일부터 시작될 특별시험. 100%라고는 말 못 하겠지만,

어떤 규칙으로 진행될지 한 가지 가능성이 떠올랐거든.”

목소리 톤을 조금 낮춰서 두 사람에게 말했다.

“진짜야? 어떤 규칙 같은데?”

“특별시험 시행을 알렸을 때 차바시라 선생님의 태도가 평소보다 차가웠잖아?”

“칸지랑 애들이 불만을 드러냈었지. 여러 가지 이유를 추측했던 것 같은데.”

“그건 선생님에게 여유가 없어서 차갑게 대했던 게 아니라, 사실은 일부러 매정한 태도를 보인 게 아닐까?”

“뭐? 일부러? 그렇게 해서 무슨 의미가 있어? 미움만 살 뿐인데.”

“그 태도가 선생님이 우리한테 보여줄 수 있는 최대한의 힌트…… 라고 난 해석했어. 입학하고 얼마 지나지 않았을 무렵을 떠올리게 하고 싶지 않았을까.”

“1학년 때 말이지? 하긴 입학 초반에 선생님이 아주 쌀쌀맞긴 했었지.”

살짝 뒤돌아 오노데라와 눈을 마주친 스도는 과거를 회상했고, 둘 다 이해가 됐다며 고개를 끄덕였다.

“그때 우리 1학년 D반이 제일 처음 치른 특별시험 기억해?”

“으음? 무인도 시험…… 아니었나?”

몇 발 앞으로 나와 스도 옆까지 온 오노데라가 기억을 떠올리며 중얼거렸다.

"오노데라가 떠올린 기억은 엄밀히 말하면 틀리지 않았어. 하지만 우리는 입학 직후부터 아무런 규칙 설명도 듣지 못하고 한 달이나 되는 시험을 치렀어——. 우리가 2년간 고생하게 된 모든 원인이지."

내가 그렇게 대답하자 스도가 바로 떠올렸고, 이어서 오노데라도 생각해 냈다.

"아, 그런가. 지각이랑 결석 같은, 그리고 수업 태도도. 그런 걸 체크하는 바람에 반 포인트가 0이 됐었잖아."

이제 막 고등학교 1학년이 된 아이들에게 매달 10만 엔에 해당하는 포인트를 지급하겠다는 학교 측의 서프라이즈. 거듭된 지각과 잡담. 선생님은 주의도 주지 않고 잠자코 지켜보기만 했다.

아무런 의심 없이 즐기고 누렸던 D반.

그 대가는 커서, 방금 내가 말했던 2년간의 고생으로 이어졌다.

"이번에도 그런 시험이라는 말이야? ……그러고 보니 성장한 모습을 보여달라는 식으로 말했었잖아. 똑같은 전철을 밟지 말라는 의미를 담은 거였나?"

차바시라 선생님의 말을 잘 경청했던 스도는 말의 퍼즐 조각을 스스로 주워 올렸다.

"나는 그렇게 해석했어. 그래서 같은 규칙의 특별시험이 아닐지 생각했어."

"충분히 가능성이 있겠어. 아니, 그렇게 들으니까 그것 말고는 없는 느낌마저 들어."

오노데라도 내 생각을 듣고 와 닿았다는 것이 표정에서 느껴졌다.

"물론 상관없는 어떤 규칙을 가진 시험일 가능성도 전혀 배제할 수는 없어. 그래도 저번 특별시험에 대비해 집중적으로 공부해서 반 애들도 심리적으로 쌓인 게 많을 테고, 이대로 계속한다고 좋은 결과를 얻을 수 있다는 보장도 없어."

이 두 사람처럼 높은 동기부여를 유지하고 있는 학생은 많지 않을 것이다.

"어느 쪽이든 전부 대비하라는 방식은 우리 반에 솔직히 안 맞으니까."

"하나에 집중하는 게 편한 건 틀림없는 사실이지."

"물론 도박이긴 해. 이렇게 했는데 필기시험이라고 당일에 공개되면 승산이 없어질지도 몰라. 하지만……."

"스도는 어떻게 생각하는지 모르겠지만, 난 호리키타의 제안대로 가보고 싶어. 공부하는 것도 나쁘진 않지만, 하나에 너무 몰두해 봐야 효율이 떨어지니까. 반이 이기는 작전은 심플한 편이 효율도 좋고 나쁘지 않은 듯한데."

"응. 다른 애들한테도 오늘 중으로 공유해서, 내일부터 철저하게 규율을 준수하는 생활을 했으면 해. 지각 한 번이 승패를 가를지도 모르니까."

아야노코지의 반과 이치노세의 반에 한해서는 원래부터 우등생이 많다.

평소에 지각도 결석도 없고, 생활 태도 역시 크게 조심하지 않아도 높은 수준을 유지할 수 있다.

첫걸음부터 실수해버리면 절대 승산은 없다.

"그럼 이 이야기는 절대 들키지 않도록 해야겠네. 칸지 쪽 애들이 냉큼 외부에 정보를 흘려버리면 큰 손해야."

"물론이야. 첫날 얼마나 치고 나가느냐가 관건이야."

다만 다른 반은 둘째 치고, 아야노코지가 이 정도도 예상 못 할 리가 없다. C반은 이 시점에 확실하게 이 패턴을 가정했을 터. 그리고 그건 카루이자와가 우려하듯 D반에도 정보가 넘어가 공유할지도 모르는 일…….

"……아야노코지는 꿰뚫어 봤을지도."

내 생각을 굳이 입에 담지 않아도, 스도 역시 상상이 갔나 보다.

이미 충분히 아야노코지가 강적임을 이해하고 있다는 증거이다.

"그렇더라도 다른 반은 몰라. 도와줄래?"

"그래. 그 녀석들이 이런 류의 규칙과 비밀을 지키게 할 방법이 생각나기도 하고."

자기 가슴을 주먹으로 탁 때리며 당당하게 펼쳤다. 그 모습이 무척 듬직했다.

"하지만 이케 무리를 억제하는 것만으로는 부족해. 우리 반에는 큰 걸림돌이 하나 있어."

"걸림돌? ……아, 그런가. 그래서 호리키타가 여기 온 거야?"

오노데라도 그리고 스도도 떠올리는, 그 누구의 말도 듣지 않는 문제아.

"그 애는 평소에 아무 의미도 없이 지각이나 결석하는 학생은 아니지만, 수업 태도나 사생활에는 큰 문제가 있어. 그 애 한 명이 발목 잡으면 우리 반은 100% 승산이 없어."

특별시험에서 이기려면 그 애가 협조하게 하는 것이 가장 중요한 과제다.

"하지만 정말 가능한가? 그 녀석이 말을 듣게 하는 게?"

"그냥 평범하게 부탁하면 무리겠지. 하지만 나한테도 생각이 있어. 그래서 코엔지의 방을 찾아갈 생각인데, 거기에 지금까지 가본 적이 없으니까. 그래서 일단 우리 반 애가 같이 가줬으면 해."

"지금 코엔지의 방에? 그건 확실히 엄청난 얘기일지도 몰라. 그 녀석이 짐승이 되면 나라도 쉽게 못 막으니까. 아니, 혼자 가지 않는 게 정답이야."

그런 걱정을 했던 건 아니었는데…….

괜히 태클 걸고 싶지도 않아서 그냥 한 귀로 흘렸다.

"그래서 말인데, 스도를 잠깐만 빌려 가도 될까? 빠르면 10분, 20분 안에 돌려보낼게."

"그런 거라면 마음대로 해. 그럼 난 적당히 시간 보내면서 기다릴게."

스도도 그 자리에서 흔쾌히 승낙해 주어서, 곧바로 신발을 신고 둘이 함께 복도로 나왔다.

9

코엔지의 방 앞에 도착하자 스도가 먼저 나서 주었다.
방 안에서는 아무런 반응이 없었다.
"아직 안 온 걸까……?"
이 시간이면 방에 있을 줄 알았는데, 너무 안이한 생각이었나…….
"글쎄. 그 녀석 귀찮은 일은 무시할 것 같아서 잘 모르겠다."
그렇게 말하고 다시 한번 거칠게 문을 두드렸다. 나라면 망설여져서 못 할 텐데, 주저 없이 해주니 정말 큰 도움이 된다.
잠시 주위를 소란하게 했더니, 긴 시간 침묵을 지키던 문이 마침내 열렸다.
"뭐야, 코엔지. 역시 안에 있었잖아."
"이런 이런, 어떤 멍청이인가 했는데 우리 반이었다니."
"한밤중에 다짜고짜 찾아와서 미안해. 너한테 간단한 부탁이 있어서."
"나와 약속을 잡고 싶으면 스마트폰을 쓰는 게 좋았을 텐데 말이야."

"연락이 된다는 보장도 없는 스마트폰을 썼다가 내일로 넘어가면 곤란하거든. 그리고 직접 얼굴 보고 말하지 않으면 네가 부탁을 들어주지 않을 것 같았어. 특별시험에 관한 얘기야."

"무슨 부탁인가 했더니 아직도 포기 못 했냐, 호리키타 걸. 낮 회의 때 깨달은 줄 알았는데 말이야."

"회의에는 참여하지 않아도 돼. 네가 우리 반을 위해 혼자서 뭔가를 짊어질 필요도 없고. 하지만 그런 게 아니라…… 너한테도 이득인 부탁이라면 받아들일 여지가 있지 않니? 들어보면 나쁜 이야기가 아닐 거야."

움직이지 않는 말 앞에 당근을 매다는 짓은 자제하고 싶다.

하지만 코엔지를 상대로 그렇게 말할 수 없는 것 또한 틀림없는 사실.

"흠. 그렇다면 살짝 들어보기로 할까."

그렇게 말하고는 내가 입을 열기도 전에 문을 활짝 열었다.

"밖에 들리면 말하기 힘들겠지?"

방금 특별시험이라는 말을 듣고 뭔가 눈치챘는지 우리를 방 안으로 들였다.

"네 방에 들어오는 날이 다 오는구만."

"후후훗. 순수하게 기뻐해라, 레드 헤어 군. 그대는 내 방에 발을 들인 최초의 남자야."

"하나도 안 기쁘다고……."

토하듯 말을 내뱉은 스도는 팔짱을 끼고 나보다 반걸음 앞으로 나왔다.

"자, 그럼 이야기를 들어볼까. 나한테 이득인 이야기라고?"

"응. 내일부터 그냥 평소처럼 지각이랑 결석을 하지 않고, 수업 시간에 쓸데없는 잡담을 삼가달라는 게 내 부탁이야. 또 문제시되는 수업 태도와 손버릇, 케야키 몰 등에서 정해진 규칙을 어기는 행동, 그런 것들을 전부 딱 일주일만 조심하길 바라."

여기까지는 단순히 나의 부탁. 이것만 듣고 코엔지가 고개를 끄덕이지 않으리라는 것은 잘 알고 있다. 그래서 이득 이야기도 바로 꺼냈다.

"다른 애들처럼 문제 행동을 일절 하지 않으면 20만 프라이빗 포인트를 너에게 줄게."

일주일만 규범을 잘 지키고 생활하기만 해도 실질적으로 20만 엔이 들어온다. 이건 틀림없이 파격적인 보수다.

금액이 과하지 않냐는 표정을 짓는 스도. 하지만 이 정도 임팩트가 없으면 코엔지는 움직이지 않는다. 그리고 만에 하나 부족하다고 투덜거리면 30만 포인트까지는 낼 각오가 되어 있다.

"호리키타 걸은 규범을 지키는 게 시험의 규칙이라고 생각한다는 거군?"

"맞아."

"뜻밖이지만 나도 그렇지 않을까 짐작하던 참이지."

"그거…… 정말 뜻밖이네. 어쩌다 거기까지 생각이 미쳤는지 알려줬으면 좋겠어."

"아마 그대가 거쳐서 도달한 그 과정과 같겠지. 티처의 태도를 보고."

생각이 번뜩 떠오른 지 얼마 되지 않은 나와 달리, 코엔지는 좀 더 일찍 눈치챘을지도 모른다. 자세히 묻고 싶긴 하지만 그만두기로 한다.

"하지만 세상에는 온갖 해프닝이 다라오는 법. 현재까지 규율을 요구할 시험일 확률은 70% 정도야. 만약 전혀 상관없는 시험이었을 경우라든지, 나 이외의 요인으로 졌을 경우에도 제시한 금액 그대로 나에게 줘야 하는데 상관없나?"

"야, 그건 아니지!"

"세상에 공짜는 없는 법. 못 받아들이겠으면 일절 협력할 수 없어."

"너라면 그렇게 말할 줄 알았어. 그 조건을 받아들여도 좋은데, 대신 1점이라도 감점될 수 있는 행동은 해선 안 돼."

"후후훗. 그럼 교섭 성립이군. 내일부터 일주일 동안——나의 규율을 그대에게 팔기로 하지. 파격가 50만 프라이빗 포인트에."

"……터무니없이 높게 부르네. 교섭할 마음이 있는 금액이라고 도저히 생각할 수 없어."

"이것도 꽤 친절하게 해준 편인데? 수업 도중에 앞머리가 신경 쓰이는데도 손거울로 확인할 수 없는 건 미를 추구하는 나한테 괴로운 일이야. 게다가 나는 서로 속을 떠보는 것보다도 한 방에 교섭을 마무리 짓고 싶은 타입이라."

그 한마디는 내가 20만 프라이빗 포인트를 상한으로 정한 게 아님을 다 꿰뚫어 보고 있다, 그런 의미였다. 방과 후에 그랬듯 또 아픈 데를 찌르는구나.

"이건 진짜 한도를 너무 넘었다고. 약점 잡아서 높게 부르면 통할 줄——."

덤벼들려는 스도를 말리면서 말을 끊었다.

"너의 독단적인 상식을 밀어붙이는 건 있을 수 없다는 점, 이해해 주겠지?"

"물론. 내일부터는 책상 위에 올린 아름답고 긴 내 다리를 두 눈에 담을 수 없어서 슬픈 시간이 되겠지만 어쩔 수 없겠군."

"……받아들이는 거야, 스즈네? 아무리 그래도 50만 프라이빗 포인트는——."

"교섭 성립이야. 그리고 이 계약은 절대 아무한테도 말하지 마."

도박이긴 하다. 코엔지의 말처럼 학교의 규범을 지키는 것이 특별시험의 규칙이라는 보장이 없고, 70%라도 된다면 다행이다. 하지만 지금은 그 확률을 끌어올릴 수 있다고 믿고 움직이는, 그 정도 리스크쯤은 감수하지 않으면 다른 반을 이길 수 없다.

무엇보다 지금 내 앞에 있는 코엔지는 보통은 절대 움직이지 않는다. 다른 사람이 쉽게 할 수 없는 행동, 이를테면 시험에서 높은 점수를 받아달라거나 운동 경기에서 1등을 해달라거나, 그런 부탁이었다면 교섭의 여지조차 없었을 것이다.

하지만 이번에는 어디까지나 아무것도 하지 말아 달라는, 반대로 된 요구.

비싸긴 해도 프라이빗 포인트를 이용한 제안을 받아주었다.

"그럼 이제 돌아가. 오늘도 나에게는 한참 긴 밤이 될 거라. 아니면 호리키타 걸만 남아서 이 긴 밤을 함께하든지? 후회할 일은 없을 거다."

"웃기고 있네! 가자, 스즈네."

스도가 내 팔을 잡더니, 1초라도 더 머물기 싫다는 듯 현관문을 열고 복도로 나왔다.

"젠장, 저 자식, 까불고 말이야……."

돌아갈 때 엘리베이터 앞에서 스도가 살짝 욕설을 내뱉었다.

"시답잖은 말장난이잖아, 너무 신경 쓰지 마. 그리고 교섭도 잘 됐으니까."

"그래도 가만히 있기만 하는데 50만은 너무 비싸지 않아?"

"다른 애들이 들으면 불만이 터져 나오겠지. 그래도 걱정하지 마. 반 애들 아무에게도 이 프라이빗 포인트를 부담하게 할 생각은 없으니까."

"꼭 그래서가 아니라…… 자기 부담 이전의 문제로 이 제안 자체를 알게 되면 받아들이지 못하는 녀석도 나오지 않을까?"

"그래. 그래서 너한테 같이 가 달라고 부탁했던 거야. 스도라면 내가 한 이 교섭을 다른 사람한테 말하지 않을 거잖아?"

직접적인 표현은 피하면서도 『비밀』로 해주길 바란다는 희망.

조금 당황한 표정을 지은 스도였지만, 엘리베이터 상승 버튼으로 손을 뻗으면서 힘차게 고개를 끄덕였다.

"뭐…… 말하지 말라고 하면 아무한테도 말 안 하지."

"고마워. 아, 내려가도 되는데."

스도가 느릿느릿 뻗는 팔보다 빠르게, 하강 버튼을 눌렀다.

"난 계단으로 돌아가면 돼. 오늘 갑작스러운 부탁을 들어줘서 정말 고마웠어. 그럼 잘 자."

고맙다고 인사한 나는 비상구 문 쪽으로 몸을 돌렸다.

"스즈네."

그런 목소리가 나를 불러세웠다.

"응?"

"나는── 나는, 그러니까……."

말할 내용을 정하지 않았던 것일까, 아니면 하려는 말이 입 밖으로 나오지 않았던 것일까.

머뭇거리는 그의 초조한 모습을 보고 나는 고개를 살짝 갸웃거렸다.

"하고 싶은 말이 있으면 얼마든지 해도 되는걸? 내 방식이 마음에 들지 않았어?"

"아니야. 그런 게 아니라…… 나는…… 나는, 아야노코지를 대신할 순 없을지도 모르지만……."

아야노코지. 그 이름에 나는 미세하게, 그러면서도 놀라움에 눈을 동그랗게 뜨고 말았다.

"그 녀석처럼 강하지도 않고, 똑똑하지도 않지만…… 그래도, 나는 쭉 스즈네 편이야. 그러니까── 어려운 일 있으면 꼭 오늘처럼 나를 의지해 주라."

강한 의지가 담긴 눈동자로 나를 바라보며 스도가 그렇게 말했다.

"너는 1학년 때 우리 반의 발목을 많이 잡았으니까, 앞으로 1년 동안 끝까지 힘닿는 대로 애써줘야 해."

"으윽──."

가차 없는 나의 말에 스도는 식은땀이 났는지 씁쓸하게 웃었다.

"엘리베이터 왔어. 오노데라한테 말 잘 전해줘."

"아, 어어. 그럼…… 내일 보자……."

"응, 내일 봐."

스도가 엘리베이터에 올라타는 모습을 지켜본 후 나는 비상계단으로 향했다.

"……고마워, 스도. 너의 그 말, 정말 기뻤어."

솔직하게 고맙다는 말만 하지 못했던 건 내 가슴이 뜨거워지는 것을 느꼈기 때문이다. 내 편이 있다. 의지할 수 있는 반 친구가 있다. 아야노코지가 반에서 나갔다고 해서 언제까지나 절망하고 있을 수만은 없다.

나를 뒤에서 든든하게 받쳐주는 사람들에게 어떻게 해서든 부응해야 한다.

○지식의 탐구

시험이 고지된 다음 날 아침. 이날부터 시험 기간 혹은 준비 기간일 일주일이 시작된다. 하지만 나는 특별히 아무것도 하지 않는다. 아침에 일어나 등교해서 성실하게 수업을 듣고, 방과 후에는 자유롭게 시간을 보내며 다음 날에 대비할 뿐.

반 아이들에게 한 가지 지시를 내려 두었지만, 그것 이외에는 자유다.

평소대로 해도 좋고, 추가로 공부해도 좋고. 전부 자주성에 맡긴다.

등교하기에는 꽤 이른 시간이지만, 별일 없는 한에는 아직 좀 더 빠른 등교를 유지하고 싶기 때문에 텔레비전을 끄고 신발을 꿰어 신은 뒤 복도로 나왔다.

엘리베이터가 도착해 문이 열리자, 여학생 다섯 명과 남학생 한 명이 안에 타고 있었다.

등교 전 아침은 특히 혼잡할 때가 많기에 그리 드문 일은 아니다.

정원 수를 생각하면 못 탈 것도 없지만, 하필 타고 있던 A반 여학생 3명 시노하라, 마츠시타, 이노카시라가 왠지 싸늘한 눈으로 나를 응시하고 있었다.

억지로 타도 별수 없기에 이번 엘리베이터는 그냥 보내

고 다음 것을 타기로 한다.

계단으로 가도 되지만, 그냥 다음 엘리베이터를 기다렸다.

이번에도 여학생 세 명이 타고 있었는데 내가 들어갈 공간은 있다.

그런데 다리가 살짝 무거워지면서 순간 탈까 말까 망설여졌다. 하지만 공간이 충분한데도 지금 안 타는 것은 부자연스럽다. 그런 생각이 들어서 발을 앞으로 내밀었다. 그리고 타자마자 문 방향으로 몸을 돌렸고, 엘리베이터는 잠시 후 1층에 도착했다.

마지막으로 탄 내가 제일 먼저 로비에 내린 다음 몇 걸음 걷고 멈췄을 때, 뒤따라 내린 두 여학생이 바로 옆을 스쳐 지나갔다.

"……좋은 아침이에요."

나머지 한 여학생이 뒤에서 내가 놀라지 않게 배려한 작은 목소리로 말을 걸어왔다. 같이 엘리베이터에 탄 히요리다. C반으로 온 뒤 몇 번쯤 이런 식으로 근처에서 우연히 보거나 스쳐 지나간 적은 있었는데, 만족할 만한 대화는 아직 나누지 못했다.

"안녕."

"잘, 지내셨나요?"

"늘 똑같지, 뭐."

그런 짧은 대화. 어떻게 된 일인지 대화를 잘 이어 나갈 수 없어서 자꾸 애를 먹는다.

도서실에 가게 되면 반을 옮긴 것부터 사과한 다음 책 이야기라도 꺼내고…… 그런 미래를 미리 그려보았었는데, 생각지도 못한 장소여서 그럴까.

아니, 그건 완전한 변명에 지나지 않는다. 이 좁은 생활권, 언제 어디서 이런 식으로 둘만 있는 우연이 찾아올지도 모르고 어제든 그저께든 얼마든지 일어날 수 있었다. 그런 건 처음부터 이미 예상했을 터다.

——그런데도 대화가 자꾸 끊긴다. 지금까지 이런 적은 한 번도 없었다.

신기한 기분을 맛보면서도 우리는 같이 걸었다.

몇 분간의 짧은 통학로지만, 계속 걷다 보면 분명 자연스럽게 대화가 되겠지.

그렇게 되기를 기대하면서.

그런데 꼭 이럴 때만 뜻밖의 일이 겹치는 법.

서로 말 걸 타이밍을 엿보며 밖으로 나왔는데, 기숙사에서 조금 떨어진 장소에서 로비를 지켜보고 있는 3인조 하시모토와 모리시타, 시라이시를 발견했다. 내가 목적이었는지 대표로 하시모토가 혼자 가까이 다가왔다.

"헤이, 좋은 아침이야. 시이나도 안녕."

하시모토는 평소와 다름없이 편하게 아침 인사부터 건넸다.

"우리 반에 관한 문제점을 학교 가기 전에 확인해 두고 싶어서."

C반 학생의 접촉은 언제든 환영이지만, 지금만큼은 뭐라고 말하기 힘든 타이밍. 하지만 히요리가 눈치를 챘는지 아니면 빨리 거리를 벌리고 싶었는지 세 사람에게 인사하자마자 혼자 앞서서 걸어가 버렸다.

"음, 방해했나……? 미안."

미안하다는 듯 형식적으로 사과했는데, 같은 반이 아닌 방해꾼을 쫓아내는 방편을 쓴 것을 보건대 사실은 일부러 노리고 말을 골라서 한 것이 분명하다.

"괜찮아."

히요리와 제대로 대화하려면 원래 계획대로 도서실에 가면 끝날 문제.

그건 꽤 전부터 알고 있던 사실이다. 계속 질질 끌었는데, 오늘 일을 생각했을 때 이제 그만 마무리 지어야 한다.

"아야노코지 키요타카도 사람 안 가리네요. 시이나 히요리마저 건드리려고요?"

"얘기가 왜 그렇게 돼."

"라고 입으로는 그렇게 말하지만 실제로는 어떨지 모르는 거죠."

"뭐 어때요. 귀여운 여자애 몇 명쯤과 친하게 지내도. 그리고 시이나 씨에게 관심을 두다니 눈이 꽤 높다고 할까요. 저는 훌륭한 심미안이라고 생각한답니다."

히요리의 뒷모습을 지켜본 시라이시의 눈동자가 빛나는

것을 알았다. 지난번에 시마자키와 요시다와 나누었던 대화 내용이 살짝 환기되었다.

어쨌든 시답잖은 이야기를 계속해 봐야 소용없으므로 하시모토에게 용건을 꺼내라고 재촉했다.

"어제 네가 보낸 특별시험 방침에 관해서 확인해 두고 싶어서 말이지."

"저도 그게 신경 쓰여서요. 하시고토 군이 아야노코지 군을 기다리고 있는 것 같아서 그 김에 저도 같이 실례하기로 했답니다."

"그리고 모리시타도? 의외로 관심을 가지는 듯한데."

"난 그냥 구경꾼이에요."

딱 잘라 말하는 구경꾼.

"어젯밤에 그룹 채팅으로 특별시험 지시를 내렸었잖아? 난 그걸 보고 드디어 리더로서 본격적으로 시동을 거는 구나 하고 감탄했다고."

그룹 채팅방에 올린 것은 학교 측에서 시험으로 다시 한번 생활 태도를 볼 가능성이 있다고 예상한다는 내용. 평일의 행동거지는 당연하고 주말에도 경시할 수 없으니 자기 행동이 불안한 학생은 차라리 기숙사 밖으로 나오지 않는 쪽을 추천한다는 등 세세한 부분을 전달했다.

"너라면 앞으로도 상상 이상으로 반을 안정적으로 운영해 줄 것 같아. 사카야나기 때는 다른 부분에서도 이래저래 힘들었는데 말이야. 시라이시도 그렇게 생각하지?"

동의를 구하듯 시라이시에게 화제를 돌린 하시모토였는데, 뜻밖의 대답이 돌아왔다.

"저는 전임자 사카야나기도 높이 평가해요. 그녀는 물론 독단적으로 결정을 내리는 구석은 있었지만, 2년 동안 단 한 번도 A반 자리를 내주지 않고 잘 유지해 왔잖아요."

실제로 나처럼 변수 같은 존재가 없었다면 별다른 위기 없이 3년 내내 반을 잘 운영해 A반 졸업으로 이끌었으리라.

"나도 그 말에 동의해요. 하시모토 마사요시만은 그녀 가까이에 있었으면서 이상하게 부정적인 듯하지만."

"뭐야, 그 수상쩍어하는 눈빛은……. 나는 측근이었으니까 힘든 점이 많았다고 얘기하는 것뿐이잖아? 그리고 결국 자기 멋대로 한 결과 C반으로 떨어진 것도 사카야나기의 책임이지."

자신은 일체 잘못이 없다, 그런 태도로 말하는 하시모토.

"호오? 나는 그렇게 생각 안 하는데요. 그 이유를 구체적으로 말해줄까요?"

"……아니, 사양할게. 네 터무니없는 이야기는 듣는 것만으로도 기가 빨리니까."

"그러는 편이 바람직해요, 배신자 하시모토 THE 마사요시."

"THE는 뭐야, THE는."

잘 이해할 수 없는 호칭에 하시모토가 개그맨처럼 받아쳤다.

"어머, 배신자라니 무슨 말이에요?"

"전혀 귀담아들을 필요 없어. 모리시타가 늘 하는 의미 없는 소리니까. 그보다도 하던 얘기로 돌아가자."

하시모토가 샛길로 빠진 이야기의 궤도를 수정해서 다시 화제를 시험으로 돌리려는데, 마침 로비에서 나온 류엔 반의 콘도와 코미야가 가까이 다가왔다. 마치 계산한 듯한 타이밍이다.

"반의 새로운 리더와 그 동료들인가. 아침부터 무슨 음모라도 짜냐."

콘도가 모두를 쳐다보며 우리 주위를 휙 돌았다.

"오랜만이네, 콘도. 요즘에는 우리 반이랑 완전히 거리를 두는 것 같던데."

"그야 예전과는 다르니까. 지금 우리는 B반이고 너희는 C반이잖아. 우리가 경계하는 건 언제나 윗반뿐이다."

상대할 가치도 없다는 그 말과는 정반대로 접촉을 시도하고 있고, 무엇보다도 콘도의 목소리에서 숨길 수 없는 어렴풋한 긴장감이 배어 나왔다.

"그럼 오늘도 그냥 지나가는 게 낫지 않았나?"

"살짝이라도 아는 척 안 해주면 섭섭해할 것 같아서."

저번에 류엔이 반에 쳐들어왔을 때도 그러더니, 원래 조금 시끄러운 편인 모리시타가 갑자기 이상하게 내숭이라도 떨 듯 조용해졌다. 지금은 모르는 척하면서 나무만 보고 있다.

"그리고 흥미로운 이야기 중이면 좀 들어줄까 해서."

"유감이지만 오늘도 지루한 하루가 시작된다며 우울해 하던 참인데."

시험 규칙을 알아내려고 류엔이 콘도 무리에게 지시를 내린 게 분명하겠지. 어쨌든 조금이라도 힌트를 얻고 싶은 걸까. 아니면 우리와 똑같이 시험 규칙을 예상하고 콘도 무리를 자객으로 보냈을까.

결국 그 후 우리 주위에 찰싹 달라붙은 콘도 무리는 학교 건물에 들어가 교실에서 헤어질 때까지 말도 행동도 없이 무언의 압박만 계속해서 가했다.

1

방과 후가 되자 내가 움직이기도 전에 하시모토가 바로 다가와 말을 걸었다.

"오늘 아무 일정 없다고 생각해도 되나? 아침에 하던 얘기 계속하자."

"미안하지만, 나는 일정이 있어서 사양할게요. 상처받지도 울지도 말아요."

내 뒤에 앉은 모리시타가 그렇게 말하며 하시모토의 제안을 거절했다.

"너한테 하는 말 아니라고⋯⋯ 아야노코지야, 아야노

코지."

아침에 이야기가 끊겼을 때부터 이렇게 될 줄 예상했지만, 이러면 또 도서실에 가는 시기가 미뤄지고 만다.

일단 거절하고 히요리와의 만남을 우선해야 할까.

아니…… 지금은 이미 시험 기간이 돌입해 버렸다.

그렇다면 건전한 반 운영을 위해, 완전히 사적인 일인 도서실 방문은 뒤로 미루는 게 맞겠지. 이 의논이 끝난 이후에도 만날 가능성은 있다.

"장소를 바꿀까."

"그러는 게 낫겠어. 아야노코지의 등 뒤에 성가신 배후령이 붙어 있는 것 같으니."

그렇게 말하며 자리에서 빨리 일어나라는 하시모토를 따라 복도로 나가기로 했다.

아침에 함께했던 시라이시는 방과 후에 여학생 나카지마와 시간을 보낼 예정인지 둘이 한창 대화를 나누고 있었고, 우리를 본 것 같았는데도 그 직후 둘이 나란히 교실을 빠져나갔다.

"케야키 몰 안의 카페여도 되지?"

딱히 거부할 이유도 없어서 가볍게 응하려고 했는데——.

"하시모토 마사요시가 사는 거죠?"

"사라고 하면 못 살 것도 없지만…… 아니 너는 왜 따라오는데."

"배후령 소리를 들었으니 그 말이 이치에 맞게 하기 위해서라도 행동으로 실천해 주려고요. 배후령의 명예를 위해."

영적인 것에 이치를 따지거나 명예를 지킬 필요가 있는지 모르겠지만, 역시 나와 하시모토 둘이 이런저런 논의를 하는 게 탐탁지 않겠지.

"진짜. 나를 철저하게 감시하려는 거야?"

"건전한 반 운영을 위해서는 피할 수 없는 길이랍니다. 뭐, 비싼 거 사달라고 안 할 테니 안심하세요. 나는 지갑에도 상냥한 여자니까."

"누가 산다고 했냐?"

"아야노코지 키요타카한테는 사 주고 나한테는 안 사 주겠다고요? 그거…… 남녀차별…… 인가요?"

어이없어하는 얼굴, 인지 아닌지는 잘 모르겠지만 눈을 동그랗게 뜬 모리시타가 중얼거렸다.

"SNS에 올려서 동지들에게 집중 공격을 부탁해야겠네요."

곧바로 스마트폰을 꺼내 손가락으로 연신 누르기 시작했다.

"아~ 진짜, 네가 오면 이야기가 진행이 안 된단 말이야."

"이야기의 진전을 바란다면 찻값 정도는 아끼지 않고 내는 게 어떨까요? 그러면 원만하게 진행될 테니 싸게 먹히는 거죠."

"아오, 젠장, 알았다고. 그럼 사 줄 테니까 진지하게 의논할 때 조용히 있어 주라. 꼭이다?"

그 말이 결정타가 되었을까, 모리시타가 살짝 고개를 끄덕이고는 바로 입을 닫았다. 그리고 왼손 엄지와 검지를 붙여 자기 입 앞으로 가져오더니 왼쪽에서 오른쪽으로 쭉 당기는 동작을 보였다. 입 지퍼를 잠갔다―― 그런 뜻일까?

정말 조용해진 것을 확인하고 다시 걸음을 옮기면서, 하시모토가 이야기를 시작했다.

"어제는 하루 종일 다른 반 동태를 살폈어."

"성과는 좀 얻었어?"

"아쉽지만 수확다운 수확은 없었어. 규칙 설명도 없는 특별시험이니 당장은 꼼짝 못 하는 것도 무리는 아니지만, 세 반이 다 얌전한 거야. 아니, 그렇다기보다는 평소와 다름없었다고 할까."

이건 본론이 아니었겠지, 가볍게 보고하고 넘기면서 하시모토가 말을 이었다.

"어젯밤에 우리한테 한 지시 말인데, 네 생각을 이치노세한테도 알려줬어?"

"당연하지. 동맹으로서 정보는 공유할 필요가 있으니까."

"……그렇구만. 뭐, 지금은 D반도 위로 올라오는 편이 우리한테도 좋으니까. 우리가 1위 하고 이치노세 반이 2위 한다고 하면 더 할 말은 없어."

불만이 전혀 없는 것은 아니겠지만, 일단 혹시 몰라서 구한 확인이었으리라.

"만약에 시험이 정말 아야노코지가 예상한 대로라면 류

엔 반은 이번에도 질 확률이 커. 그리고 호리키타 반도 이 규칙을 조금이라도 늦게 알아차린다면 만회할 수 없고. 만약 예상에서 벗어난 시험이라고 하더라도 학력 대결이라면 일단은 지지 않지. 이것까지 생각했어?"

"방심한 순간이 제일 위험한 법이니까. 게다가 호리키타도 바보가 아니야, 내가 말했던 『학교에서의 생활 태도』를 볼 가능성은 어제 이미 눈치챘어."

내가 확신을 가지고 말하자 순간 걸음을 멈추고 뒤돌아보았다.

"……뭐? 그래?"

그리고 그 말이 사실인지 분위기로 파악한 다음 다시 걸음을 뗐다.

"눈치챘다고 어떻게 단언해?"

"반이 하나가 되는 건 그만큼 쉽지 않은 거야."

그렇게만 말하니, 하시모토가 뭔가 눈치챘는지 짧게 휘파람을 불었다.

"우수한 정찰병이라도 있는 건지 아니면 스파이라도 심었는지—— 어느 쪽이 됐든 사정을 잘 알아내고 있다는 거네."

원래부터 알고 싶은 게 많은 사람인 하시모토는 이미 야마무라를 움직이고 있는지까지 포함해 좀 더 캐묻고 싶겠지만 그렇게 하지 않는다. 여기서 괜히 깊이 파고들었다가 나에게 부정적인 인상을 심으면 좋지 않다는 것을 본능적으로 이해하고 있기 때문이다.

2

셋이 케야키 몰의 카페로 갔는데, 입구에 서 있던 여학생이 우리를 보고 가볍게 손을 흔들었다. 나와 하시모토는 순간 눈을 마주친 다음 그녀에게 가까이 다가갔다.

"저도 여러분과 함께하고 싶어서요."

그렇게 말한 것은 나카지마와 먼저 교실을 나갔던 시라이시였다.

"나카지마는?"

"그 애와는 잠시 잡담을 나누었을 뿐 바로 헤어졌어요. 제가 나카지마와 같이 있었다는 걸 잘 아시네요."

"평상시 시라이시 아스카를 멀리서 눈으로 훑으면서 감시하고 있으니까 아야노코지 키요타카한테는 식은 죽 먹기죠. 안 그래요?"

모리시타가 어깨를 탁 때리며 엄지를 세웠다.

"사람을 변태 취급하지 말아 줄래."

"미움받는 게 싫나요? 예전 반 사람들은 모두 미워하는데?"

"야, 사실이라고 해서 뭐든지 말하지 말라고. 그리고 지금은 우리가 있잖아. 뭐, 시라이시를 보고 싶은 마음은 남자로서 이해하니까."

그렇게 말하면서 다른 쪽 어깨를 손으로 친 하시모토가 엄지를 세웠다.

"이런 아야노코지 키요타카라도 싫어하지 말아줘요."

아무리 생각해도 모리시타가 주도해서, 내가 비호감을 사게 하는 것으로밖에 보이지 않는다. 여기서 언제나 반 전체를 파악하기 위해 노력하고 있다고 말해봐야 변명으로만 들리겠지.

"어머, 저는 무척 기쁘답니다. 관심 있는 사람이 저를 계속 지켜보다니 영광이죠."

"진짜냐고. 좋겠다, 아야노코지. 너한테도 기회가 있다는 얘기야."

시라이시의 이런 대답을 들은 게 처음이 아니겠지. 하시모토도 반쯤 농담인 줄 알면서 맞춰주듯 그렇게 대답했다.

나야 어느 쪽이 됐든 대답하기 곤란해서 대충 한 귀로 흘려넘겼다.

"알지? 모리시타."

"의논할 때는 조용히 할게요, 안심해요. 그리고 분명히 사줘야 해요."

세 명에서 네 명으로 늘어난 우리는 저마다 음료를 주문하고 빈자리에 가 앉았다.

그곳은 흔히 말해서 『지정석이나 다름없는 자리』다.

신기하게도 사람은 저절로 몸에 붙는 습관, 루틴 같은

것이 있다.

이미 경험한 장소에 안정감을 느끼기도 하고, 그 자리에서 보이는 경치라든지 채광, 옆자리와의 거리감 등 세세한 조건에 따라 적합한 자리를 자연스럽게 고른다.

물리적인 부분뿐만이 아니라 기억의 정착도 영향을 미치겠지.

함께한 멤버들과 보낸 시간이 편안했다거나 대화가 즐거웠다거나, 좋은 아이디어가 막 떠오르는 등 긍정적인 요소도 무시할 수 없다. 반대로 그 자리에 나쁜 기억이 있으면 피하는 경향도 있을 것이다.

합리적인 심리 메커니즘. 하시모토와 모리시타도 비슷한 감정을 느끼고 있다고 예상된다.

한편 여기에 시라이시가 합류했는데, 분위기에는 좋든 나쁘든 별다른 변화가 느껴지지 않는다.

시라이시는 그 공간에 잘 녹아드는 사람이라는 인상을 준다.

"그런데 너무 비싼 음료를 시켰잖아. 내 지갑 사정 다 알면서 봐주지도 않고 터무니없는 걸 시키다니……."

조용히 있는 대가로 하시모토가 사 준 것은 딸기를 듬뿍 넣은 신메뉴 파르페. 언뜻 봐도 딸기가 다섯 알은 들어간 것 같다. 카페에서 파는 음료는 대체로 500에서 조금 비싸도 800 프라이빗 포인트 정도인데, 이 딸기 파르페는 무려 1,300 프라이빗 포인트.

"누가 사 준다고 하면 대담하게 굴라고 어머니에게 배웠거든요. 그 가르침을 충실하게 실행했을 뿐이에요."

미묘하게 어느 쪽인지 판단이 서지 않는 발언, 아마 거짓말이 맞겠지만 무덤덤하게 대답했다.

"사실은 본능이 이끄는 대로 그냥 카페라테를 마시고 싶었지만요…… 하아."

게다가 내키지 않는다는 투로 말을 덧붙이면서 딸기 파르페에 힘없이 빨대를 꽂았다.

"그럼 카페라테를 시키라고……."

나는 두 사람의 대화를 곁눈질하면서 먼저 커피를 받고 한숨 돌렸다.

이제부터 있을 하시모토와의 논의에 대비해 미리 목을 적셔 둔다.

"그럼 지금부터 진지하게 의논해 보자고."

모리시타는 그 말을 듣자마자 입에 지퍼를 채우는 시늉을 했다.

단단히 잠갔으니 안심하라는 신호겠지.

"의지를 불태우는 것 같은데, 솔직히 이번 시험은 승패에 그렇게까지 연연할 생각 없어."

세 사람의 시선이 내게 쏠렸을 때 조용히 말을 꺼냈다.

"그게 무슨 소리야."

하시모토, 아니 거의 모든 학생이 앞으로 1년 동안 모든 시험에서 승리할 마음을 먹고 있다.

그렇기에 승패에 연연하지 않겠다는 말을 들으면 의아해하면서 되묻는 것이 정상적인 반응이다.

"바로 이전에 쳤던 특별시험도 그랬지만, 반 포인트 변동은 절대 놀라운 수준이 아니었고, 큰 영향도 주지 않았어. 이번에 한해서 말하자면 지난번보다도 절반 정도는 더 적은 보수에 불과할 거야."

"그야 만에 하나라도 이번에 어이없이 패배한다고 해도 그 정도까지 큰 타격은 아닐지 모르지만. 아무리 그래도 승패에 연연하지 않겠다는 게 대체 뭐냔 말이야."

탐욕적으로 하나라도 더 높은 등수를 노려야 한다.

그런 자세를 무너뜨리려고 하는 내 말에 불쾌감을 드러내는 하시모토.

그러나 나는 이번 시험에서 엄격한 모습을 보일 생각은 없다.

"정확하게 말하자면 승패에 연연하지 않는다기보다 연연하고 싶어도 못 한다는 표현이 더 가까울지도 모르겠어."

쉽게 푼 표현에 시라이시는 수긍 가는 부분이 있었는지 웃으면서 고개를 끄덕였다.

"무슨 말이 하고 싶은지 대충 알겠어요. 아야노코지 군이 우리에게 전달한 내용이 틀림없이 제일 유력하다고 생각하는 거죠?"

이번 시험은 상세한 내용이 드러나지 않았다. 그래서 3학년 모두 시험 내용에 관해 몇 가지 후보를 짐작하면서 일주일을 보내야 한다. 그중에는 필기시험 등 학력과 직결하는 것도 있는 만큼, 원래라면 하시모토처럼 이기고 싶어서 승률을 올리기 위해 움직일 것이다. 일주일 동안 공부에만 몰두해도 승리와 가까워지기 때문이다.

하지만 내가 유력하게 생각하는 시험 내용은『생활 태도』.

"알기 쉬운 마이너스 요소를 피해도 점수가 올라가진 않으니까. 다른 반의 실수를 기다리는 형태로밖에 대응 못 해. 그래서 애쓸수록 헛수고라고 봐."

"공부나 운동 대결이 아니라고 예상한다는 건가. 하지만 그렇다면 처음부터 그렇게 좀 더 주지시키는 편이 좋지 않아? 어떤 시험이든 괜찮도록 분발하려고 하는 녀석도 적지 않은데?"

"노력은 할 수 있는 만큼 해두면 돼. 규칙이 불분명한 이상 하나에만 너무 집중해서 무리할 일도 없을 테니까."

하시모토로서는 아직 기대에 미치지 못하는 부분이 남아 있는지 여전히 표정이 살짝 딱딱했다. 모리시타는 변함없이 입을 다물고 있어서 이번 시험에 관한 화제가 끝이 다가오고 있음을 느꼈는데, 의외로 시라이시가 물고 늘어졌다.

"제가 조금 질문해도 될까요? 아야노코지 군은 생활 태도를 보는 시험이라고 판단했는데, 그럴 확률이 어느 정도라고 예상하나요?"

"90% 이상. 적어도 난 그렇게 판단하고 있어."

"……그것 또 어마어마하게 높네. 그렇다면 나도 긍정적으로 임해볼까. 그 짐작이 들어맞는 날에는 아야노코지에 대한 신뢰가 확 올라가는 거야."

"어떤 부분 때문에 확률을 그렇게 보는 건가요? 실제로 이 일주일이 준비 기간인지 아니면 시험이 진행되는 도중인지 명확하게 판단할 수 없어서 다들 모든 방면을 상상하고 있잖아요. 아야노코지 군은 마시마 선생님이 말씀하신 『학생다운 행동을 하도록 주의할 것』이라는 발언 때문에 그렇게 판단하신 모양인데, 그것만 가지고는 근거가 좀 빈약한 느낌이 들어서요."

적은 힌트를 가지고 90% 이상이라고 단언하는 그 근거를 시라이시는 요구하는 듯했다.

"마시마 선생님의 말씀만으로는 50%도 채 미치지 못했겠지."

"하지만 그것 말고 또 걸리는 발언이 있었던가? 놓친 거 없지?"

하시모토가 어제 마시마 선생님과의 대화를 떠올리면서 시라이시와 모리시타에게 확인을 구했다.

"저는 떠오르는 게 없네요."

시라이시가 부정한 것과 동시에 모리시타도 입을 다문 채 고개만 끄덕였다.

"실제로 그것 말고 다른 힌트는 없었어. C반에서는 말이지."

"그게 무슨 말이야."

"이번 시험에서 일부 학생이 의식한 건 마시마 선생님이 꺼낸 한마디 『학생답게 행동하도록 주의하기』라는 부분이야."

"그야 나도 걸렸지. 하지만 시험과 연관 있는 말인지 어떤지 확실하게는 모르잖아?"

"모호해서 모르겠으면 검증하면 돼. 내가 주목한 건 거기서 한발 더 나아가 그 말 자체에 의미가 있었나 하는 거였어. 그리고 의미가 있다면 그다음에는 그 발언을 모든 반에 다 했는지 알아볼 필요가 있지. 만약 학교에서 한 글자도 빠짐없이 똑같이 전달하도록 지시했다고 가정한다면 그 말 자체에 의미가 있다고 확신할 수 있으니까."

"다른 세 반 선생님이 뭐라고 했는지—— 말이군요."

"그래. 사카가미 선생님 쪽은 정보가 없지만, 호시노미야 선생님은 『평소의 너희라면 괜찮을 거야』. 차바시라 선생님은 『입학 초기와는 다르다고 생각할 수 있게 해달라』. 그렇게 말했다는군."

여기에 마시마 선생님의 발언까지 더해지면 시험에서 채택될 규칙이 선명해질 것이다. 이 자리에 있는 세 사람도 상상할 수 있으리라.

"발언 하나만 가지고는 범위가 좁혀지지 않았는데, 다른 반의 정보까지 더해지니까 잡음이 제거되는 듯한 느낌이 드네요."

"이야, 진짜 그러네……. 이렇게 되니까 이제 생활 태도 말고 다른 규칙은 상상이 안 간다."

씁쓸하게 웃은 하시모토가 솔직하게 감탄하며 한숨을 토했다.

입학 초기, 불량한 생활 태도 때문에 반 포인트를 몽땅 잃었던 호리키타 반.

어느 정도의 감점도 받긴 했지만, 탄탄한 성과를 남긴 이치노세 반.

그리고 그 어느 반보다도 안정적이었던 사카야나기 반.

각자의 결과에 부합한 선생님들의 조언인 것으로 파악된다.

"참고로 두 반으로부터 정보를 어떻게 입수했는지는 기업 비밀이야."

적어도 하시모토와 모리시타는 호시노미야 선생님의 발언을 이치노세로부터 입수했음을 상상할 수 있겠지만, 시라이시도 있으니 호리키타 반의 정보까지 포함해서 출처는 밝히지 않는다.

동맹에 관해서는 적당한 타이밍에 공개하면 된다.

"생활 태도는 평소에도 주의해야 하는 부분이니까 승패를 좌우할 수 없다. 그래서 이번에는 승패에 연연할 생각이 없다—— 여러 가지로 연결이 되네."

"이해가 됐다니 다행이다. 그보다도 여기 있는 세 사람은 이번 시험보다 그다음 특별시험에 집중해 주면 좋겠어."

"그다음? 그다음 특별시험이 큰 대결이 될 가능성이 높다는 거야?"

"응. 저번 시험과 이번 시험을 생각했을 때 리스크 있는 내용이어도 이상하지 않아."

"누가 퇴학당할 수도 있다고 생각하는 거네요?"

"100%라고는 말 못 해도, 낮지 않은 확률로 규칙에 들어 있어도 놀랍지는 않지."

"물론 계속 리스크 없이 가지야 않겠지만, 리스크 있는 시험 쪽이 더 드물지 않나?"

그 정도로 경계할 일이냐고 하시모토가 의문을 던졌다.

"아뇨, 꼭 그렇다고 단언할 순 없어요. 3학년의 퇴학 리스크가 다른 학년에 비해 높다는 사실은 지난 2년 동안 선배들의 상황을 봐도 분명해요."

그 질문에 대답한 사람은 지금까지 침묵을 지키던 모리시타였다.

호리키타 마나부 그리고 나구모 미야비 세대가 어땠는지 파악하고 있다는 말투다.

"그러고 보니 작년 2학기가 시작될 무렵에 이미 꽤 많은 선배가 퇴학당했던가?"

"그래요. 열다섯 명 정도 퇴학자가 나왔어요. 나구모 미야비가 자기 하고 싶은 대로 다 했으니까요. 그건 극단적인 예라고 치더라도 올해만 모두가 무사하지는 않겠죠."

"이 어려운 시기에 퇴학당하게 된다면 진짜 웃을 일이

아닌데, 그나저나 그걸 다 기억하다니."

"이 정도는 상식이라고요, 상식."

하시모토는 같은 학년의 정보에는 예민하게 안테나를 여러 개씩 세우고 있지만, 다른 학년에 관해서는 그렇게까지 주의를 기울이지 않는 듯하다.

"아니, 그런데 잠자코 듣기만 한다고 하지 않았냐? 입에 지퍼는 어떻게 된 거야."

"네? 내가 언제 그런 말을 했나요? 몇 시 몇 분 몇 초, 지구가 몇 번 돌았을 때요?"

"어? 뭐야, 그 의미를 알 수 없는 말은. 지구가 몇 번…… 뭐라고?"

"에효. 현대를 살아가는 젊은이들은 옛 위인들이 창조한 명언도 모르나요?"

옛 위인과 명언에 관해 어느 정도 잘 안다고 자부하는데, 내 기억에는 없는 명언이다.

지구가 한 번 도는 데에는 약 24시간이 든다. 정확하게는 한 번 도는 시간을 바탕으로 24시간이라고 정한 거지만. 이를 전제로 생각했을 때 지구의 나이는 약 45억 년. 1년 365일에 윤년을 더하고 이것저것 계산하면── 아니, 이건 완전히 쓸데없는 계산이네.

"아무리 해도 납득이 안 간다면 음료를 도로 물릴게요."

"물릴게요는…… 다 마셔놓고."

입을 다무는 동안 혼자 조용히 딸기 파르페를 먹고 있었으니까.

말하려고 열심히 다 먹은 건가.

3

그 후 나는 하시모토와 시라이시를 중심으로 C반에 관한 정보를 듣기 시작했다.

OAA와 필기시험 결과만으로는 알 수 없는 개인적인 정보. 누가 누구와 사이가 좋은지, 반대로 나쁜지 등. 하시모토는 반에 관해서도 잘 알지만, 역시 여자한테는 여자에게만 보이는 부분도 많은지 절로 고개를 끄덕이고 싶어지는 유익한 이야기도 많이 들을 수 있었다.

카페에서 담소를 나눈 지 한 시간 정도 지나고 저녁이 될수록 점점 손님이 북적이기 시작하는 카페.

이제 그만 마무리할지 고민하던 무렵——.

"헉…… 또 아야노코지냐고……."

그런 목소리와 함께 옆자리에 온 2인조가 우리를 보며 낙담하는 기색을 내비쳤다.

어제 점심시간에 학교 식당에서 마주쳤던 이케와 혼도였다.

"이 정도면 인연이네."

그렇게 대답했더니 못마땅하다는 듯 눈을 가늘게 뜨며

불만을 드러냈다.

“인연은 무슨 인연. 배신자 주제에 친한 척하지 마라.”

표정에서 혐오감이 배어 나왔다. 학교 식당에서 그랬듯 바로 자리를 다른 데로 옮길 줄 알았는데, 빈 데가 거의 없어서 어쩔 수 없는 느낌으로 자리를 잡는 두 사람이었다.

그런 A반 학생들을 보고 하시모토가 일부러 더 거리낌 없이 굴었다.

“반이 바뀌었어도 같은 학교에서 생활하는 학생들이잖아, 좀 더 사이좋게 지내는 게 어때? 아니면 이렇게 마주칠 때마다 불만을 드러낼 거야?”

“딱히 그럴 생각은 없지만……. 그래도 열 받는 걸 어떡하냐고.”

하시모토에게 화내고 싶은 것은 아닐 터인 이케 무리가 나를 또다시 노려보았다.

“왜 그렇게 열받아야 할 필요가 있는데? 아야노코지가 C반에서 A반으로 간 것도 아니잖아. 단지 반을 바꿨을 뿐이니까 반 포인트에 영향을 주지도 않았어. 너희가 금전적으로 손해 본 것도 아니고. 무엇보다도 너희는 천하의 A반님, 아닌가?”

고심하면서도 어떻게든 치켜올려서 두 사람의 무의미한 짜증을 줄이려고 했다.

“그야 우리는 A반이지만, 아야노코지는 공부도 잘하면서 숨기고 있었다고. 그거, 초반부터 반을 배신한 거나 다름없잖아. 심지어 반을 바꾸자마자 만점을 받질 않나. 그런 식으로 골탕 먹이는 건 이제껏 본 적도 없어."

일단 호리키타 반에서도 후반부에는 성과를 분명히 올렸는데, 이케 무리한테는 그것도 마음에 들지 않는 부분일지 모르겠군.

"게다가——."

아직도 불만이 남아 있는지, 이케가 하시모토에게서 시선을 옮겨 나를 보았다.

"나쁜 소문이 계속해서 들려오고 있어. 사쿠라도 마에조노도, 전부 애초부터 아야노코지가 일부러 퇴학시키려고 했다면서. 설마—— 하루키도 네가 퇴학시킨 건 아니지?"

옛 친구. 이케와 스도와는 특히 더 친했던 학생의 이름이 나왔다.

"하루키? 그게 누구야?"

처음 들어본다며 어리둥절한 표정을 지은 하시모토가 고개를 살짝 왼쪽으로 기울였다.

"야마우치 하루키야!"

테이블을 쾅 치며 일어섰다. 그 충격으로 컵이 흔들렸는데 쓰러지지 않은 건 다행일까.

지금까지 불만을 이야기하면서도 냉정했던 이케였는데, 생각지도 못했던 지뢰를 건드렸나 보다.

"야마우치…… 아, 아하, 그러고 보니 그런 학생도 있었던가. 미안, 미안. 다른 반이라 깜박 잊었네. 그렇지만 생각났어. 아니 그건 사카야나기가 벌인 짓이잖아. 아무리 그래도 아야노코지는 아무 상관 없다고. 하나부터 열까지 전부 아야노코지의 책임이라니 말이 너무 심해."

순수하게 잊어버린 것을 사과하면서 허둥지둥 달래는 하시모토.

"난 너 따위한테 절대 퇴학당하지 않을 거야!"

"좀 진정하라고, 이케. 괜히 그런 대형 플래그를 세울 필요는 없잖아. 여기서 서로 폭언으로 응수한다고 해서 이득 보는 사람은 아무도 없다고."

과열되어 도무지 가라앉을 줄 모르는 태도에 과연 하시모토도 당황하기 시작했다. 이케 무리의 심정이야 아무래도 상관없겠지만, 이런 소동은 반에 도움이 안 되니까.

호리키타로부터 틀림없이 이번 시험의 규칙, 그중 하나의 가능성을 들었을 텐데 제대로 이해했을까. 그게 아니라 이건 연기이고 C반의 발목을 잡기 위한 책략이라면 칭찬해 줄 수 있을지도 모르지만, 자신들이 질 위험까지 동시에 올라가는 만큼 방식으로서는 그리 현명하지 않다. 지금보다 더욱 언성을 높이고 시비조로 나오는 상황이 계속된다면 싫어도 시선을 끌어서 틀림없이 감점 대상이 되고 만다.

"그야…… 조금 오버했던 것 같긴 하지만, 그 정도 불평할 권리가 우리 A반에는 있다고. 대체 얼마 받고 반을 배신한 거냐."

저번 특별시험 때 패배하기도 해서 쌓인 게 많으리라.

하시모토처럼 적당히 넘기며 끝내려고 해도 쉽게 끝날 문제는 아니다.

그 분노를 어느 정도 해소할 수 있도록 분풀이 대상쯤은 되어주는 게 좋겠다.

"글쎄. 2,000만일 수도 있고, 3,000만일 수도 있고. 유감이지만 정확한 액수를 여기서 가르쳐 줄 생각은 없어."

이쪽은 어디까지나 냉담하게 대응하는 것이 중요하다.

그렇게 하면 이케 무리는 망설이지 않고 나를 미워할 수 있다.

그리고 그렇게 반으로 돌아가면 나를 공공의 적으로 삼아 모두의 뜻을 하나로 모을 수 있다.

무엇보다도 여기서 내가 열을 올리면 C반은 불이익만 생길 뿐이다. 만약 이 상황을 학교 측이 카메라나 외부인을 통해 지켜보고 있다고 해도 시비 거는 쪽은 A반이고 C반은 좋게 넘어가려고 하는 그림으로 가고 싶다.

그 정도까지 학교 측이 세밀하게 체크하고 있는지는 알 수 없지만, 혹여나 이번 시험과 생활 태도가 무관하다고 하더라도 평소에 학생답게 규율을 지키고 행동하는 것은 중요하며, 매달 들어오는 반 포인트에도 소소하게나마 영향을 준다.

각 반에 보낸 선생님들의 말은 기본에 충실한 것의 중요성을 반 아이들이 재인식하게 만드는 좋은 기회가 되어 주리라.

"나중에 후회하면서 우리 반에 돌아오고 싶다고 울지나 마라."

다시 한번 불만을 말로 표현한 뒤, 두 사람은 몸도 마음도 멀어지듯이 자기 자리로 돌아갔다.

그들은 이제 막 왔으니까. 모처럼 카페에서 보내는 시간인데 불편하게 만들고 싶지는 않다.

"이제 슬슬 돌아가지 않을래?"

세 사람에게 그렇게 말한 나는 얼마 남지 않은 음료를 들고 자리에서 일어났다.

"그래. 할 얘기도 다 했고."

이어서 하시모토가 대답했고, 고리시타와 시라이시도 뒤를 따랐다.

카페에서 나온 후, 하시모토가 뒤돌아 이케 무리가 있는 쪽을 쳐다보았다.

"저 많은 불평은 이케가 완전히 헛짓하는 거야. 뭐든 다 아야노코지의 탓으로 돌리는 걸 봐도 저 반 분위기가 아직 상당히 무거운 것 같아. 하루라도 빨리 생각을 바꿔야 하는데 말이지."

"논리적으로 보면 그럴지도 모르지만, 조금은 너그럽게 봐주는 편이 좋다고 생각해요. 제가 A반 학생이라도 지금 정말 불안할 것 같은 상황이니까."

"그럴지도 모르지만. 애초에 말이야, 아야노코지는 돈을 받은 적이 없는데 아니라고 말 안 해도 되겠어? 있는 얘기

없는 얘기 다 떠들면서 다닐 텐데.”

“상관없어. 어차피 소문은 이미 돌고 있으니까. 거기에 진실이 살짝 더해져 봐야 상황에 큰 변화는 없겠지.”

“타인의 평가에 연연하지 않는다는 건가. 그래도 야마우치 일까지 연결 짓는 건 비약이 너무 심한데.”

어이없어하는 하시모토와 대조적으로 모리시타는 수상쩍어하는 눈빛으로 나를 보았다.

“의외로 모르는 일이죠. 이 아야노코지 키요타카라는 남자는 뒤에서 무슨 짓을 벌이는지 알 수 없으니까요. 설마 설마했는데 사실은 관여했을지도 몰라요.”

“에이, 아무리 그래도 그건 아니지. 그리고 만에 하나 그랬다면 그건 그것대로 완전 믿음직한 얘기야. 우리 편은 강하면 강할수록 좋으니.”

어느 쪽이 됐건 긍정적으로 받아들이려고 하는 하시모토였다.

“평가가 지나칠수록 나중에 실망도 커지는 법이야.”

“얼마든지 지나치게 평가해 주마.”

혹시 모르니까 보험을 들어두고 싶었는데 그럴 수는 없겠군.

4

케야키 몰 밖으로 나왔을 무렵에는 오후 5시를 지나고 있었다.

하늘은 아직 파랗지만 이내 석양이 붉게 물들기 시작하겠지.

"미안한데 나는 잠깐 어디 들렀다가 돌아갈게."

"들른다고? 어디에? 같이 돌아가려고 했는데."

기숙사에 같이 돌아가려고 생각했는지, 하시모토가 시시하다는 투로 물었다.

"학교. 도서실에 좀 가볼까 하고."

"아아, 시이나 말인가, 그러고 보니 오늘 아침에 얘기하는데 방해했던 것 같으니까."

자신들의 사정을 우선했던 터라 그 이야기를 다시 꺼내면 어쩔 재간이 없다, 하시모토는 그런 표정을 지어 보였다.

"그런 거라면 오늘은 깨끗하게 보내줄게. 가자, 모리시타, 시라아시."

"싫어요. 왜 하시모토 마사요시와 손잡고 하교해야만 하나요?"

"아무도 손잡자고 말 안 했잖아. 그건 또 무슨 비약이냐."

"손 안 잡아도 같이 돌아가진 않을 거지만요. 난 케야키 몰을 좀 돌다가 돌아갈 거라. 그럼 이만."

화려하게 몸을 휙 돌린 모리시타는 몰 안으로 다시 돌아갔다.

"하시모토 군은 상상 이상으로 모리시타 씨의 미움을 사고 있나 봐요."

"미워하든지 말든지. 딱히 저 녀석이 날 싫어해도 상관없어. 그럼 시라이시, 같이——."

"저도 어디 들렀다가 갈게요. 다음에 또 같이 하교하기로 해요, 하시모토 군."

"켁—— 그렇구나. 그거 아쉽네."

모리시타에게 거절당했을 때는 정말로 개의치 않는 모습이었지만, 시라이시에게도 거절당할 줄은 몰랐는지 하시모토가 조금 아쉬워하면서 축 처진 어깨를 하고 혼자 돌아갔다.

"도중까지 같이 가도 되나요?"

"학교에 볼일 있어?"

"아니요. 조금만 더 아야노코지 군과 이야기하고 싶어서."

"나랑? 하시모토에 비하면 재미있는 이야기는 못 하는데 괜찮아?"

"참 겸손하시네요. 아야노코지 군은 정말 재미있는 사람인걸요."

칭찬이라고 받아들이기는 어렵지만, 그렇게 말해주니 빈말이라도 기분이 썩 나쁘지 않다.

내 옆에 나란히 선 시라이시와 학교를 향해 천천히 걷기 시작했다.

이 속도로 걸어도 몇 분만 있으면 현관에 다다른다.

"곰곰이 생각해 보니까 이렇게 둘만 있는 거 두 번째네."

첫 번째는 C반으로 옮긴 다음 날. 반 아이들을 관찰하려고 일찍 등교했던 그날 이후로 처음이다.

"후후, 그러네요. 별로 오래되지는 않았지만요."

"……그것도 그런가."

그때부터 계속 일찍 등교하려고 노력하고 있는데, 시라이시가 1등으로 교실에 오는 일은 없어졌다. 지금의 인상은 굳이 따지자면 교실에 늦게 도착하는 이미지. 그때는 평소답지 않게 일찍 일어났다고 말하기도 했었고, 원래는 그렇지 않았으리라.

"시라이시가 느끼기에 나 어때?"

"어머, 꽤 직설적으로 물어보시네요."

"어?"

"좀 더 고지식한 분이라고 생각했거든요. 그래서 꽤 대담한 질문 같아서."

"아니…… 아아, 그런가, 그런 식으로 받아들였구나. 미안."

좋아하는지 싫어하는지 같은, 연애와 관련된 듯한 말투였는지도 모르겠다.

"내가 물어보고 싶었던 건 반을 옮긴 것에 대해서야. 처음부터 환영해 줬다고 느꼈거든. 보통은 좀 더 의심하거나 하지 않나?"

"왜 그런 것 같아요?"

역으로 질문이 돌아왔다.

"모르겠어……. 원래 시라이시와는 2년 동안 대화를 나눠본 적도 없었고. 외부에서 나를 봐온 학생이라면 굳이 따지자면 인상이 나쁠 거라고 생각했어."

첫 특별시험을 무사히 극복함으로써 반 아이들이 나를 받아들이게 되긴 했지만, 시라이시는 그 이전부터 신뢰를 보내왔다.

하시모토와 모리시타가 초반에 특별히 설명해 준 것 같지도 않은데.

"사카야나기 씨가 빠진 C반으로 올 정도의 분이시잖아요? 게다가 하시모토 군은 반드시 큰 전력이 된다고 확신했고요. 의심하는 사람이 있는 건 놀랍지 않지만, 반대로 저처럼 희망을 품고 싶은 사람도 의외로 많지 않을까요?"

A반을 포기할 정도라면 마지막 기회라고 믿고 도박을 걸어본다.

말뿐이라면 어렵지는 않지만, 실제로 마음을 속일 수 있는가는 다른 문제다.

앞으로, 요시다나 시마자키를 생각하면 시라이시와 둘만 있는 기회는 최대한 만들지 않고 싶다. 그렇기에 살짝 깊이 파고들어도 괜찮을지 모르겠다.

"자의식 과잉이라는 소리를 들을지 모르겠지만, 시라이시는 반 이동보다 더 이전부터 어느 정도 나를 지켜봐 왔다거나, 그런 거 아니야?"

노래방에서 보였던 나를 관찰하는 듯한 눈빛.

그건 첫 대면에 가까운 사람에게 보내는 눈빛이라기엔 살짝 과했었다.

요시다를 비롯한 다른 남자에게 두는 거리감과도 어딘지 달랐다.

"아──."

입술이 살짝 열리더니, 말 같기도 한숨 같기도 한 모호한 목소리가 새어 나왔다.

그리고 걸음을 멈춘 시라이시는 몇 발짝 앞서 걷던 나를 똑바로 보며 시선을 맞췄다.

"아아…… 안 되겠네요."

"안 되겠다니? 왜 그래."

조용히 되물었는데, 시라이시는 대답하지 않고 계속 미소만 지을 뿐.

시간이 멈췄다는 착각이 들 만큼 몇 초간의 침묵이 이어지더니──.

"저는 시라이시 아스카예요."

그렇게 말했다.

자기소개야 훨씬 예전에 이미 다 했고, 점심시간과 휴일에도 한때 같이 시간을 보낸 적도 있다.

그런데 무슨 영문인지 이제 와서 시라이시가 다시 자기 이름을 말하면서 손을 내밀었다.

"당신은── 누구인가요?"

어떤 의도가 있어서 하는 발언일까.

아니면 그저 나를 놀리는 걸까.

"나는 아야노코지 키요타카야."

웃음거리가 될 것을 각오하면서, 그녀의 말에 대답하며 내민 손을 붙잡았다.

조금 차가웠지만 분명히 온기다운 온기를 지닌 가느다란 손가락의 감촉이 느껴졌다.

"풀네임으로 말하니까 왠지 모리시타 씨가 떠오르는군요."

"정말로……."

놀리는 게 아니라 모리시타처럼 말한 데 웃음이 난 것 같았다.

하시모토와 모리시타, 요시다와 시마자키에 비하면 시라이시에 대해 얼마나 모르고 있는지 잘 알 수 있었다.

요시다가 봐온 시라이시와 시마자키가 봐온 시라이시.

양쪽의 인상에, 내가 옆자리 주인에게 받은 인상을 합침으로써 조금이나마 진전은 있었다.

좀 더 파악할 실마리를 잡을 수 있다고 생각했었다.

하지만 실제로는 수수께끼만 깊어질 뿐.

단순 반 친구에 옆자리의 주인, 그런 틀에 넣는 것으로는 끝낼 수 없는 불가사의한 눈동자.

아니면 이것이, 미스터리한 그녀의 성격과 분위기일까.

"그럼 저는 돌아갈게요. 시이나 씨에게 안부 전해주세요."

결국 내 질문에 시라이시는 대답하지 않았다.

이유 같은 건 없었을까, 아니면 이유는 있지만 대답하기 싫었을까.

어느 쪽이 됐건 현재까지는 해가 될 것 같지는 않다.

앞으로도 좀 더 깊이 파보고 어떤 인물인지 이해해 두고 싶다.

나는 교내를 걸어서 도서실에 도착했다.

그러나 세상사라는 게, 타이밍이 안 맞을 때는 끝까지 안 맞는 법.

넓은 도서실에 히요리의 모습은 보이지 않았고, 자주 보이는 사서에게 물어보니 5시 전에 돌아갔다는 대답이 돌아왔다. 주말을 앞둔 금요일쯤 되면 히요리도 일정 한두 개쯤 있어도 이상하지는 않다.

이렇게 해서 하루 또 하루, 히요리를 만날 날이 늦춰져 간다——.

○야마무라의 용기

시험 고지 이후 주말이 지나고 벌써 4일째로 접어든 월요일 방과 후가 되었다.

벌써 몇 번이나 망설이는 건지 모르겠지만, 하루가 정말 빠르다고 느끼게 되었다.

창밖은 아직 환하지만 이내 저녁놀에 물들겠지.

이런 기분을 센티멘털이라고 표현하면 될까—— 나쁘지 않다.

“아야노코지 키요타카. 잠깐 면상 좀 내밀어 봐요.”

마시마 선생님이 교실을 나가자마자 뒷자리에서 낮고 조용한 목소리가 들려오는 바람에 바로 현실로 돌아왔다. 그렇다, 마치 억지로 뒷머리를 잡아당기듯.

쭉쭉…….

쭉쭉…….

‘잡아당기듯이’가 아니다. 실제로 꽤 세게 잡아당겼다.

“내 말 듣고 있어요~?”

“들리니까 머리 그만 잡아당겨. 그리고 말투에 문제가 있네.”

어쩔 수 없이 뒤돌아보고 용건을 물었다.

“지금 야마무라 미키가 만나고 싶다는데요.”

“야마무라가?”

이제 막 방과 후가 되었는데, 밖을 보고 있는 사이에 야마무라의 모습이 사라지고 없었다.

어느새 소리도 기척도 내지 않고 복도로 나가버렸겠지.

그리고 모리시타에게 메시지를 보냈다고.

“본인이 직접 말하면 될 텐데 싶지만, 지금 아야노코지 키요타카에게 직접 말 거는 건 그녀의 존재감이 아무리 포장용 수축필름만큼 얇다 한들 부정적인 쪽으로 눈에 띄고 마니까요. 네, 방금 든 화려한 예시가 좀 망했다는 거 인정해요. 그럼 안 되나요?”

“난 아무 말도 안 했는데…….”

혼자 웃겼다가 혼자 태클 걸었다가 또 혼자 조용히 적반하장으로 화내고 있다.

오늘은 꼭 도서실에 갈 계획이었는데, 뭐 야마무라를 만날 시간 정도는 나겠지.

무엇보다도 지금 놓치면 또 언제 먼저 말을 걸지 알 수 없다.

“어떻게 하면 되는데?”

“나를 따라오면 되겠죠. 안내해 줄게요. 이건 빚이랍니다?”

벌떡 자리에서 일어나 조력자처럼 엄지를 들고 포즈를 취했다.

장소만 알려주면 혼자 가도 되는데, 일방적으로 빚을 지고 말았다. ……뭐, 거절하는 것도 귀찮으니까 상관없겠지.

모리시타도 동행하고 싶은 건지 모른다.

슬쩍 교실을 둘러보면서 누가 남아 있는지 확인했다.

시라이시와 니시카와는 여학생 몇 명 무리와 잡담을 나누는 중이고, 하시모토와 키토는 벌써 교실을 나가고 없었다.

1

학생들이 약속을 잡는 곳은 대체로 케야키 몰인 경우가 많다.

그건 존재감을 최대한 드러내지 않는 야마무라라 할지라도 예외가 아니었는데, 그녀가 정한 장소는 카페 같은 데가 아니라 조금 특수하다.

"어라? 없네요."

2층에 자판기가 늘어서 있는 휴게실까지 따라왔는데, 야마무라의 모습은 보이지 않고 대신 1학년 몇 명이 모여 벤치에 앉아 담소를 나누고 있었다.

아무리 존재감 없는 야마무라라도 근처에 몇 명씩 모여 있으면, 심지어 자판기 옆 등에 숨어 있으면 발견한 순간 괜히 주목받고 말 터.

"아무래도 1학년 그룹을 보고 도망친 듯하네요."

"그런 듯하네. 그런데 여기에 없으면 어디로…… 연락

들어온 거 없어?"

묻는 말에 대답하지 않고, 턱을 움직여 따라오라고 지시한 모리시타는 팔짱을 낀 채 자판기 옆으로 향했다. 그리고 오른쪽 손바닥을 땅에 댔다.

지금 뭐 하는 건지 전혀 모르겠지만 잠자코 지켜보았다.

"흐음……. 직전까지 여기 앉아 있었겠죠. 아직 조금 따뜻해요."

"그런가?"

만약 바닥에 앉아 있었다고 하더라도 일어나면 몇 초, 길어도 수십 초만 지나면 바로 원래대로 돌아올 것 같은데…….

"의심스러우면 만져 봐도 좋아요. 야마무라 미키의 엉덩이 온기를 간접적으로 알 수 있어요."

왠지 거슬리는 말투였는데, 정말로 따뜻한지 궁금하긴 했기 때문에 손바닥을 대 보았다. 따뜻하긴커녕 서늘하기만 했다.

"우왓, 진짜로 만졌어요, 이 사람. 뭐 이런 변태가 다 있나요."

"만지라고 말한 건 모리시타인데……."

"아야노코지 키요타카는 누가 변태 짓 하라고 말하면 순순히 변태 짓을 하나요?"

"아니…… 안 하지……."

"그렇죠. 남의 말에 쉽게 넘어가고 속아서는 안 돼요. 앞으로는 스스로 옳은지 그른지 잘 판단할 수 있도록 해요. 알겠나요?”

자신이 속였음을 자백하고 있다.

그렇게 지적하고 싶지만, 그보다 문제는 아담한 여학생에게 혼나고 있는 나를 멀리서 1학년들이 흥미로워하며 보고 있다는 사실이다.

그리고 엉덩이니 온기니 변태니 하는 말도 아마 들었을 것이다.

처음부터 끝까지 오해밖에 없는데, 변명의 기회는 주어지지 않겠지.

“어쨌든 이동해요. 야마무라 미키는 남쪽 출구 밖으로 나간 것 같아요.”

그렇게 말하고 스마트폰 화면을 돌려 야마무라의 메시지를 보여주었다.

『죄송해요, 약속 장소를 남쪽 출구 앞으로 변경할게요. 정말 죄송해요.』

정말 그런 내용이었는데 도착한 게 5분 전으로 되어 있었다.

“혹시 몰라서 물어보고 싶은데, 이 메시지 언제 확인했어?”

“오자마자 바로 알았는데, 왜요?”

지금으로부터 5분 전이라면 케야키 몰 입구로 막 들어왔을 무렵.

그러고 보니 스마트폰을 꺼냈었는데……. 역시 연락이 왔었던 건가.

"즉, 야마무라가 여기에 없다는 것도 바닥이 이미 차갑다는 것도?"

"네, 물론 다 알았죠."

완전히 쓸데없는 이동, 아니 쓸데없는 행동이었다.

"자, 빨리 남쪽 출구로 가요. 야마무라 미키를 너무 기다리게 했다간 그 존재가 이 세계에서 사라지고 말 테니까요."

자기가 다 늦어지게 해놓고, 미안한 기색도 없이 왔던 길을 다시 되돌렸다.

2

남쪽 출구로 나온 우리는 동시에 주위를 둘러보았다.

"어라? 여기에도 없네요."

"없네."

원래부터 기숙사와는 거리가 멀어 인적이 적은 장소이기 때문에 바로 찾을 줄 알았는데 보이지 않았다. 가로수 쪽도 봤지만 역시 없었다.

"그 애도 참 난감하네요. 사람을 이리저리 끌고 다니고."

"네가 그렇게 말한다고?"

둘이 여기저기 둘러보았지만, 그 어디에도 야마무라의

모습은 고사하고 흔적조차 발견할 수 없었다.
“실사판 월리를 찾아라네요. 시간을 그냥 버리고 있어요.”
“그 말을 네가—— 아니, 됐다.”
몇 번을 꼬집어 말해도 아무 의미 없겠지.
“그렇게 생각하면서도 다음에 또 뭐라고 해버리죠. 개그 콤비의 태클 담당이란 그런 거예요.”
“멋대로 콤비에 넣지 말아 주라.”
남쪽 출구에 곧장 갔다면 10분은 더 일찍 도착했을 것이다. 그랬다면 야마무라도 딱 보이는 곳에 얌전히 기다리며 서 있었——을지 어떨지는 모르는 일인가.
조용한 공간에서 모리시타가 손에 쥐고 있던 스마트폰이 한번 미세하게 떨렸다.
“야마무라 미키예요. 『저를 찾을 수 있으면 한 번 찾아보세요』? 이게 무슨 도발인지.”
그런 메시지를 야마무라가? 그렇게 생각하면서 옆에서 스마트폰을 들여다보았더니 새로 들어온 경제 뉴스만 떠 있을 뿐이었다.
“남의 스마트폰 멋대로 훔쳐보지 말아요. 예의 없는 사람이네요.”
순간 내가 한 행동은 과연 조금 예의가 없었을지도 모른다.
“어쩔 수 없네요. 연락해 볼까요.”
“딱히 어쩔 수 없는 게 아니지. 처음부터 그렇게 했으면 됐잖아?"

"전파는 뇌에 악영향을 미치기 때문에. 웬만하면 쓰고 싶지 않답니다."

무슨 말인지 전혀 모르겠지만, 왠지 깊이 추궁하지 않는 편이 좋을 것 같았다.

모리시타가 스마트폰을 귀에 대고 전화를 걸기 시작했을 때 등 뒤에서 미세한 바람을 느꼈다.

"저, 저기——."

"우왓, 갑자기 나타났네요, 야마무라 미키. 사람 놀라게 하지 말아요."

"죄, 죄송해요."

소리도 없이 모습을 드러낸 야마무라가 혼나고 미안한 듯 머리를 조금 숙였다.

아마 이 행동에는 약속 장소를 변경한 데 대한 사과도 들어 있으리라.

"나한테 뭐 할 말 있는 것 같다고 모리시타가 그러던데, 그건 정말이야?"

이 부분부터 의심해야만 한다는 게 슬프기도 하지만, 지금까지 모리시타와 쌓아온 아주 멋진 신뢰 관계가 그렇게 만드는 것이니 어쩔 수 없다.

"아…… 네. 아야노코지 군이 반을 옮긴 뒤로 아직, 한마디도 대화를 나누지 못 했…… 으……니까……."

벌써 한 달 정도 지났는데, 등하교 때 나누는 인사도 대화로 친다면 반에서 유일하게 이야기를 나눠보지 못한 학생이라고 말해도 과언이 아니다.

"그러네. 튀는 걸 싫어하니까 내 딴에는 배려한 건데 불만이 있었어?"

"서, 설마요. 그게, 감사, 했어요……."

더듬더듬 말을 자아내는 야마무라의 모습은 처음 만났을 때보다도 훨씬 더 수상해진 것 같기도 하다. 안목 없는 사람의 눈에는 퇴화한 것처럼도 보이겠지만, 사실은 그렇지 않다.

지금까지 야마무라는 조용하게, 그저 자신의 존재감을 죽이고 있었다.

이렇게 필사적으로 말하려고 하는 모습은 과거의 자신으로부터 탈피하려 하는, 진화 과정으로 볼 수 있는 현상이라고 나는 받아들이고 있다.

다만, 유감스러운 지금까지의 야마무라의 인생.

99% 수동적으로 살아온 인간이 갑자기 능동적으로 바뀌려고 해도 어려운 문제다.

어떻게든 스스로 이야기를 이어 가려고 하지만 전진할 수가 없다.

이런 야마무라의 우왕좌왕하는 모습은 아마 모리시타도 잘 모를 터. 수동적인 사람에게는 수동적인 이야기 방식이 있고, 지금까지는 그런 자세로 대화해 왔을 테니까.

"저기…… 저, 저는, 그러니까……."

그러니까 지금은 가만히 지켜봐 주자. 여기서 먼저 나서서 『이렇게 하고 싶어?』 『저렇게 하길 바라?』 하고 말해버리면 더욱 수동적인 사람이 될 뿐.

"아아…… 그게……."

그렇다…… 지켜보는 것이 중요――.

그렇게 1분이 지나가려 할 때까지도 계속 웅얼거리며 뒷말을 잇지 못했다.

내가 조금이나마 말하기 편하도록 한번 재촉해야 하나?

아니, 역시 성장하려면 지금은 몇 분이 됐든 야마무라가 자발적으로 말할 때까지 기다려줘야 하나?

"그러니까, 무슨 말이, 하고 싶은가 하면……."

좀처럼 진행되지 않는 대화.

소통이 어려운 학생이 절대 적지 않고 나 역시 그 카테고리에 들어간다는 것을 부정할 수 없지만, 유형에는 여러 가지가 있구나 하고 감탄하게 된다.

할 말이 애초에 떠오르지 않는 나 같은 인간도 있는가 하면 야마무라처럼 하고 싶은 말은 있는데 그것을 소리 내어 말하기가 어려운 녀석도 있다.

잠자코 기다리는 나와 달리 옆에 있는 모리시타는 인내심에 한계가 왔는지 야마무라의 옆에 나란히 섰다.

자연스럽게 도와주려나 순간 생각했는데――.

"후우!"

입술을 모으더니 야마무라의 귀에 숨을 세게 불었다.

"꺄아아악?!"

나를 보는 듯 보지 않고 있던 야마무라는 자기 얼굴 가까이에 있는 모리시타를 알아차리지 못했다. 야마무라 사상 최대의 성량으로 내지른 비명이 주위에 울려 퍼졌다.

"무무무무, 무슨, 짓이에요……!"

"훗. 이건 이어 건. 불시에 당하면 누구나 놀라죠."

"에어 건을 그럴싸하게 베꼈나 본데, 결국은 에어 건이랑 다를 게 없지 않나?"

"듣고 보니 과연. 칭찬해 줄게요, 아야노코지 키요타카."

살면서 칭찬받은 게 제일 기쁘지 않은 순간인지도 모른다.

모처럼 각오를 다지려 했던 야마무라의 긴장감이 풀려 버린 것은 아닐까.

모리시타는 미안한 기색도 없이 의기양양한 표정으로 야마무라의 뺨을 살짝 꼬집었다.

"무, 무슨?!"

"어때요, 야마무라 미키. 어깨에 들어간 힘이 조금은 풀리지 않았나요?"

"엣? 아…… 그런 것 같…… 기도 하네요."

"무슨 일이든 긴장과 이완이 중요하답니다. 그것이야말로 개그의 정점에 오른 자에게 주어진 비법."

"개, 개그…… 요?"

"뭐, 그런 건 아무래도 상관없으니 빨리 아야노코지 키요타카에게 전할 말을 하면 돼요."

딱딱하게 굳었던 표정은 과연 좀 풀렸고, 붉게 달아올랐던 뺨이 아주 조금 원래의 빛으로 돌아와 있었다.

난폭하고 지리멸렬하면서도 모리시타의 행동이 야마무라에게 좋게 작용한 듯했다.

계속 내 코 언저리를 보던 시선이 마침내 눈으로 옮겨왔다.

그러나 그 벽이 지나치게 높았는지 이내 원래 위치로 돌아가고 말았다.

"……오늘은, 전하고 싶은 말이 있어서, 오시라고 했어요……."

지금까지보다 훨씬 또박또박, 그리고 막힘없이 말했다.

"변하고 싶어요. 더 자신감을 가지고, 남 앞에서 웃을 수 있게 되고 싶어요. 진심으로, 그렇게 생각해요."

호흡을 가다듬고 열심히 말을 이어 나가며 생각을 전하는 야마무라.

가슴 속의 한심하고 창피한 부분을 드러내기 위해 얼마나 많은 용기를 모았을까.

눈을 계속 마주치지는 못하지만, 잘했다고 말해도 좋다.

변하고 싶은 마음이 싹터서 각오를 다지고 나를 만났다.

"저도…… A반이 되기 위해 돕게 해주세요."

"야마무라는 학력도 높고 원래부터 반에 도움이 되고 있어."

"좀 더, 좀 더 열심히 하고 싶어요. 저밖에 못 하는 일……

있을 것, 같아서."

"알잖아요, 아야노코지 키요타카. 지금은 야마무라 미키의 기대에 부응해 주는 것이 당신의 역할일 거예요."

"그러네. 그럼 바로 하나 부탁할 것이 있어."

"아, 넷."

일단 야마무라를 어디까지 활용할 수 있을지 그 출발점으로 적합한 일.

"시라이시 아스카에 대해 좀 알고 싶은데."

"시, 시라이시 씨요……?"

어떤 첩보 활동이든 할 작정이었겠지만, 그건 다른 반이 대상이었으리라.

설마 같은 반 학생을 알아보라고 할 줄은 예상 못 했겠지.

"반을 구하기 위해 온 남자는 그냥 호색한에 불과했다……인가. 말세네요."

"여전히 너무 자유로운 해석이네."

"내 말이 틀렸나요? 시라이시 아스카는 반의 숨은 마돈나 같은 존재. 아야노코지 키요타카도 그녀의 독수에 걸려버린 게 아닌지? 몸과 함께 마음도 좀 솔직해지는 게 어때요? 자, 대답해 주겠어요?"

그렇게 말하고 주먹을 쥐더니 내 뺨을 꾹 눌렀다.

아무래도 자기 손을 마이크 대용으로 쓰는 것 같았는데, 좌우지간 아프다.

"지금 난 반에 대한 이해도를 높이기 위해 크게 애를 먹고 있어. 그중에서 요시다와 시마자키 무리는 좀 이해했다고 느끼지만, 시라이시에 대해서는 마치 그물로 바람을 잡는 느낌이야. 옆자리 사람한테 언제까지고 시간을 들일 수는 없는 노릇이니까 도움을 요청하고 싶은 거야."

"그럴듯한 말이네요. 하지만── 그녀를 이해하느라 애먹고 있다는 부분은 다소 동정의 여지가 있을 것 같군요."

"그런……가요?"

"뭐, 당신은 모르겠죠, 야마무라 미키. 늘 옅은 존재감을 이용해 염탐하는 대상은 다른 반 학생 아니면 하시모토 마사요시처럼 신뢰할 수 없는 학생들뿐. 시라이시 아스카와 같이 겉으로 봤을 때 전혀 해롭지 않을 듯한 학생을 감시하진 않을 테니까요."

"네…… 아야노코지 군이 괜찮다면 시라이시 씨에 관해 저 나름대로 조사해 볼…… 수는 있다고 생각해요. 도움이 될 만한 정보를 입수하겠다는 약속은, 저기, 전혀 못 하겠지만……."

"물론 알고 있어. 나와 다른 애들에게 보일 수 없는 일면이 있는지 어떤지 판명할 수 있는 거라면 아주 사소한 것이라도 좋아. 찾아봐주면 좋겠다."

다른 반 염탐이라면 다소의 성가신 문제도 동반하지만, 대상이 같은 반쯤 되면 큰 문제로 발전할 가능성은 작으리라.

물론 시라이시가 야마무라의 존재를 인지한다면 화근이 될 수도 있겠지만, 불만이나 분노의 화살은 야마무라가 아니라 그 뒤에 있는 인물을 향할 것이다. 만약 그렇지 않고 야마무라 단독 행동이라고 생각할 학생이라면 그녀의 능력도 거기까지인 것이다. 성격에 명료하지 않은 구석이 있다고 해도 그렇게 분석을 마치면 되겠지.

반을 바꾼 뒤에 내가 이 정도까지 야마무라와 접촉했던 적은 없다. 그래서 반 내에 한정해 말하자면 모리시타 이외의 학생에게는 그 관계성이 드러나지 않은 상태다.

3

야마무라가 낸 용기를 받아들이고 시라이시 건을 다 전달했을 때였다.

지금까지 아무도 보이지 않았던 이곳 남쪽 출구에 한 학생이 불쑥 모습을 드러냈다.

그리고 우리를 발견하고는 절레절레 고개를 내저으며, 반쯤 미소를 머금고 가까이 다가왔다.

"너무 매정한 거 아니야? 중요해 보이는 대화에 나를 안 부르다니."

"여기 있는 걸 어떻게 알았어요, 하시모토 마사요시."

경계를 감추려고도 하지 않는 모리시타가 대놓고 이유를 따져 물었다.

"소거법이지. 교내랑 케야키 몰을 열심히 뛰어다녔거든.

모리시타와 아야노코지가 둘이 어디 가나 생각하니까 말이야, 남에게 말 못 할 관계를 상상해 버리고 말았다고."

"농담은 얼굴로 충분하답니다."

"그 말 너무 상처야. 이래 봬도 얼굴은 나름대로 자신 있는데."

교실에서 나간 후에 곧바로 쫓아오지 않은 건 역시 대단하다고 할 만하다.

나에게 미행을 들킬 위험을 확실하게 계산했다.

"나는 한편이거든? 그렇게 경계하지 않아도 되잖아."

노골적으로 피하는 빈도가 많은 모리시타에게 하시모토가 그렇게 말하며 거리를 좁혔다.

"나한테 손가락 하나라도 댔다간 비단을 찢는 듯한 소녀다운 비명을 질러드리죠, 이 짐승."

비단을 찢는 것과 소녀다움은 공존하지 않는 것 같은데.

다만 모리시타가 지르는 비명이 어떤 건지 전혀 상상이 가지 않아 살짝 궁금했다.

"뭐, 이번에 나를 넣고 싶지 않았던 이유도 모르는 건 아니지만."

그렇게 말하며 진전없는 모리시타에게서 야마무라에게로 시선을 옮겼다.

시선을 받은 야마무라는 불편한 듯 한 걸음 뒤로 물러나며 눈을 피했다.

"야마무라를 아야노코지의 측근에 넣으려고?"

"그런 얘기가 아니야. 내 입장에서는 아직 들어온 지 얼마 되지 않은 C반. 신뢰할 만한 사람이 적어. 하지만 야마무라와는 수학여행 때랑 합숙 때도 같이 했었고, 적잖이 인연을 맺었다고 생각해. 그리고 인간적으로 믿을 수 있다고 판단했어. 야마무라를 넣는 게 아니라 야마무라가 합류해 주길 바라는 거야."

이렇게 입장이 바뀌었다는 부분은 몹시 중요하다.

"그것참, 아야노코지한테 확실한 신뢰를 얻었구나, 미키짱도."

"엣…… 미, 미키……."

"허락도 받지 않고 여자애 이름을 막 부르는 거 좀 그렇지 않나요, 하시모토 마사요시."

"아니, 그러는 너도 만만치 않은데, 풀네임으로 막 부르면서. 그리고 아이짱도 나랑 친하게 친하게 지내는 게 어때?"

"절대로 싫어요."

"냉정하네. 어떻게 하면 신뢰를 얻을 수 있는데?"

"신뢰란 하루아침에 얻을 수 있는 게 아닌 법. 아니, 당신을 신뢰하는 데는 몇 달, 잃는 데는 한순간이라고 할까요."

검지를 하시모토의 눈앞에 쑥 내미는 모리시타.

"아야노코지는 도와주지 않더라도 미키짱 정도는——어라?"

순간 모리시타에게 시선을 빼앗긴 사이에 야마무라가 다시 소리도 없이 이 자리에서 사라지고 없었다.

"역시 닌자의 후예, 재능은 시대를 초월해 이어져 내려오는 것 같네요."

절대 그런 조상은 없을 것이다.

"나도 돌아갈게요. 더는 쫓아오지 말아요."

"안심해, 아야노코지 이외에는 안 쫓아가니까."

명복을 빌어요, 그렇게 내게 말한 모리시타는 케야키 몰로 다시 들어가지 않고 곧장 밖을 걸어 귀가하려는 듯했다.

둘만 남자 하시모토나 보란 듯이 어깨를 떨구었다.

"내가 그렇게 미덥지 않냐."

"미더운 줄 알았어?"

"……아니."

"그럼 어느 정도는 너한테 비밀을 만들거나 피하는 걸 각오해 두는 게 좋아."

"뼈 아픈 말이네."

하시모토는 바보가 아니다. 그동안 자기가 한 행동 때문에 반 아이들의 의심을 사는 것도 이해하고 있고 수긍하고 있기도 하다. 그럼에도 굳이 나를 뒤쫓아왔다. 그 행동은 해만 있지 이득 될 것은 없다고 보지만.

"이상해? 오지 말라고 오지 말라고 그렇게 말해도 자꾸 나타나는 게."

"의문스럽지 않다면 거짓말이겠지."

"하……. 그야 나는 A반으로 올라가고 싶어. 그걸 이루기 위해서라면 반을 배신해도 된다고 생각했던 남자니까 말이야. 실제로 수단과 방법을 가리지 않고 다른 반의 환심도 사려고 했었어. 하지만 지금은 이 반이라면 이길 수 있다고 생각하고 있어. 프라이빗 포인트까지 버린 게 그 증거잖아."

실제로 많은 프라이빗 포인트를 잃어서, 반이 침몰했을 때 탈출하기 위한 티켓을 사는 것은 불가능에 가까워졌다. 하시모토로서는 거친 파도에 삼켜지더라도 지금 탄 배에 집중할 각오를 다졌다는 증명이기는 하다.

"너는 굉장한 녀석이니까. 내가 힘을 보태지 않아도 어느 정도는 이겨줄 것 같기는 해. 이런 식으로 비호감 사는 행동을 하지 않는 게 현명하다는 것도 잘 알아. 그래도 자꾸만 관여하고 싶어지는 건…… 나도 A반으로 올라가기 위해 있는 힘껏 돕고 싶기 때문이야."

진지한 얼굴로 그렇게 말한 후 이내 까불거리는 표정으로 돌아왔다.

"이 말도 안 믿어 주겠지만. 그래도 계속 들러붙을 거야."

자기 자신을 억누를 수 없다며, 비난받을 것을 알면서도 앞으로도 계속 밀고 나갈 모양이었다.

"좋을 대로 해. 모리시타한테는 끝없이 푸념…… 아니, 욕먹겠지만."

"내 두통의 유일한 원인이 바로 그거라고. 그 녀석 시끄러우니까. 그래서? 이제 어디 갈까?"

"그러고 싶지만 학교에 들러야 해."

"학교? 도서실? 시이나랑은 금요일에 만난 거 아니었어?"

"아니, 그날은 이미 돌아간 바람에 못 만났어. 그래서 다시 시도해 보려는 참이야."

"……아하?"

금요일에는 흔쾌히 보내주었는데, 연달아 같은 말을 하니까 거절하기 위한 핑계로 받아들였는지 살짝 의심스러운 얼굴로 바뀌는 하시모토.

"너 말이야——."

입을 열던 하시모토는 피식 웃더니 숨을 토하고는 고개를 가로저었다.

"아무것도 아니다. 시이나를 만나고 싶다면 오늘도 순순히 양보할게. 그럼 나 먼저 간다."

뒤돌아 케야키 몰로 들어갔다.

하시모토의 상태도 조금 마음에 걸렸지만, 시간상 또 늦어지고 말았다.

나는 서둘러 학교로 향했다.

4

나는 하시모토와 헤어진 후 학교로 돌아왔다.

5시가 지난 시각. 학생 대부분은 하교했고 남아 있는 학생은 대부분 동아리 활동 중이었다.

운동장에서는 구호, 체육관에서는 신발 마찰음이 들려왔다.

지금 도서관으로 향하는 건 계속 미뤄지고 있는 히요리와의 만남을 위해.

금요일에 인사야 나누었지만, 그 이상의 대화는 나누지 못했다.

그녀가 제안했던 B반 이동.

나는 그것을 거절하고 내 목적을 위해 아무 상관 없는 C반으로 옮겼다.

그것을 후회하는 건 아니다.

그럼에도 왠지 미련이 남는 까닭은 히요리가 기다리고 있는 B반으로 가고 싶은 마음이 있었기 때문이다.

순수하게, 고도 육성에 다니는 남학생 중 하나로서.

리더랄지 참모랄지, 그런 부분에 얽매이지 않고 보내는 1년.

어쩌면 있었을지도 모를 미래.

선택할 수 있었던 미래.

2학년 막바지에 이시자키로 인해 히요리와 손을 잡았던 순간을 떠올린다.

"……후회하는 건가?"

유리창에 비치는 흐릿한 내 모습을 보며 걸음을 멈춘다.

개인적인 용무라는 핑계를 늘어놓으며 도서실에서 멀어

졌던 발걸음.

과연 타이밍 나쁘게도 여러 일들이 많이 겹쳤던 것은 사실이다.

하지만 도서실에 전혀 갈 수 없었던 건 아니다.

어떻게든 짬을 내어 얼굴을 내밀 시간은 있었을 터.

무의식적으로 내가 그곳에 가기를 피했던 것일까?

왜?

그 의문에 대한 답은 아마도 나와 있다.

히요리의 슬픈 얼굴을 최대한 보고 싶지 않았기 때문에.

안 된다고 느끼면서도, 진심으로 제안해 주었던 그녀의 미소를 배신했기 때문이다.

그러나 합리적이지 않다.

시간이 지나면 지날수록 관계는 나빠지고 점점 더 슬퍼질 뿐이다. 나에게 잘못이 있다면 당장이라도 만나러 가서 사과하고 관계를 회복하는 것이 맞다.

소용없다는 걸 알면서도 나는 다시 한번 되물어 본다.

대답 따위는 돌아오지 않는다. 당연하다. 머리로는 이미 답을 알고 있다. 이런 식으로 모르는 척하면서 자문하는 행동 자체가 어딘지 나답지 않은 느낌.

스스로 C반 이동을 결정했고 히요리의 권유를 거절했다. 그러니까 그걸 사과한다.

그게 전부인 과정을 어째서 나는 계속 실행하지 않는가?

전화라든지 메시지로 전달할 수도 있는데 왜 그건 선택

지에 넣지 않는가?

애당초 반을 옮겨서 슬퍼하는 사람은 히요리 말고도 많이 있었다.

A반 졸업을 목표로 하는 호리키타를 비롯한 반 아이들이 그 희생의 필두였다.

그런데 왜 나는── 히요리만 마음 쓰이는 거지……?

유리창으로 시선을 돌리고, 멈췄던 발을 다시 도서실 쪽으로 움직이기 시작했다.

근거는 없지만, 가서 만나면 알 수 있을 것이다.

그런 느낌이 들었다.

"아……."

결심하고 다시 움직이는 타이밍에, 목적지와 이어진 복도에서 하세베가 모습을 드러냈다. 지금 그녀 이외에는 아무도 없는 듯하지만, 이 시간에 혼자 뭘 하고 있었을까.

조금 마음에 걸리긴 했지만 우리는 편하게 말 거는 사이가 아니다. 그러니 이대로 스쳐 지나면 그것으로 끝이겠지.

실제로 하세베도 이내 나를 알아본 모양이었지만 아래를 보며 시선을 회피했다.

그렇게 서로 대화를 나누는 일 없이 지나갔다.

그런데──.

"저, 저기……."

순간 기분 탓인가 싶을 정도로 가늘고 작은 목소리.

그러나 분명 하세베에게서 나온 소리였다.

내가 걸음을 멈추고 뒤돌아보자, 하세베는 여전히 시선을 피한 채 몸만 돌리고 있었다.

"잠시만…… 얘기 좀 하고 싶은데, 괜찮……을까?"

거절하기란 쉽지만, 하세베에게 강한 각오 같은 것이 언뜻 내비쳤다.

학년말 때도 비슷하게 말을 걸었었는데, 그대는 아마사와의 방해로 결국 아무 말도 듣지 못했다.

이번에도 그냥 넘어간다면 두 번 다시는 말을 걸지 않을지도 모른다.

그때는 반을 옮기기 전. 그리고 지금은 반을 옮긴 후.

말하고 싶은 내용은 달라져 버렸을지도 모르지만, 들어야 할 필요는 있을 것 같다.

"그래. 전에도 말 걸어줬는데 못 들었으니까."

"기억하는구나."

"얼마 되지도 않았는데 뭐."

"그러네……. 그 사이에 아야노코지는 반을 바꿔 버렸는데…… 혹시 나 때문이야? 내가 말 걸어버려서—— 그래서 싫어졌어?"

"전혀 그런 거 아니니까 안심해도 돼. 학년말 특별시험 전부터 지금의 C반 학생한테 권유받았었어. 사카야나기가 퇴학당하면서 그게 현실이 된 것뿐이야."

대충 둘러댄 거짓말이었는데 아무것도 문제는 없다.

반을 옮긴 이유, 배신한 이유가 한 가지든 백 가지든 상관없기 때문이다.

"그래…… 그렇구나."

내 말을 믿었는지 안도한 듯, 아니 조금 기쁜 듯 숨을 내쉬었다.

"원망이 앞설 것 같은데 말이지."

"원망이라니……. 나한테 그럴 권리는 없겠지……. 뭔가 오히려 아야노코지가 반을 바꾸면서 적절한 거리감이 생긴 느낌이 들어. 물론 난 지금 반에 계속 있을 거니까, 그 점은 잘 알고 있다고 봐."

같은 편이지만 불편한 거리. 적이지만 마음 편한 거리.

하세베는 지금 그런 식으로 받아들이고 있다는 걸까.

"원망하는 게 아니라면 나한테 할 얘기가 뭐야?"

"아아, 응, 그게── 사실은……."

내 질문에 대답하면서도 하세베는 손에 쥔 스마트폰으로 급하게 뭔가를 검색했다.

"아야노코지가 꼭, 그 아이가 열심히 살고 있는 모습을, 봤으면 해서──."

하세베의 급하게 스마트폰을 만지는 모습 그리고 단편적인 말을 통해 하고 싶은 이야기가 뭔지 알아차렸다.

이 학교를 떠난 사람. 사쿠라 아이리라는 학생의 그 이후. 하세베는 그에 관한 정보를 가지고 있겠지. 오디션을 통과

했다는 이야기는 어렴풋이 들었는데, 단순히 정보로 알게 된 것뿐. 얼마 전까지의 나라면 궁금해하지 않았을 것이다.

다만 츠바키와의 접촉을 통해, 탈락한 사람의 그 이후의 삶에 조금이나마 호기심이 생겼다.

그래도 그건 어디까지나 이전과 비교했을 때의 이야기.

굳이 걸음을 멈추고 뒤돌아볼 것까지는 아님은 확실하다.

나를 바라보는 하세베의 불안한 눈동자.

여기서 거절해도 내가 얻을 수 있는 것이라곤 그 이후에 낭비하지 않은 아주 조금의 시간뿐이다.

"안 될……까?"

대답하지 않자, 불안한 듯 스마트폰을 꼭 움켜쥐면서 하세베가 중얼거렸다.

"아니야. 들어보고 싶어."

"앗── 저, 정말?"

"그래. 내가 먼저 알아볼 용기는 없었지만, 솔직히 말하면 줄곧 마음에 걸렸어."

지금 호리키타 반 학생들의 나에 대한 인식은 점점 강경해지고 있다.

아직 빈틈은 있지만 앞으로는 쉽사리 정보를 빼낼 수 없게 되겠지.

그렇다면 새로운 방식을 시도하면 된다.

모든 것을 버리고 반을 배신해서 어려운 입장이 됐기 때문에 도리어 어떤 식으로 구슬릴지, 어떻게 하면 돌파구를 뚫을지 시도해 볼 기회를 놓치지 않는다.

눈빛을 반짝인 하세베가 내게 스마트폰을 내밀었다.

"그 아이, 심야 시간대이긴 해도 TV 방송에 조금씩 출연하게 됐어."

"방송? 대단하네."

사쿠라가 퇴학당한 것은 작년 2학기 초반. 그때로부터 아직 1년도 지나지 않았는데, TV에 나오게 됐다니 솔직히 놀랍다.

그냥 순수하게 어느 다른 학교의 학생으로서 새로운 학교생활을 보내는, 그 정도로만 상상했었다.

사실은 학년 말에 미야케와 유키무라도 같이 불러서 사쿠라 이야기를 하고 싶었던 모양이고, 전하고 싶은 내용은 완전히 같았음을 확인할 수 있었다.

서서 나누던 이야기가 생각보다 길어져서, 바깥 풍경이 조금씩 붉게 물들어갔다.

"앗……! 미안해, 아야노코지. 나도 모르게 얘기가 길어져서…… 어디 가려던 것 아니야?"

"괜찮아. 오랜만에 하세베랑 이야기해서 즐거웠고, 사쿠라에 대해 알게 돼서 기쁘다."

"그, 그래? 사실은 아이리에 대해 들려줄 이야기가 한참 남았지만…… 다행이야."

"괜찮으면 다음에 또 어딘가에서 시간 낼 테니까 얘기

들려줘. 아니면 A반의 반감을 사지 않도록 배려해서 전화로 해도 상관없고."

"물론이야. 키요뽕이 아이리의 팬 2호가 되게 만들 테니까?"

본인은 깨닫지 못했겠지만 자기도 모르게 옛날 내 별명을 불렀다.

그 후 하세베와 헤어지고 6시 전에 도서실에 도착했는데, 히요리의 모습은 이미 보이지 않았고 10분쯤 전에 돌아갔다고 지난번의 사서 선생님께 전해 들었다.

도서실에서 현관으로 가는 루트는 크게 두 가지가 있는데, 50%의 확률을 빗나간 듯하다.

용건 있으면 전해주겠다고 했지만 사양했다.

"다음에 다시 올게요."

서두르지 않아도 답을 알게 될 때가 머지않아 올 것이다.

5

월요일 오후 7시 40분. 기숙사 방에서 저녁을 먹은 카네다는 8시에 만나기로 한 장소인 노래방 앞에 안절부절못하는 모습으로 와 있었다.

종종 주위를 살피며 작게 한숨을 내쉬기도 하고 이리저리 돌아다니기도 하고.

그런 기묘한 행동은 한 인물이 등장하면서 바로 멈췄다.

"오, 오늘 잘 부탁드립니다. 시이나 씨."

긴장한 얼굴로 머리 숙인 카네다는 비뚤어진 안경을 바로 고치고 어색한 미소를 머금었다. 그런 후 사복 차림인 시이나를 보며 길게 숨을 토했다.

"저야말로 잘 부탁드려요, 카네다 군. 왠지 좀 신선하네요."

"그러게요, 아니 정말. 류엔 씨도 대체 무슨 생각인 걸까요."

둘이 함께 올려다본 것은 휘황찬란하게 손님을 끌어들이는 노래방.

하지만 카네다는 시이나의 모습을 곁눈질하며 두 눈에 새겼다.

약속 시간보다 훨씬 일찍 도착한 까닭은 옆에 서 있는 시이나도 일찍 오지 않을까 하는 직작 때문이었다. 그리고 그 예상은 적중했다.

요컨대 최대 20분 가까이 둘만 있는 시간이 이어진다.

"아직 시간이 좀 남았는데 어떻게 할까요? 제 생각에는 먼저 들어가서 기다리는 게 나을——."

그렇게 말하려고 했을 때, 그 직후 쩌렁쩌렁한 목소리가 몰에 울려 퍼졌다.

"뭐야, 내가 일등일 줄 알았는데 벌써 두 명이나 와 있냐!"

별로 놀랄 일도 아닌데 오버하면서 이시자키가 도착했다.

"……안녕하세요, 이시자키 씨."

그 태도를 보고 정이 뚝 떨어졌을까, 아니면 다른 이유가 있을까. 카네다가 약간 불만스러운 투로 인사를 건넸다.

"빨리 왔네요. 늘 지각하는 이미지가 있었는데."

"아쉬워 보이네, 카네다. 혹시 너──."

수상쩍은 카네다의 모습에 짐작 가는 구석이 있었는지 이시자키가 씩 웃었다.

"뭐, 뭐요……?"

"류엔 씨를 맞이하는 건 내 역할이라고. 네가 폼 잡게 두지 않을 거야!"

"아하…… 그런 이유로 일찍 온 거네요."

"우리 셋은 거의 동시에 도착한 거야. 거기에 우열 같은 건 없으니까, 똑똑히 기억해 둬."

"걱정하지 마세요, 그런 데 중점을 두지 않으니까요."

"그런데 무슨 생각인 거지, 류엔 씨. 오늘은 카네다만이 아니라 토키토 녀석까지 불렀다던데. 회의에 부르기에는 격이 떨어지잖아."

"토키토 씨는 어떨지 모르겠지만, 저는 정기적으로 류엔 씨를 만나 의논하고 있으니 똑같이 취급하지 말아줬으면 좋겠군요."

카네다가 그렇게 강하게 지적하면서 중지로 안경 브릿지를 밀어 올렸다.

실제로 카네다는 시험을 치를 때면 류엔과 정기적으로

의논하고 있는데, 보통은 둘만 만나는 비율이 높았다.

"이미 특별시험의 방침은 정해졌겠지?"

"네. 아직 추가 지시도 내려오지 않았고요. 아니면 다른 가능성을 발견해서 그 이야기를 하려는 것일 수도 있는데요……."

"아니면 우리의 힘이 필요해졌거나. 백지장도 맞들면 낫다잖아."

"하고 싶은 말씀은 알겠지만, 그렇다고 해서 아무나 다 좋은 건 아닌…… 그렇게 생각하지 않으세요, 시이나 씨."

그래봐야 속담. 단순히 사람이 많다고 좋은 건 아니라는 말을 덧붙인 카네다가 시이나에게 의견을 구했다.

그런데 그 타이밍에 류엔이 등장하면서, 갑자기 분위기가 무거워졌다. 이시자키도 긴장된 표정으로 머리를 깊이 숙여 인사했다. 그리고 바로 노래방에 들어갔다.

예약한 구석 방으로 들어간 네 사람.

류엔은 테이블 위에 메뉴판을 딜면서 세 명에게 음식 주문을 시켰다.

"카츠라기 씨와 토키토 씨가 아직 안 왔는데 괜찮을까요?"

"그놈들은 늦는다고 연락이 왔거든. 그것보다도 카네다, 하시모토 녀석한테 연락 왔어?"

쳐다보지도 않고 묻는 류엔에게 카네다가 천천히 고개를 내저었다.

"아뇨, 없었어요. 3학년 올라가기 직전까지는 빈번하게 소통했었는데, 아야노코지 씨의 반 이동이 확정된 이후부터는 연락도 무시하네요."

그렇게 보고하자 류엔이 눈을 감고 왼쪽 입꼬리를 살짝 올렸다.

"그놈도 마음먹었다, 그건가."

"아야노코지 씨의 실력을 상당히 높게 평가하는 듯해요. 물론 저도 요즘 흐름을 객관적으로 봤을 때 지금까지 내렸던 평가를 두 번이고 세 번이고 다시 고치고 있긴 합니다만――. 그래도 하시모토 씨는 다른 반으로의 이동 가능성도 남겨뒀다고 생각했는데요."

"뭐, 사카야나기라면 하시모토의 박쥐 외교를 재미있어하면서 봤겠지만, 아야노코지 같은 경우는 어떻게 될지 모르니까. 섣불리 혼자 살 길을 확보하는 짓을 보였다간 가차 없이 버려질 수 있어. 아무리 그놈이라도 그런 모험을 감수할 만큼 간땡이가 부은 건 아니잖아."

큰 위험을 감수하고 다른 반에도 침을 발라 놓을지, 작심하고 아야노코지와 한배를 탈지. 그 둘을 저울에 달아본 결과 내린 결단이라고 류엔이 답을 내렸다.

"……정말로 높이 평가하고 있네요."

카네다도 실력을 인정하고 있긴 했지만, 그래도 류엔만큼은 아니었다.

지금까지 평범한 학생으로만 여겼던 만큼 어딘가에는 빈틈이 있다고 봤지, 사카야나기와 류엔처럼 건드렸다가 다칠지도 모른다 싶을 정도의 예리함을 느끼지는 못했다.

류엔은 노래방에 들어간 뒤부터 한마디도 하지 않는 시이나를 쳐다보았다.

"네 눈에는 지금 아야노코지가 어떻게 보이냐?"

"저, 말인가요?"

"반을 바꾼 이후에 녀석이 하는 행동. 뭐가 목적인지도 포함해서 말이야."

조금 놀란 시이나였지만, 지난번 엘리베이터에서 우연히 마주쳤을 때를 떠올렸다.

"글쎄요…… 잘 대답을 못 하겠어요."

"무리라니까요, 류엔 씨. 시이나 눈에 아야노코지는 필터가 한 겹 껴 있다고요."

"필터, 라는 게 무슨 의미죠, 이시자키 씨."

기묘한 표현을 카네다가 꼬집었다.

"야, 그야 특별한 필터지, 특별한. 아야노코지 필터라는 게 있다고."

이시자키가 그렇게 대답하자 카네다의 표정이 다소 굳어지면서 험악하게 바뀌었다.

"저는——."

그런 부분에 둔감한 시이나도 이시자키가 무슨 말이 하고 싶은 건지 알았지만 민망한 듯 고개를 숙였다.

한편 류엔만은 시이나를 보는 눈빛이 전혀 달라지지 않았다.

"아야노코지에게 어떤 감정을 품었든 그건 네 자유야. 하지만 네가 내 반에 속한 이상에는 반이 승리하기 위해 움직일 필요가 있어. 무슨 말인지 알지?"

"네, 알아요."

"일단 반을 바꾼 아야노코지와 얘기는 했겠지? 그 얘기 좀 해봐."

"아뇨…… 실은 아직, 제대로 대화해 본 적이 없어서."

"뭐? 어째서? 너 만나러 가라고 분명히 말 전했는데."

이상하다고 고개를 갸웃거리는 이시자키를 보는 시이나는 아야노코지의 화제가 나오자 기운이 없어졌다.

"지금 내가 아야노코지한테 연락해서——."

"넌 이제 됐다. 노래나 불러."

쓸데없는 얘기는 할 필요 없다는 듯 마이크를 쥐고 내던지는 류엔.

"으아앗, 아, 알겠습니다."

마이크를 떨어트리지 않고 잘 받아낸 이시자키는 분위기 띄우는 역할을 맡겼다고 여겼는지 입꼬리를 씩 올리고 의욕을 불태웠다. 선곡이 끝나자 전주가 흘러나왔다.

노래를 시작할 때쯤 방문이 열리고 카츠라기와 토키토가 모습을 드러냈다.

"많이 기다렸지."

카츠라기가 그렇게 말한 직후, 토키토가 비집고 들어와 류엔에게 따지고 들었다.

"뭔 생각이야. 나까지 부르고."

"가끔은 쓸모없는 놈 의견도 들어주려고. 단순한 변덕이지."

이시자키가 열창하는 가운데 벌써 류엔과 토키토 사이에 불꽃이 튀었다.

"뭐, 진정하고. 일단 오늘 모이라고 한 이유를 들어볼까. 이번 특별시험은 이미 방침이 정해졌을 텐데?"

"아야노코지의 해부와 다음 특별시험. 그 이야기를 좀 해둘까 해서."

"……호오. 꽤 흥미로운 소재네."

"아야노코지에 관한 새로운 정보가 있어?"

"아니, 난 없어. 요즘에는 딱히 대화도 제대로 못 했으니까. 하시모토를 비롯한 C반 학생 누군가가 아야노코지 옆에 붙어 있어. 섣부른 접촉은 피하는 중이야."

그렇게 대답한 카츠라기의 옆에서 토키토도 시선을 피하며 침묵으로 답을 대신했다.

"저기, 류엔 씨. 괜찮으시다면 제가 아야노코지 씨를 좀 파볼까요? 지금까지 거리를 뒀던 만큼 뭔가 새로운 정보를 알 수 있을지도 모르니까요."

"마음대로 해."

류엔이 기대는 안 된다는 투로 대답했고, 그 후 이시자키가 노래를 마침과 동시에 주제는 다음 특별시험으로 바뀌었다.

"제 생각에 이번 특별시험의 결과는 별로 문제가 안 될 것 같아요. 하지만 보수가 싼 걸 봐서 다음 특별시험은 반 포인트의 변동 폭이 커도 이상하지 않아요. 그때 점수를 잃는 건 절대 용납할 수 없겠죠."

카네다의 예상을 들은 카츠라기도 같은 의견인지 힘껏 고개를 끄덕였다.

"그렇겠지. 우리가 B반이고 호리키타 쪽이 A반이라지만 안전권에 들어간 건 아니야. 저번에 져서 줄어든 차이 이상으로 밑에서 바짝 추격하고 있는 상황이야. 2연패 3연패 해버렸다간 순위가 같아지는 상황을 피할 수 없어. 그리고 그렇게 되어 버리면 대등한 게 아니라 열세라고 받아들이는 사람들도 다수 나오겠지."

"그 특별시험에서의 승패는 우리 반한테는 마지막 방어 라인인 거네요."

아직 5월. 다음에 있을 대형 특별시험이 6월이나 7월에 있다고 가정한다면 반환점에 도달하기도 전에 최악의 전개가 기다리고 있을지도 모른다.

"희망이 있다면 학업을 중심으로 한 특별시험일 가능성이 그리 높지 않다고 짐작할 수 있다는 걸까요. 공부는 학생에게 있어서 늘 떼어놓을 수 없지만, 그 분야만으로 대결하게 된다면 애초부터 이 반에는 승산이 없죠. 학교 측도 그렇게 불평등한 시험만 내지는 않을 거예요."

입학 시 반 배정 단계에서 A반에는 다수의 우등생이 들어가 있었다.

이를 출발 시점의 큰 자산으로 볼 수 있다고 해도, 그것만으로 전부 결정된다면 애초부터 경쟁하게 할 필요도 없는, 완전히 쓸데없는 일에 불과하기 때문이다.

"보수가 그에 합당하는 거라면 지난번에 잘 간직한 프라이빗 포인트까지 포함해서 쓸 수 있는 수는 뭐든 써야겠지. 별로 추천하고 싶지는 않지만 아슬아슬하게 반칙이 아닌 행위라 할지라도 말이야."

"이제 머리가 좀 돌아가네, 카츠라기. 하지만 규칙의 범위 안에서만 싸울 생각은 없어. 반칙이든 뭐가 됐든, 나는 이기기 위해서라면 수단과 방법을 가리지 않는다."

"알아. 하지만 나는 막을 거야."

어디까지나 규칙을 준수해야 한다는 입장은 변함없다는 카츠라기.

그 후에도 답이 나오지 않는 논의를 이어갔고 이야기 도중에 침묵이 찾아왔다.

옆방에서는 다른 학생들이 흥을 돋우고 있는 만큼, 더 조용한 시간.

"류엔 군은…… 저한테서 아야노코지 군 정보를 무리하게 얻으려고는 하지 않네요."

"너한테 물어봐야 유익한 정보가 나올 것 같지 않아서 그럴 뿐인데."

"……정말로 그게 전부, 인가요?"

“뭐? 나한테 무슨 말을 듣고 싶은 거야. 어떤 방법을 써서라도 놈의 약점을 알아 오라는 명령이라도 받고 싶나?”

“——그건…….”

류엔은 그 질문에 대한 대답을 이미 가지고 있었다.

시이나가 아야노코지에게 품은 감정은 단순한 친구를 넘어섰다.

“넌 반드시 도움이 되어줘야겠어. 아야노코지가 아니라 우리 반을 위해서 말이야.”

그 감정을 이용해서라도 류엔은 아야노코지를 이기는 미래를 그렸다.

“네. 그럴 각오는—— 하려고 해요.”

반을 바꾼 뒤로 줄곧 아야노코지와는 만족스러운 대화도 나눠보지 못했다.

그런 것도 있어서, 시이나는 어떤 하나의 각오를 하려 하고 있었다.

아야노코지에게 자신은 단순히 친구, 아니 그 이하일지도 모른다.

그렇다면 옅은 감정을 품고 있어 봐야 무거운 족쇄만 될 뿐이다.

사라져 버릴 것만 같은, 슬픈 시이나의 옆얼굴을 카네다가 조용히 지켜보았다.

투쟁심과는 무관하게 살아왔던 남자의 첫 경험과 함께.

○새옹지마 같은 인생

오늘 하루도 조금씩 끝을 향하 흘러가고, 눈 깜짝할 사이에 방과 후가 되었다. 시험이 그지된 지도 벌써 5일째가 끝나려 하고 있지만 큰 변화는 하나도 일어나지 않았다. 가볍게 알아본 바로 모든 반이 무지각 무결석을 유지했고, 평소보다 훨씬 더 많은 학생이 조용하고 성실하게 학교생활을 보내는 중이었다. 또 느슨해지기 쉬운 주말 동안 소동이 빚어졌다는 소문도 들리지 않았다. 학생들이 긴장감을 놓치지 않는 것도 잊지 않고 있는 듯했다.

공부와 운동에 매진하고, 지각과 결석을 피하며, 규칙적이고 예의 바른 생활을 철저히 지키는 것을 봐도 알 수 있듯, 모든 반이 생활 태도가 시험의 열쇠임을 염두에 두고 움직이고 있다. 류엔 반도 첫날에는 다 파악하지 못한 듯했지만, 콘도 무리가 그때 보였던 행동은 우리를 넌지시 떠보면서도 틀림없이 첫날부터 생활 태도를 가능성 중 하나에 넣고 있었다. 류엔 반 학생 중 누가 그런 아이디어를 냈는지는 모르겠지만, 그 반은 리더의 결정이 전부다.

그 제안을 채택한 이상 류엔도 예상을 최소한으로는 했다는 뜻이다.

탁, 탁탁!

자리에서 일어나려고 하는 내 뒤통수에 따끔한 통증이 몇 번씩 느껴졌다.

"아야, 아파, 아프다고. 뭐야, 뭔데……."

낯선 자극에 뒤돌아보니 모리시타가 손에 젓가락으로 만든…… 총처럼 생긴 것을 들고 있었다.

"아직 살아 있다니. 좀 하네요."

"좀 하네요가 아니지…… 그거 뭔데."

"총이에요, 총."

탁!

뒤돌아 있는 상태에서 내 손바닥에 고무줄을 쐈다.

그 총은 젓가락에 고무줄을 몇 겹씩 낀 모양이었는데, 방아쇠처럼 생긴 부분을 잡아당기면 고무줄이 날아가는 구조 같았다.

"아픈데?"

"아프라고 쐈으니까요."

"왜 아파야 하는데……."

그나저나 잘도 만들었네……. 대충 총 비슷하게 만든 게 아니라 고무줄이 정말 날아가도록 설계했다.

"그런 건 언제 준비했대."

"쉬는 시간에 열심히 만든 비밀병기랍니다. 금속 탐지기

게이트도 잽싸게 통과할 수 있는 아주 멋진 살상 무기죠."

수업 중에 작업하지 않은 것단 해도 그나마 다행이라고 판단하고 싶다.

"나와 지옥 끝까지 드라이브해요. 탕!"

"절대 싫어."

그런 아무 영양가 없는 대화를 나누고 있는데 사토나카가 주뼛거리며 다가왔다.

"잠깐 좀 볼 수 있어?"

"어. 무슨 일이야."

뜻밖의 인물이 말을 건 것에 놀라면서, 모리시타가 사토나카에게 고무줄을 튕기면 재미있겠다고 생각하는 내가 있었다.

모리시타를 힐끔 쳐다봤더니 어느새 총을 책상에 내려놓고 따분하다는 듯 창밖을 응시하고 있었다. 아무래도 지옥 끝까지 드라이브하고 싶은 상대는 나뿐인 모양이다.

"이번 주 일요일에 우리 그룹이랑 같이 놀러 가지 않을래?"

그렇게 말한 사토나카가 뒤돌아본 곳에 남녀 몇 명이 우리 쪽을 보며 손을 흔들었다.

지금까지 거의 교류가 없었던 야나기바시와 츠카사키, 그리고 여학생 호아시까지 총 세 명이었다.

"무리할 필요는 없고, 어때?"

"딱히 일정도 없고, 너희가 괜찮다면 나도 같이 가볼까."

그렇게 대답하자 사토나카가 기쁜 투로 웃었다. 그 모습만 봐도 괜히 기분이 좋아지는 것은 남자도 혹할 만큼 잘 생긴 외모 때문일까.

"괜찮으면 모리시타도 어때?"

"나는 사양할게요."

사토나카를 거들떠보지도 않고 시종일관 창밖만 응시하며 시큰둥하게 거절했다.

그 후 사토나카는 나중에 자세한 내용을 문자로 보내겠다고 말하고 그룹으로 돌아갔다.

"왜 거절했어?"

"전혀 흥미가 일지 않아서요."

어느새 다시 이쪽으로 시선이 돌아왔고, 오른손에 총을 단단히 움켜쥐고 있었다.

"설마 모리시타, 사토나카를——?"

탁!

고무줄이 내 왼쪽 뺨을 가차 없이 때렸다.

"유감이네요, 아야노코지 키요타카. 이 대목에서 뺨을 붉히며 당황하는 내 모습을 볼 수 있을 줄 알았어요?"

"살짝 생각했는데 아무래도 아닌 듯하네…… 아, 그런데 아프기도 하고 위험하잖아."

"단순히 그에게 흥미 없어요. 그리고 너무 중성적인 외모는 내 취향이 아니어서. 아직은 아야노코지 키요타카처럼 흉하게 망가진 얼굴 쪽이 연민이라도 느끼지니 그나마 낫답니다. 내 취향인 걸 알아서 기쁘나요?"

"기쁨보다도 슬픔이 압승한 건 분명해. 미안하지만 난 이만 간다."

도망치는 건가요, 하면서 고무줄을 연속으로 쏘는 모리시타를 피해 서둘러 복도로 나왔다.

스마트폰을 꺼내 이치노세의 메시지를 다시 한번 확인했다.

『호시노미야 선생님이 아야노코지를 만나고 싶어 하는 것 같아』

그런 연락을 받고, 그쪽에서 지정한 특별동으로 걸음을 옮겼다.

이제 막 방과 후로 접어든 이 시간, 특별동은 늘 인적이 드물다.

2년 전에는 여기서 스도가 류엔의 함정에 빠져 감시 카메라의 사각지대에 놓여버렸던 일도 있었는데, 그 사건 이후 이곳에는 카메라도 늘어났다.

교내에는 탈의실과 화장실 등 프라이버시를 배려한 공간을 제외하고는 대부분 사각지대가 없다고 볼 수 있다. 그 많은 감시의 눈에 숨 막힌다고 느끼는 학생도 소수 있지만, 대부분은 자신을 보호해 주는 수단이라며 환영하고 있겠지.

약속 장소에 도착했는데 아직 호시노미야 선생님의 모

습은 보이지 않았다.

그래서 나는 잠시 창밖을 보며 시간을 보내기로 했다.

히요리를 만나러 가야 하는 것을 생각하면 오늘은 정말로 오래 머물고 싶지 않다. 하교하는 학생, 오늘도 동아리로 향하는 학생들의 모습이 드문드문 보이기 시작했다.

"——동아리인가."

결국 나는 어디에도 들어가지 않았지만, 지금 만약 다시 1학년이 된다면 어떤 동아리에 들어가 보는 것도 좋을지 모른다. 그런 식으로 생각할 만큼 심경의 변화가 크다.

학생으로서 만족했는가? 그렇게 묻는다면 조금 고민하더라도 고개를 끄덕일 만큼은 말이다.

창문에서 시선을 떼고 복도 끝으로 보냈다.

그 후 얼마 뒤, 주위에 울릴 만큼 높은 발소리가 들려왔다.

"많이 기다렸니, 아야노코지. 이런 데로 다 부르고, 나에게 무슨 용건으로?"

"선생님이 부르셨잖아요."

"뭐래~. 교사가 이런 곳으로 학생을 불러낼 리가 없잖아. 이치노세한테 아야노코지가 나를 만나고 싶어 한다는 소리를 듣고 온 건데."

이쪽도 같은 상황이지만 되물을 것까지는 없을지도 모른다.

호시노미야 선생님의 눈은 분명 웃고 있었다.

진의를 파악하는 사이에 나와 거리를 더욱 좁혀서 몸을 밀착시켰다.

"뭐 하시는 겁니까?"

"뭐 하냐니, 뭐가~?"

작은 목소리로 속삭이면서, 몸을 왜 붙이는지 그 질문에 답하지 않고 시치미를 뗐다.

그러더니 내 허락도 구하지 않고 가느다란 팔을 내게 휘감았다.

"아야노코지는 앞으로 1년 동안 열심히 해줘야 하니까 살짝 서비스해 줄 수도 있는걸? 이런 식으로 말이야."

이런 노골적인 행동을 서비스라고 딱 잘라 말하는 것은 과연 그녀답지만, 교사로서 절대 해서는 안 될 행동이라고 말할 수밖에 없다.

그래도 지금 그렇게 설득할 생각도, 억지로 이 가느다란 팔을 뿌리칠 생각도 없다. 어찌 됐든 중요한 건 내 쪽에서는 아무런 액션도 취하지 않는 것이다.

"영악하시네요, 호시노미야 선생님도."

행동으로 막는 게 아니라 말로 상대방의 노림수를 막았다.

"으음~? 무슨 말이야, 영악하다니."

"이번 시험을 예측하긴 했는데 선생님의 이런 행동에 확신이 생기네요. 일주일간 학교 측이 판단하는 건 『평소 학교생활에 임하는 자세』. 지각과 결석 횟수, 생활 태도. 매달 근소하게 변동의 영향을 주는 요소를 큰 평가 대상으로 하는 거죠. 학교 복도에는 감시 카메라가 곳곳에 달려 있으니까, 나중에 녹화 영상만 확인하면 학생들을 쉽게 평가할 수 있어요. 성별이 다른 교사와 밀착한 모습을 확인한다면 평가에 영향을 미치는 건 피할 수 없겠죠."

얼마 전 호시노미야 선생님은 자기 반을 이기게 만들기 위해, 교사의 권한을 이용해서라도 승리할 결심을 할 만큼 폭주 직전에 있었다. 그걸 사전에 방지하려고 호시노미야 선생님에게 이치노세와의 동맹과 그에 따른 약속 등 상세한 내용까지 알려줘서 지금은 어느 정도 제어가 되고 있다. 하지만 정말로 바라는 것은 하루라도 빨리 상위 반으로 복귀하는 것과 차바시라 선생님의 반의 몰락.

"아야노코지, 그건 지나친 억측이야. 우리는 일심동체잖아? 그런데 내가 왜 발목 잡는 행동을 하겠어? 시험 내용이 맞는지 아닌지도 모르는데."

"물론 확실한 증거는 없어요. 제가 그렇게 느꼈을 뿐이지. 그래도 안심하세요, 만약 호시노미야 선생님이 의도적으로 저의 평가를 떨어뜨리기 위해 행동한다고 하더라도 동맹 관계에 영향은 가지 않을 겁니다."

담담하게 사무적으로 말을 이어 나가자 호시노미야 선생님도 이해했는지 미소가 한층 깊어졌다.

"그거 다행이구나. 그렇다면 이번에는 우리 반에 승리를 양보해 주는 걸로 알고 있어도 되겠지? 반 포인트가 1점이라도 더 적은 반에 공을 돌리기로 했잖아?"

"완전히 승패를 컨트롤할 수 있는 경우에는요. 하지만 이번에는 네 반의 경쟁. 저희 반이 마이너스 판정을 받는다면 꼴찌가 될 위험이 있어요. 그리고 이치노세 반이 1위가 된다는 보장도 없고요."

"그 부분은 응? 그런 데서 아야노코지의 실력을 보여줘야 하는 것 아니야? 내 반을 1위로 만들고 아야노코지의 반이 2위 하도록 조정하면 되니까."

"유감이지만 개입해서 조정할 생각은 없어요."

"……어째서? A반과 B반이 이겨버릴 위험을 그냥 내버려둘 셈이야?"

"이번에는 솔직히 그래도 상관없지 않나요."

"받아봐야 고작 50 반 포인트. 먹을 가치도 없다는 거야? 그건──."

"아니요. 동맹의 진가를 발휘하게 할 것까지는 없다고 판단했기 때문입니다. 일단은 선생님의 반을 믿는 것도 필요하지 않을까요?"

지난 2년 동안 이치노세 반은 사카야나기 반과 똑같이, 아니 그 이상으로 규율을 잘 지키는 반이라고 학교의 평가를 받아왔다. 그런데 D반까지 떨어진 지금의 환경을 참을 수 없는 호시노미야 선생님은 언제든 온갖 수단을 다 동원해 억지로 환경을 바꾸려 하고 있다.

물론 인내심에 한계가 와서 그러는 거라면 이해는 하지만, 이번 같은 경우에는 기껏 있는 장점까지 죽여버릴지도 모른다.

"지켜보는 노력도 좀 해보세요. 차바시라 선생님이라도 할 수 있는 건데요."

"읏……."

지금까지 끌어온 동기 라이벌, 차바시라 선생님의 이름을 거론했다.

그 순간, 호시노미야 선생님의 태도가 순식간에 달라졌다.

멈춰 있던 호시노미야 선생님의 팔이 나에게서 스르륵 떨어졌다.

"믿어도 되겠지?"

그 말의 속뜻은 심플하다. 배신하면 언제든 날뛰어 주겠다는 협박을 내포하고 있다.

"동맹은 단기간이 아니라 장기간이라고 생각하세요. 지금 말씀드릴 수 있는 것은 그것뿐입니다."

"그래, 뭐 적어도 지난 특별시험에서 기대에 부응했던 건 분명하니까, 지금은 상황을 지켜보기로 할게."

호시노미야 선생님이 경계심을 풀고 늦추지 않는 건 좋은 일이다.

그러나 실제로 이번 시험은 무리해서 이기려고 할 필요가 없는 것도 분명한 사실. 정말로 생활 태도 등을 평가한다면 괜히 컨트롤하려고 개입하는 것은 수고가 드는 데다 리스크도 크다. 원래부터 문제 행동이 거의 없는 우리 반과 이치노세 반이라면 쓸데없이 작전을 짜는 게 더 위험도

가 커진다. 평소에 하던 대로 지내게 하는 것이 최선책이다.

1

방과 후에 접어든 지 아직 30분 정도. 비교적 일찍 도서실에 도착했다.

우여곡절이 많았는데, 드디어 이 순간이 왔다.

골든 위크에 시작된 새로운 시험, 자꾸만 생기는 방과 후 약속과 우연한 만남. 그러면서 히요리를 만나라는 이시자키의 말을 들은 이후로 시간이 꽤 지나고 말았다.

도서실에 들어가니 그 특유의 냄새가 슬쩍 코를 스쳐 지나간다.

히요리는 와 있을까.

고도 육성의 도서실은 아주 넓기 때문에 책을 찾는 것과 똑같이 사람 찾기도 어렵다.

입구에 있는 사서에게 슬쩍 눈길을 주자, 따뜻한 미소를 지으면서 말없이 손가락으로 가리켰다.

그 방향은 미스터리 소설 코너.

아마도 그곳에 내가 찾아다니던 인물이 있는 듯하다.

아직 거리가 좀 있는 그곳까지 천천히 걸어가자, 책장에서 모습을 드러낸 히요리.

잠시 후, 사람이 별로 없는 도서실에서 우리의 눈이 마주쳤다.

그런데 그다음 순간, 히요리가 시선을 휙 피하더니 책장 안쪽으로 사라졌다.

눈이 마주친 것 같았는데 나를 못 알아본 것일까?

먼 거리에서 말을 걸면 도서실 매너에 어긋난다고 할 것 같아서 책장으로 다가갔다.

마지막으로 히요리를 봤던 곳에는 이미 없었기 때문에 책꽂이 사이를 확인해 나갔다.

하나, 둘, 셋…….

어디 있지? 그리 멀리까지는 안 갔을 텐데——.

그렇게 생각하다가, 마침내 내가 서 있는 책장 반대편 끝에서 히요리를 찾아냈다.

그리고 틀림없이 눈이 마주쳤다.

그렇다고 생각했는데 그녀의 시선이 이내 돌아가더니 다른 책장으로 모습을 감추고 말았다.

분명히 알아보았다. 그렇다면 의도적으로 피하는 건가.

너무 늦게 만나러 와서? 류엔 반으로 가지 않아서?

그 이유를 상상하며 대화를 나누기 위해 거리를 좁혔다.

만약 이대로 도서실에서 도망 다니기만 한다면 그때는 단념할 수밖에 없다.

상대가 싫어하는데 억지로 몰아붙일 수는 없으니까.

그렇게 되지 않기를 빌면서 나는 히요리를 본 곳까지 걸어갔다.

여기서 이번에는 어디로 갔을까…….

그렇게 생각하고 있는데, 히요리도 내가 어디로 이동했는지 확인하고 싶었는지 근처 책장 뒤편에서 빼꼼 모습을 드러냈다.

거리상으로는 2m도 채 되지 않는다. 살짝 앞으로 나가 팔을 뻗으면 쉽게 닿을 수 있을 만큼.

"히요——."

이름을 부르려고 했는데 또 얼굴을 숨겼다.

하지만 다시 움직여 달아나지는 않고 얼굴만 감췄을 뿐이다.

그 증거로 책장에 얹은 손과 교복 자락이 언뜻 보였다.

"방해됐나?"

조용한 어조로 말을 걸자 잠시 침묵이 이어지더니 시간을 들여서 서서히 얼굴이 나왔다.

"뭐 읽고 싶은 책이라도 찾으러 오신 건가요……?"

어쨌든 대답은 들었다. 그것으로 일단 안도했다.

"아니, 오늘은 히요리 보러 왔어."

"……."

그 말의 의미는 분명 전해졌을 텐데, 그럼에도 히요리는 책장 뒤에서 몸을 반만 내밀 뿐 나오려고 하지 않았다. 얼마 전 이시자키가 했던 말이 떠오른다.

『시간 되는 대로 시이나 좀 만나봐. 나 정도는 아니지만 꽤 침울해 보이더라.』

그리고 며칠 전에 엘리베이터에 같이 탔을 때 어딘지 어색했던 분위기.

왜 나는 좀 더 빨리 만나러 오지 않았던가.

반을 바꾼 미안함에 계속 회피했던 것을 지금은 후회하고 있다.

"내가 너희 반으로 와달라는 청을 거절하고 C반으로 간 게 아직 마음에 걸리는 거야?"

일단 괜히 서먹해진 사이를 풀지 않으면 만족스러운 대화를 나눌 수 없다고 판단해서, 문제를 먼저 꺼내보았다. 바로 동요한 히요리는 맞추려 하던 눈동자를 피하며 입술을 살짝 굳게 다물었다.

"신경이 안 쓰인다……라고는 말 못 할지도 몰라요. 제가 권해 버린 바람에 아야노코지 군과 멀어지게 된 게 아닌가, 그런 상상을 했어요……."

"너무 너답지 않은데. 그런 일은 말도 안 된다는 거 잘 알잖아?"

굳이 말하자면 나에게 있어서 히요리의 이미지는 언제나 여유로운 마이페이스.

마음이 흐트러지지 않고, 어떤 일이든 차분하게 볼 줄 아는 인물이라고 여겨왔다.

A반에서 C반으로의 이동도 그 반으로 가야만 얻을 수 있는 어떤 목적이 있음은 굳이 말하지 않아도 이해해 줄 거라고 판단했었다.

이동 권유를 받았다고 해서 내가 거리를 두다니 있을 수 없는 일이다.

단지 만나러 오는 타이밍이 좀 늦었다는 것은 틀림없는 사실.

"B반 이동 제안을 받고 받아들이지 않았던 건 다시 한번 사과할게. 그리고 그 이야기를 정식으로 하기까지 시간이 걸린 것도. 오해를 낳게 한 원인이었어."

정적이 감도는 도서실 안, 히요리는 내 말을 듣고 고개를 가로저었다.

"아니에요…… 아야노코지 군은 아무 잘못이 없어요. 반 이동은 제가 제 마음대로 기대해 버린 것뿐이랄까요……. 그리고 만나러 오지 않는 원인이 저에게 있을지 모른다고 생각하면서도 제가 먼저 만나러 가지 않은 걸 사과하고 싶어요."

그렇게 말한 후, 숨기고 있던 나머지 몸을 천천히 드러냈다.

그리고 이보다 더할 수 없을 정도로 깊이 머리를 숙였다.

히요리는 사과할 게 하나도 없는데—— 말이다.

그래도 여기서 서로 사과 대결을 이어가 봐야 유익한 전개가 되지는 않겠지.

"이제는 각오했다고 생각했는데요……."

"각오?"

"아야노코지 군과는 다른 반. 친하게 이야기하는 관계는 이제 끝내야 하지 않을까 해서……. 그런데도 이렇게 대화하니까…… 역시…….”

친구 관계를 끊고 적으로 결론을 내리려 했던 것일까.

그 사실을 안 나는 늦지 않아 다행이라며 안도했다.

“만약 히요리만 괜찮다면 우리가 만나지 않았던 지난 한 달에 관해 이야기하지 않을래? 오늘은 시간도 아주 많아.”

“그래도 되나……요?”

“물론이지. 난 오늘 히요리를 만나려고, 히요리랑 얘기하고 싶어서 여기 왔으니까.”

솔직한 마음을 전하자, 히요리는 오늘 처음으로 미소를 지어 보였다.

2

우리는 도서실 빈자리에 가서 마주 보고 앉았다.

그리고 한 달이라는 공백기를 채우듯 조금씩 이야기를 자아냈다. 처음에는 어딘지 데면데면한 분위기가 남아 있었던 히요리도 조금씩 매끄럽고 온화한 평소 말투로 돌아왔다.

“——그럼 3학년이 되고 나서도 책벌레인 건 변함없겠네?”

“네. 마침 어젯밤에 또 한 권 다 읽었는걸요.”

미스터리 소설이 쭉 꽂혀 있는 책장을 한 번 보더니 아까 반납했다고 대답했다.

"아, 실은 독서 친구가 한 명 더 늘어나서요."

두 손을 모으며 기쁜 듯 웃는 히요리.

"3학년부터이긴 하지만, 이 시간에 카네다 군이 자주 놀러 오게 되었어요."

"카네다가? 뭐, 책 읽는 이미지는 있으니까 크게 놀랍지는 않지만……."

그래도 2학년이 끝날 무렵까지는 도서실에서 단 한 번도 카네다를 본 적이 없었다.

만약 대학 진학을 목표로 하고 있다면 도서실은 공부하기에 더할 나위 없이 좋은 환경이기도 하니까.

"아, 호랑이도 제 말 하면 온다더니."

도서실 입구를 등지고 있는 나보다 먼저, 도서실로 들어오는 카네다를 발견한 히요리가 손을 흔들었다.

나도 몸을 돌려서, 우리를 보는 카네다에게 가볍게 손을 들어 인사했다.

카네다는 약간 놀란 얼굴을 보였지만 이내 우리 자리까지 걸어왔다.

"……안녕하세요, 시이나 씨. 오늘도 와버렸습니다."

짐작이 맞았는지, 도서실 책과 함께 학술서도 들고 있었다.

"카네다 군도 정말 책을 좋아하시네요."

꽤 자주 왔음을 히요리의 말을 통해서도 잘 알 수 있었다. 내가 옆자리에 앉으라고 눈빛을 보내자 가볍게 고개를 끄덕이고 앉았다.

"네, 뭐. 아야노코지 씨도 도서실에 자주 다녔다고 들었습니다. 최근에는 오지 않았던 듯하지만요."

지난 한 달. 바로 카네다가 도서실에 얼굴을 내비칠 무렵부터 오지 않았으니까.

"꼭 교대한 것처럼 되어 버렸네. 앞으로는 만날 기회도 많을 거야."

"……그래요? 그거 독서 친구로서는 기쁜 일이네요."

환영하는 자세를 보여주긴 했지만, 표정은 하나도 기뻐 보이지 않았다. 내가 있든 없든 직접적인 상관은 없으니 무리도 아닌가. 독서 친구가 늘어났다는 사실만으로 진심으로 기뻐할 사람은 앞에 있는 히요리 정도밖에 없겠지.

"그나저나 많이 바쁘셨나 보던데요. A반에서 C반으로 반을 바꾼 일은 저도 조금, 아니 상당히 놀랐으니까——음?"

그때 갑자기 드리운 그림자, 그 정체는 도서실 사서였다.

"세 명이 이야기 나누는데 미안. 시이나, 갑작스럽지만 잠깐만 선생님 좀 도와줄래? 시간 많이 안 걸릴 거야——."

"저라도 괜찮으시다면 당연히 도와드려야죠. 두 분 괜찮으시면 잠시만 기다려주세요. 이따가 제가 추천하는 책을 소개해 드릴게요."

우리에게 그 말을 남긴 히요리는 사서와 함께 자리를 비웠다.

이 자리에 썩 친하지 않은 사람들, 나와 카네다 둘만 남겨졌다.

공통 지인이 빠져버려서 분위기가 조금 어색해지는 것은 왕왕 있는 일이다. 학교생활을 하는 사이에 그런 것도 배웠다.

지금은 내가 대화를 리드해 보기로 할까.

"카네다는 평소에 어떤 책을 읽어?"

"그런 무의미한 잡담은 잘 못해서요."

단칼에 거절했다. 내가 던진 공을 잡아서 완전히 다른 방향으로 던져 버렸다. 책을 좋아한다는 것을 통해 자연스럽게 화제를 만들어볼 생각이었는데, 카네다로서는 마음에 들지 않는 질문이었나 보다. 아니면 내가 던진 방식이 서툴렀을까.

"미안. 기분 상하게 말했다면 사과할게."

지금의 나라면 이 정도 분위기쯤은 이끌어갈 수 있다며 분수도 모르고 자만했을까.

"……아뇨, 저야말로 실례했습니다. 그렇게 침울해할 건 없잖아요."

"이야기를 잘 이어 나가 보려고 했을 뿐이야. 정말로."

"그건 대충 전해졌어요."

"나랑 얘기하는 게 싫으면 억지로 안 해도 돼."

"……오늘 영 컨디션이 안 좋네요. 딱히 싫은 건 아닌데, 아야노코지 씨와는 이렇게 둘이 이야기할 기회가 별로 없으니까, 저도 모르게 이런저런 생각이 들었어요. 시이나 씨가 돌아올 때까지 괜찮으시면 잠시 이야기 나눌까요."

나와의 대화에 긍정적인 자세를 보여줘서 조금 기뻐졌다.

"뭐 궁금한 점 있으면 물어봐도 좋아. 물론 반 문제에 관해서는 무제한으로 대답해 줄 수야 없겠지만."

그런 부분은 카네다라면 이해해 주겠지만, 혹시 몰라서 말해두었다.

카네다는 안경을 벗어 렌즈에 숨을 후 불고, 주머니에서 안경닦이를 꺼내 양쪽 렌즈를 열심히 닦았다. 그리고 천천히 안경을 다시 썼다.

"시이나 씨와는── 친한가 봅니다."

"어? 아아, 카네다처럼 독서 친구여서. 서로 대화 상대가 되어주고 있지."

"독서 친구요. 하긴 그럴지도 모르지만, 아까 멀리서 봤을 때 시이나 씨의 표정은 지난 한 달 동안 제가 본 적 없는 표정이었어요. 입구에서 보고 솔직히 놀랐습니다. 오랜만에 그녀의 순수한 미소를 봤습니다."

"그건 나 때문일지도 몰라. 아까 히요리한테 사과하고 용서받은 참이거든. 그러니까 앞으로는 반이나 도서실에서도 지금까지 그래왔듯 미소를 볼 수 있지 않을까."

반 이동 제안을 받았다는 사실은 일단 덮어둔다. 라이벌

반, 그것도 류엔과 가까운 카네다에게 말해서 기분 좋을 얘기도 아닐뿐더러 뭐라고 전해야 할지도 잘 몰랐기 때문이다.

"그게, 얼마나 대단한 일인지 압니까?"

"대단한 일이라고?"

"모릅니까? 아니…… 모르는 척하는 겁니까? 아야노코지 씨는 본인이 얼마나 복 받은 사람인지 느낀 적은 있습니까?"

나를 시험하듯 물었다.

"그렇게 말해도, 정의가 너무 광범위해서 뭐라고 대답해야 할지 모르겠는데."

"실례했네요. 제 설명이 좀 부족했습니다. 남자인 제가 보기에도 아야노코지 씨의 외모는 아주 훌륭합니다. 게다가 키도 평균 이상이고 근육도 탄탄한데 쓸데없는 위압감은 없죠. 무엇보다도 청결해요. 또 예전에는 카루이자와 씨와 사귀었다고 하고, 최근에는 그 이치노세 씨와도 소문이 돌 정도고. 당신을 알면 알수록 같은 남자들은 당신을 보고 동경하면서 동시에 심한 격차에 질투해 버릴걸요."

예상치 못했던 카네다의 말에 나는 흥미가 생겨서 귀를 기울였다.

"외모뿐만이 아니에요. 공부도, 학력 높은 학생들 사이에서 이제는 학년 1등이라는 평가가 늘어나고 있어요. 저 역시 학력은 아야노코지 씨에게 지지 않는다고 자부했던 게 창피해져서 저도 모르게 혼자 웃고 말았죠. 또 신체 능력에 관해서도 말인데, 4월부터 체육 수업에서 눈부신 성과를 남겼다더군요. 운동에 약한 저는 죽었다 깨어나도 당신의 능력을 절대 못 따라갈 겁니다——."

카네다 사토루가 이렇게 말 많고 열변을 토할 줄 아는 학생이었군.

나를 칭찬하면서 동시에 자신을 비하하고 있다.

학년 전체를 통틀어 그 가치를 따졌을 때 카네다는 상위 30% 안에는 든다. 억지로 자신을 낮출 필요는 없는 것 같은데…….

이 정도까지 억지로 나를 치켜세우면서 카네다의 말이 계속 이어졌다.

"그리고 지금의 당신은 2년 동안 숨겼던 실력을 발휘해 사카야나기 씨가 빠진 C반을 재건하기 위해 리더 자리에까지 앉았습니다. 어딘지 위태로운 그 사고방식마저도 분명 많은 사람을 매료시켰을 겁니다. 그야말로 히어로 그 자체죠. 진심으로 부럽습니다."

"부럽다니? 난 A반을 버린 배신자인데. 또 가진 힘을 쓰지 않고 본 실력을 드러내지 않았던 것도, 객관적으로 보면 나쁘게 평가하는 비율이 높을 텐데."

"안티 히어로도 히어로인 거죠."

어이없다는 듯 메마른 미소를 슬쩍 내비친 카네다가 뒤돌아보았다.

나도 같이 시선을 따라가니, 히요리가 사서와 컴퓨터 작업을 하고 있었다. 돌아오려면 좀 더 시간이 걸릴 듯하다.

카네다의 이런 태도와 말을 통해 확실하게 알 수 있는 것은 나에게 상상 이상으로 강한 감정을 품고 있다는 사실이다. 반을 옮긴 것을 두고 여러 가지 의견들이 나를 향하고 있다는 것은 잘 알지만, 그 많은 학생 중에서도 특히 상위권에 위치한다. 반 리더인 류언을 생각해서 하는 말인가 하고 처음에는 생각했지만, 그것만은 아닌 듯하다.

또 하나 확실한 사실은 카네다가 내게 호의적이지 않다는 것.

"……죄송합니다. 저답지 않게 말이 너무 많았네요."

자신이 내뱉은 말이 상대에게 어떻게 전달됐는지 카네다도 잘 안 듯하다.

"사과할 거 없어. 남이 남을 어떻게 인식하든 그것도 자유니까."

"그런 면도 얄미울 만큼 멋있네요, 아야노코지 씨는. 미움받을 각오로 있다고 하더라도 실제로 누군가가 싫어하면 기분이 좋진 않을 텐데요. 아니면 그저 상대가 저이기 때문에 호감도 따위는 신경 쓰이지 않는 것뿐인가요."

"그렇지 않아. 누가 상대든 내 대답은 똑같을 거야."

미움받으리라고 예상하고 여기까지 일을 진행해 왔다.

"——그럼 그게 시이나 씨라도…… 똑같습니까?"

여기서 히요리의 이름을 꺼내는 카네다.

하긴, 여기서 들 예시로는 적절한 학생 중 한 명이겠지.

나는 똑같이 바로 대답할 생각이었는데, 목구멍 아래에서 말이 걸렸다.

히요리에게 미움받아도 상관없다.

그래, 본질적으로 보면 그럴 것이다.

그런 미래를 알고도 나는 히요리의 청을 거절하고 C반으로 갔다.

곧바로 사과하러 가지 않았던 것도 다른 계획을 우선할 필요가 있었기 때문이다.

그녀가 어떻게 생각하는지는 뒷전으로 미루고 우선순위를 낮게 두었다.

"잊어주세요. 질문이 촌스러웠네요."

카네다는 내 대답을 기다리지 않고 조용히 의자를 밀며 일어섰다.

"오늘은 이만 돌아가겠습니다."

"그래도 되겠어? 히요리는 기다리길 바라는 것 같았는데."

"괜찮습니다. 지금의 저따위는 있으나 없으나 마찬가지. 일방적으로 제 얘기만 늘어놓아서 죄송했습니다."

"아니야, 전혀 마음 쓸 것 없어."

"그래요? 넓은 아량에 감사드립니다."

카네다는 뭔가를 결의한 듯한 모습을 남기고 이 자리를 떠났다.

그리고 잠시 후, 주위를 두리번거리면서 히요리가 돌아

왔다.

"어머? 아야노코지 군 혼자예요?"

아무래도 입구 근처에 있었던 히요리에게 말하지 않고 돌아간 모양이다.

"어. 급한 일이 있다면서 돌아갔어. 조만간 또 올 테니 말 전해달라고 부탁하더라."

"그래요? 기대되네요."

부드러운 미소를 보니 정말 순수하게 다음 방문을 기대하는 듯했다.

나는 히요리가 지난 한 달 동안 줄곧 혼자 시간을 보냈을 거라고 멋대로 해석했었다.

그러나 실제로는 교우 관계가 조금씩 넓어졌고, 도서실에서 카네다와 시간을 보냈던 것 같다.

생각해 보면 이상할 것은 하나도 없다.

내가 반을 바꾸고 친구를 바꾸고, 조금이나마 엮인 사람의 숫자가 늘어난 것처럼, 지금 내 앞에 있는 히요리 역시 처음 만났을 때와 달라졌을 뿐.

어딘가에서 새로운 만남을 가지고, 그 인물과 거리를 좁혀나가고 있다.

단순히 같은 반. 단순한 후배, 선배.

그런 관계에서 친구가 되고, 절친이 생긴다.

나보다 훨씬 더 친한 사람이 앞으로 히요리에게 하나둘 나타날 것이다.

어쩌면 그녀 옆의 빈자리에 내일은 누군가가 앉아 있을지도 모른다――.

"…………."

책으로 시선을 떨어트리는 그녀를 보면서 나는 내 이기적인 생각에 깜짝 놀랐다.

누가 누구와 친해지든 그것은 정보 중 하나에 불과하다.

앞으로 활용할 수 있을지 아닐지만으로 판단하는 것.

그런데도 쓸데없이 멋대로 상상하고 있다.

히요리 옆의 보이지 않는 누군가를 보려 하고 있다.

왜 다른 학생과 똑같이 보지 못하게 된 건지 알 수가 없다.

동성, 이성. 친구, 절친.

나는 성별과 친분에만 얽매이지 않고, 많은 학생을 접하고 있다.

취미가 맞는지 맞지 않는지, 친해질 수 있는지 없는지, 그런 부분은 많든 적든 있어도 기본적으로는 그것만 가지고 특정 인물을 받아들이거나 피하는 일은 없다.

다만, 이 정도로 생각에 잡음이 섞인 이상에는 인정할 수밖에 없다.

히요리는 지금까지의 틀에서 조금 벗어나지 않았는가, 하고.

오른쪽에서 왼쪽으로, 내 의지에 따라 카테고리를 옮기는 것과는 다르다.

어제까지는 오른쪽에 있었던 것이 어느새 왼쪽에 와 있다.

같은 공간에서 함께 책을 읽고 공유하는 것만으로도 충실감이 차오른다.

말로 형용하자면『행복감』.

그 표현이 가장 비슷하지 않을까.

같이 보낸 시간이 특별히 길었던 것도 아니고, 짧은 기간에 많은 대화를 나누었던 것도 아니다.

그런데 생각해 보면 일찍부터 자연스럽게 친밀감을 느꼈다.

이름도── 부탁받아서 히요리라고 부르게 된 것이 아니다.

요컨대 목적을 지닌 호칭이 아니다.

어느새 나는 책을 보고 있는 히요리의 그 얼굴을 물끄러미 바라보고 있었다.

잠시 시선을 알아차리지 못하는 히요리였는데, 어느 순간 문득 나를 보았고 당연하다는 듯 눈이 마주쳤다.

"왜 그러세요?"

"아니……."

히요리의 얼굴을 보고 있으면 마음이 차분해진다.

그렇게 말한들 틀림없이 상대방만 난처하게 할 뿐이겠지.

오후 6시가 지났을 무렵. 나는 히요리와 둘이 도서실에서 벗어나 학교 건물 밖으로 나왔다.

"내일 또 도서실에 와도 돼?"

"당연히 좋죠. 애초에 제 허락 같은 건 필요 없잖아요?"

확인을 구한 것이 웃겼을까, 손으로 입을 가리고 쿡쿡 웃었다.

"도서실은 꼭 히요리네 집 같은 인식이 있어서 그런지도 모르겠어."

"그렇지…… 않다고는 말 못 하겠네요. 일정이 없는 한에는 매일 오니까."

없으면 감기라도 걸린 게 아닌지 오해해 버릴 것 같다. 그런 식으로 생각하다가, 전에 히요리가 한때 도서실에 오지 않았던 것을 기억해냈다. 나와 카루이자와가 사귄다는 사실이 학교에 퍼졌을 무렵에. 단순히 독서 친구였던 것은 분명하지만, 히요리가 시간대를 바꾸는 등 배려해주었다.

"아——."

소리 낸 히요리의 시선 끝. 작은 손수레가 덜컹덜컹 바퀴 소리를 내면서 정문 쪽으로 움직이는 것이 보였다.

수레에는 알록달록한 꽃이 한가득 실려 있었는데 멀리서 봐도 정말 아름다웠다.

그대로 둘이 서서 수레가 가로질러 가는 모습을 구경하고 있는데, 수레를 끌던 중년 여성이 우리를 알아차리고 눈앞에서 멈추었다.

"오늘은 특별히 여기서 팔게 됐단다. 괜찮으면 구경하고 갈래?"

"그래도 돼요?"

"물론이지."

그 친절한 대답에 히요리는 기쁜 듯 웃으면서 손수레로 다가갔다. 나도 히요리의 옆에 서서 꽃을 내려다보았다.

케야키 몰에는 꽃집이 없다. 누군가의 생일 등에 보내고 싶으면 잡화점에서 파는 조화 아니면 인터넷 등을 통해 주문해야 한다. 그래서 이런 식으로 파는 것을 보니 신선했다. 안개꽃 등 자른 꽃에서부터 수국 화분까지. 그 밖에도 혼합 화분이 적게나마 실려 있었다.

"아름다워요……."

옆에서 꽃을 보며 그렇게 중얼거린 히요리는 뭘 살 모양인지 망설이는 듯했다. 그렇게 잠시 기다리자, 마음에 드는 꽃을 찾아냈는지 손을 뻗었다.

"이거 살 수 있을까요?"

히요리가 그렇게 손가락으로 가리킨 것은 정성스레 포장된 한 송이 꽃양귀비였다.

"한 송이면 돼?"

"그럼요. 한 송이이기 때문에 더 멋지다고 생각해요."

"꽃은 개수가 중요한 게 아니야. 학생."

상인 아주머니가 밝게 웃으며 그렇게 말한 뒤, 한 겹 포장이라고 알려주었다.

"그럼 이거 하나 주세요."

나는 스마트폰을 꺼내 계산을 부탁했다.

"앗, 안 돼요, 아야노코지 군. 제 돈으로 살 거니까——."

"아니야. 내가 선물하게 해줘."

그렇게 말하고, 히요리가 나를 올려다본 순간 다시 말을 이었다.

"한 달 기다리게 했으니 사과하는 뜻으로. 이걸로는 부족할지도 모르지만."

고작 한 송이 꽃양귀비. 가격으로 따지면 400포인트도 하지 않는, 아주 싼 선물이다.

"전혀 그렇지 않아요. 정말 기뻐요."

머리를 숙인 히요리가 다시 고개를 들자 살짝 볼이 붉어진 것 같았다.

순식간에 하늘이 붉게 물들어서, 그 때문일까.

"……그럼, 기꺼이."

가까이에 있지 않으면 놓치기 쉬운 감사 인사.

계산을 마치자 히요리가 아니라 내게 꽃을 건넨 상인 아주머니가 나와 히요리를 번갈아 보면서 고맙다고 말했다.

우리는 그대로, 리어카가 보이지 않을 때까지 조용히 지켜보았다.

그리고 다시 둘만 남게 된 후, 손에 들고 있던 꽃양귀비를 히요리에게 내밀었다.

"정말 감사해요."

"인사는 됐어. 내 멋대로 사과하려는 자기만족에 불과하니까."

그렇게 대답했지만, 사실은 조금 다르다. 그냥 단순히 히요리에게 선물해 주고 싶었다.

순수하게 기뻐하면 좋겠다고 생각했다.

그런, 충동적인 마음에 선물한 꽃양귀비.

그 작은 한 송이 꽃을 가슴에 안은 히요리가 나를 가만히 바라보았다.

눈이 마주친 순간 그녀는 분명 기쁜 미소를 지었다.

그런데 서로를 응시하는 시간이 길어질수록 조금씩 변화가 생겼다.

뜻밖의 표정을 보여준 것이다.

"왜 울어?"

눈동자가 조금씩 촉촉해진 히요리는 자신도 알아차리지 못했던 것일까.

당황하면서 가늘고 하얀 손가락으로 눈가를 슬쩍 닦았다.

"저한테 있어서, 아야노코지 군을 만나기 전까지는 그냥 평범한 하루였을 텐데. 지금 너무 행복한 시간으로 가득해진 게, 왠지 꿈만 같고 믿어지지 않아서……."

진심으로 쥐어짜 낸 목소리가 계속해서 이어졌다.

"정말 다행이에요…… 정말로 다행이에요. 아야노코지 군과 사이가 소원해지지 않아서."

신기하게도 나 역시 히요리와 완전히 똑같은 심정이었다.

"나도 비슷해. 원래라면 당연한 하루로 끝날 텐데. 그게, 정말 충실한 하루로 바뀌었어── 진말이야."

히요리의 말에 거짓이 없다면 우리 둘의 감정이 똑같다는 뜻.

의미 따위는 없을 그 감정의 일치가 왠지 간질간질하면서 기쁘게 느껴졌다.

저녁놀에 물든 하늘 아래.

꽃양귀비를 안고 눈물을 글썽이는 그녀의 모습을, 나는 머릿속에 깊이 새겼다.

앞으로, 언제든지 그 기억을 꺼낼 수 있도록——.

3

기숙사 로비까지 돌아왔을 때, 소파에 앉아 있던 하시모토가 우리를 보고 자리에서 일어났다.

"미안, 시이나. 아야노코지 좀 빌리자."

가볍게 양해를 구하면서도 반박할 수 없게 하는 하시모토에게 히요리는 싫은 내색 하나 없이 흔쾌히 고개를 숙였다. 그리고 손을 흔들며 먼저 엘리베이터에 올라탔다.

하시모토는 그 모습을 생글생글 웃는 얼굴로 배웅하면서 같이 손을 흔들어 화답했다.

"자주 만나네. 내가 돌아오는 걸 기다렸어?"

"뭐, 그렇다고 볼 수 있지. 잠깐 걷자."

반강제로 로비에서 같이 나가 통학로에서 벗어난 길을 걸었다.

"너 말이야, 시이나한테는 꽤 관대하달까 많이 친해 보인다. 아까 그 꽃도 네가 선물한 거지?"

"왜 그렇게 생각해?"

그때는 주위에 사람이 없었으니 하시모토가 봤을 리는 없다.

"엉뚱한 소리하면 재미없는데, 왜긴 왜야. 그렇게 기쁜 듯이 꽃 들고 있는 모습을 보면 누구나 알지."

나와 히요리가 같이 있는 모습을 보고 그렇게 느낀 모양이다.

"네가 자꾸 시이나, 시이나 거리니까 좀 마음이 쓰여서. 아무래도 오늘 확인해 보려고 한 거지."

말을 한 번 쉰 하시모토는 내 눈을 똑바로 보았다.

"다른 녀석은 물어보기 힘들 테니까 악역 대표로서 단도직입적으로 물어볼게. 시이나는 너한테 특별히 친한 녀석이야?"

표정을 보니 진지하다는 것만은 충분히 느껴졌다.

"친한 특정 인물을 만드는 게 문제가 되나?"

"아니, 딱히 문제라고까지는 말하지 않겠지만. 그래도 환영하는 입장은 아니지."

살짝 우물쭈물하면서 하시모토가 말했다. 시선을 보내니 왠지 멋쩍은 투로 눈을 피했다.

"나만 그런 게 아니야. 이치노세도 기분 좋지 않을걸? 이치노세가 너를 좋아한다는 소문이 들리고 있어. 소문의 출처는 D반. 즉, 이치노세는 카루이자와와 헤어졌다는 걸 알고 당당하게 다음 여친 후보로 이름을 올렸다는 거잖아. 동맹 이야기를 같이 들었을 때부터 이치노세가 너를 보는 눈빛이 어딘지 범상치 않다고 생각했었는데…… 좌우지간 난 틀림없이 걔랑 사귀는 줄로만—— 아니면 이치노세랑 사귀는 게 맞아?"

"안 사귀는데."

이건 하시모토가 바라는 대답일 테지만, 듣고 기뻐하기는커녕 인상을 찌푸렸다.

"……그건 또 왜 그런 거야. 상대가 이치노세면 여자친구로 흠잡을 데가 전혀 없지 않나. 솔직히 접점이 거의 없는 나조차도 이치노세한테 고백받으면 바로 오케이 할 것 같은데. 그 정도 레벨이잖아? 받아들이지 않을 이유가 없다고."

"네 마음대로 열 올리는데 미안하지만, 난 딱히 고백받지도 않았는걸."

"그렇다고 해도 네가 먼저 하면 그만인 얘기지. 상대가 좋아하는 것 같으면 과감하게 확 들어가면 된다고. 아, 이건 이상한 의미가 아니고."

당황하면서 부정했는데, 그건 사소한 차이에 불과하다.

"이치노세와는 동맹 관계일 뿐이지 그 이상도 그 이하도 아니야.”

“철저하게 친구일 뿐이라고? 앞으로도 쭉?”

그렇게 물은 후, 내 대답도 기다리지 않고 계속해서 말을 이었다.

“그렇다는 건 역시 지금의 너는 시이나를 노린다는 뜻……이 되는 건가?”

“놀랍네. 남의 연애에 그렇게 관심 있을 줄은 몰랐는데.”

“정확하게는 그 감정이 반의 승패에 영향을 미치지 않을지 불안한 것일 뿐이야.”

내가 누구와 사귀든 자유지만, 그에 따라 사적 감정을 개입시키지 않을까.

그런 부분을 우려한다는 듯하다.

실로 하시모토다운 생각이라 할 수 있다.

“아니 대답 같은 거 안 들어도 잘 알아. 넌 2년 동안 고락을 함께했던 호리키타와 애들을 끊어내고 우리 편이 되어줬지. 만약 이치노세나 시이나, 그러니까 여자 한두 명한테 열중한다고 해서 행동이 바뀐다고 의심하진 않아.”

“그런 것 치고는 꽤 물고 늘어지는 느낌인데. 특히 히요리에 관해서.”

분명 하시모토는 이치노세와의 사정보다도 더 중점을 두고 있었다.

“옆에서 보기엔 아무리 해도 예전부터 시이나만 특별 취급하는 느낌이 들거든.”

기우라면 다행이라면서 하시모토가 이야기를 매듭지었지만, 사실 히요리에 대한 나의 태도를 뭐라고 표현할 방법이 없다는 건 이미 분명해졌다.

그렇다고 해서 그 존재 때문에 반의 전적에 영향을 주지는 않을 것이다. 하지만 개인적 감정만 놓고 말하자면 히요리를 함부로 하고 싶지 않은 마음이다.

그렇군.

"그런 건가."

"뭐가 그렇다는 거야."

"내가 히요리를 좋아하는 건지도 모르겠다."

"……어?"

"확실하게, 이 감정이 무엇이라고는 아직 단정 지을 수 없어. 하지만 적어도 다른 사람에게는 느끼지 않는 감정을 히요리에게 품고 있거나 혹은 품기 시작했을지도 몰라."

스스로에게 느끼는 이 정도의 위화감 그리고 오류, 그 원인.

쉽게 알아낼 수 없었던 건 이제껏 경험해 보지 못한 일이기 때문이다.

"야, 야, 그거 정말이야? 아니, 그런데 왜 처음 느껴보는 감정인 것처럼 말해? 너 얼마 전까지 카루이자와랑 사귀었잖아."

만약 내가 지금 이끌어낸 감정이 정말로 내 안에 싹트고 있는 거라면.

감정이란 것의 강력함과 그 예측 불가능한 타이밍에 감동마저 느낀다.

더 알고 싶은 욕구가 흘러넘친다.

거슬러 올라가면 보이게 될까.

어디서부터 히요리를 의식하기 시작했는지.

무엇이 다른 사람과 달랐는지.

끝까지 깊이 파고들어 보고 싶다.

——아니, 지금은 이 이상으로 괜한 망상은 하지 않는 편이 좋다.

여기서 전략을 도출하듯 답을 내버리기에는 너무나 아깝다.

어느 쪽으로 흘러가든, 이 감정은 실험 대상으로서 몹시 매력적이다.

"그럼…… 상황에 따라 시이나랑 사귈 생각이 있어?"

"내 행동은 변하지 않는다고 믿는다 하지 않았어? 그런데 왜 남의 연애사에 이렇게까지 관여하는 거야."

"뭐, 이번만은 좀 그러니까……. 내 연애관이라고 할까, 그게 꼭 확인하라고 호소하고 있단 말이지."

"연애관이라. 그에 걸맞은 연애 경험은 있고?"

퇴학당한 마에조노를 떠올리면서도 물어보았다.

"날 뭘로 보는 거냐, 아야노코지. 나도 자랑할 정도까진 아니라도 중학교 고등학교 합해서 두 명…… 아니, 엄밀히 따지면 세 명이랑 사귀었다고."

마지막 한 명에서 말투가 의미심장한 건 역시 마에조노를 가리키기 때문이라고 추측할 수 있다.

"그래서? 시이나랑 사귀려고? 대답 못 하면 못 하는 대로——."

"사귀고 안 사귀고는 상대에게 마음이 있어야 하는 거지. 내가 대답할 수 있는 일이 아니야."

"핫, 뭐 그렇지. 그런데 그 말투…… 리얼하게 처음 느껴보는 감정이라면 그게 첫사랑 아닌가?"

"그럴지도 모르지."

부정할 수 있는 요소를 지금은 가지고 있지 않다.

"몇 명을 사귀든 첫사랑은 오직 한 사람뿐. 게다가 그 상대와 이루어지는 일은 잘 없지. 이렇게 말하는 나도 초등학교 동급생이 첫사랑이었는데, 제대로 말 한 번 못 했고. 첫사랑을 그런 식으로 여기면 로맨틱하달까 더 특별하게 느껴지는 건지도 모르지만, 사실은 그리 대단한 게 아니라고. 특히 남자는 단순하다고 해야 하나, 귀여운 애면 무조건 좋아하게 되기 쉬운 구석이 있기도 하고."

호감을 느끼는 대상이 남자든 여자든, 외모가 뛰어난 사람에게 많은 이가 끌리기 쉬운 경향이 있다는 건 충분히 이해하고 있다. TV나 잡지를 봐도 시선을 끌고 주목을 모으는 것은 미남미녀의 비율이 압도적으로 높기 때문이다.

"그러니까 첫사랑 따위 과감하게 버려버려. 그럭저럭 귀여운 상대가 나한테 반해주면 열 번째 연애든 스무 번째 연애든 얼마든지 새로 시작할 수 있다고."

에두른 표현을 섞으면서도 하시모토의 일관된 생각은 변함이 없다.

"정말 첫사랑이든 뭐가 됐든 간에 시이나는 그만둬. 이건 너의 참모로서, 친구로서, 그리고 A 반을 목표로 삼은 동료로서 최대한으로 해줄 수 있는 충고야."

나와 히요리의 관계가 생각지 못한 형태로 발전하는 것을 하시모토는 강하게 경계했다.

"어려운 얘기가 아니잖아? 카루이자와와 재결합해도 되고, 이치노세랑 사귀어도 되고. 뭣하면 다른 여자애도 좋고. 좌우지간 시이나만은 안 되는 거야."

일부러 되풀이해서 하시모토가 내 반응을 살피는 것은 분명했다. 과도하게 긍정해도 부정해도, 그것이 좋지 않은 징조라고 받아들일 게 뻔했다.

"걱정하는 마음은 잘 알겠어. 다만, 헛물켜는 거야."

"——믿어도 되지?"

"말로 대답한다고 믿기 힘들겠지만, 믿어도 돼."

나에게 히요리는 이제 없어서는 안 되는 존재가 되어가고 있다.

생소한 감정을 일깨워 주는 존재.

그것이 하시모토가 말하는 첫사랑이라고 확신해도 될지 어떨지, 그것도 확인하고 싶어서 참을 수 없다.

저항할 수 없는 감정의 파도에 삼켜져서 어디로 휩쓸려

갈지 경험해 보고 싶다.

나도 상대도 따로 분리해서 끝까지 답을 찾아 헤매고 싶다.

충고는 충고로 잘 기억해 두겠지만, 멈출 생각은 없다.

이미, 어디든 뛰어들 준비는 되어가고 있으니까——.

○관찰자

드디어 시험 고지로부터 일주일 후. 발표날인 목요일이 찾아왔다.

약간의 불안 요소가 있다면, 카페에서 이케 무리와의 만남 그리고 호시노미야 선생님의 접촉 정도였고, 그밖에 반 아이들로부터 문제가 생겼다는 보고는 없었다.

호시노미야 선생님 사건은 동멍에 불이익만 되는 행동이었기에 유감이긴 했지만, 그만큼 그녀가 승리에 굶주려 있다는 증거이기도 하다.

이번 시험은 정말로 모두 비슷한 수준. 실제로 어떤 차이가 발생했는지 불투명하다. 류엔 반 학생들도 이성적으로 굴며 다른 반 학생을 위험에 빠트리는 행동 없이 모범적인 일주일을 보냈다. 정말로 미세한 차이가 승패를 가를 것이다.

아침에 등교하는 반 아이들을 기다리고 있는데, 난감한 표정인 하시모토가 잰걸음으로 교실에 들어왔다.

"망했어, 아야노코지. 완전 막판에 록카쿠랑 야노가 결석 확정이야."

"류엔 짓인가?"

"나도 제일 먼저 그걸 의심했지만, 접촉다운 접촉은 없었던 모양이던데. 정말 순수하게 열나고 아프대."

하시모토의 설명에 따르면 두 사람의 발열 원인을 추측할 수 있는데, 록카쿠와 야노가 며칠 전 쇼핑하러 갔다가 아파 보이는 케야키 몰 직원의 재채기를 맞은 것이 원인 같다고 대답했다는 모양이다.

이야기를 들어보니, 예기치 못한 사태이기 때문에 어쩔 수 없다는 판단이 든다.

록카쿠와 야노도 아픈 원인을 파악했고, 그러면서도 등교를 강행하는 등의 무모한 행동도 하지 않았던 만큼 비난할 부분은 전혀 없다.

"오늘의 지각과 결석이 시험에 영향이 없으면 좋겠지만…… 그렇게 안일하진 않겠지?"

"아마도."

분명 이 일주일에 속하는 오늘 아침의 출석까지가 시험 범위일 것이다.

그렇다면 이 결석은 비슷비슷했던 경쟁에 치명상이 될지도 모른다.

"이렇게 되면 아야노코지가 한 예상의 90%가 빗나가서 아무 상관 없는 시험이길 바랄 수밖에 없겠다."

아주 조금의 가능성이 남아 있는 미지의 시험 규칙과 내용이길 기대하는 하시모토.

"이 반이라면 걱정 없겠지만, 결석한 두 사람을 절대 비난하지 말라고 철저하게 말해두길 바란다. 그게 원인이 되어서 진다고 하더라도 반 애들 대부분에게는 아무런 영향

없어."

"그렇게 말할 것 같아서 벌써 다 전달했지."

스마트폰을 손에 들고, 이제 막 메시지를 보낸 참이라며 하시모토가 화면을 보여주었다.

그 이후, 교실에 모습을 드러내는 학생들은 사정을 확인했는지 은근한 낙담과 동요를 보이긴 했지만, 이내 생각을 바로 하고 받아들인 표정으로 자기 자리에 가서 앉았다.

당황한들 평가를 도로 돌릴 수 없음을 잘 이해하고 있다.

또 하시모토가 기대하는 전혀 다른 시험일 희망도 버리지 않고, 공부에 임하는 학생도 여럿 보였다.

1

방과 후에는 시험 결과를 고려해 잠시 의논하자는 이치노세의 제안을 받아, 일주일 만에 케야키 몰 2층 헬스장 앞으로 갔다. 그러다 입구 근처에 서서 헬스장을 올려다보는 와타나베의 뒷모습을 발견했다. 그는 헬스장 입구를 가로지르며 몇 번이나 왔다 갔다 했다. 그러면서도 끝까지 안으로 들어가진 않았다.

"뭐해?"

"으, 으앗, 아야노코지?! 오, 오, 오랜만이야. 이, 이런 우연이…… 아하하."

약간 말을 더듬으면서 노골적으로 동요한 와타나베가 손을 들며 대답했다.

“그게 말이지, 헬스장에 등록할지 말지 고민이 돼서. 몸을 단련해 근육 빵빵맨이 되고 싶은 마음이 싹텄달까? 아미쿠라랑 헬스장 다니면 같이 있을 수 있는 시간도 늘어날 것 같고. 뭐, 그런 여러 가지 이유가 들어간 느낌?”

어느 쪽이든 나쁘지 않지만 분명 후자 쪽이 더 큰 목적인 듯하다.

“그런 계획이라면 망설이지 말고 등록해. 나도 와타나베가 등록하면 말 상대도 늘어나고 좋으니까.”

“저, 정말이야? 그럼 아야노코지가 추천해 줬다고 해도 되나?!”

아무래도 마지막 한 발을 직접 내디디는 것보다 누가 등을 밀어줬으면 하는 모양이다.

“그 정도라면 얼마든지.”

흔쾌히 승낙하자 와타나베는 진심으로 기뻤는지 눈을 반짝거리며 좋아했다.

“이따가 이치노세 만날 건데 그대로 체험까지 겸해서 등록할래? 아마 아미쿠라도 올 듯해.”

“가, 갑자기 실전 데뷔……!”

뒤로 물러나려나 하고 순간 생각했는데, 와타나베는 결의를 굳힌 듯 고개를 끄덕였다.

그러나 헬스장이 정면에 보였을 때 용감하게 움직이던

몸이 멈췄다.

"……너무 노골적이지 않아?"

"뭐, 그건 부정 못 하겠네. 특히 여자는 연애에 민감하다던데. 지금까지 헬스장과 거리가 멀었던 와타나베가 갑자기 들어오면 이치노세나 경우에 따라서는 당사자가 뭔가 의심할 수 있지 않을까."

조금씩 이해되고 있는 내 분석까지 섞어서 와타나베에게 말해주었다.

"그럼 안 되는데! 아, 아무래도 이 단계에서 아미쿠라한테 알려지는 건 좀!"

조금 상상해 보더니 자기가 생각해도 수상함을 감출 수 없다는 판단이 든 듯하다.

"호감 있다고 알려주는 것도 전략으로는 성립하지만 말이지."

"그, 그럴지도 모르지만, 난 가야노코지처럼 능숙하지 않으니까……. 아직 RPG에서 첫 마을 밖으로 나가본 적도 없는 용사거든? 레벨 1은 무리라고……."

그 비유는 무슨 소리인지 잘 모르겠지만, 아미쿠라에게 마음을 들키는 것은 아직 피하고 싶은 듯하다.

"그럼 등록 안 할 거야?"

"으음…… 가능하면 아미쿠라랑 말할 기회를 조금이라도 더 늘리고 싶은데…… 말이지."

"그럼 좀 에둘러 가더라도 목적을 위장하는 방법도 있어."

"위장?"

"나무를 숨기고 싶으면 숲에 숨겨라, 라고 말하면 좀 과장됐지만 와타나베 이외에도 두세 명 정도가 동시에 헬스장에 등록하면 돼. 추천받은 사람 중 한 명이라고 둘러대면 들키기 어렵지."

"오오, 그거 좋다. 아야노코지 반에서 누구 넣을 만한 녀석 있어?"

"아니, C반은 그만두는 게 좋아. 이치노세, 아미쿠라와 자연스럽게 어울리려면 같은 D반에서 고르는 게 제일 낫지."

게다가 C반을 끌어들이면 동맹이라는 틀이 사라졌을 때 문제가 발생하기 쉽다.

"그렇군…… 하긴 같은 반이면 거리를 좁히는 것도 자연스러운가……. 하지만 들어오라고 해서 들어올 녀석이 있으려나……."

와타나베와는 반을 옮긴 이후에 처음 대면하는데, A반에서 C반으로 온 이야기는 일절 언급하지 않았다. 민감한 문제를 일부러 건드리지 않는다기보다는 그렇게까지 신경 쓰지 않는 듯했다.

"D반에 대해 자세히는 모르지만, 시바타는 어때? 축구부라면 몸 움직이는 것도 싫어하지 않을 테고 헬스장에서 더욱 더 육체 개조를——."

"그건 절대 무리야."

눈을 번쩍 뜬 와타나베가 내 두 어깨를 누르며 더 이상

말하지 말라며 가로막았다.

"무리인가?"

"그건 너무 가혹하다고, 아야노코지…… 이우도 모르고 그렇게 말한다는 부분이 얄미움에 더 박차를 가해서 무리야. ……너랑 이치노세가 함께 있는 모습을 보면 시바타 운다고……."

"어……?"

무리야, 라는 말 뒤에 아주 작은 목소리로 뭐라고 중얼거렸는데 역시 듣지 못했다.

"그 왜, 아미쿠라의 라이벌이 될지도 모르잖아? 시바타는 의외로 인기가 많다고."

"그렇구나. 그런 시점으로 보지는 못했어."

D반에서 누가 누구를 의식하고 있는지 그런 정보는 전혀 없는 것이나 마찬가지니까.

"그래도 달리 떠오르는 애가 없네, 해줄 만한 녀석. 등록하려면 돈도 들고."

좋아하지도 않는데 단지 타성적으로 혹은 그냥 친구 따라 등록한다면 그에 따르는 리스크도 생기는 것이 분명한 사실이다.

"그렇다면 한 가지 묘안이 있어. 물론 와타나베의 라이벌 후보가 아니라면 말이지만."

"누군데."

"칸자키랑 히메노. 그리고 하마구치도. 이 세 명이라면 걱정 없나?"

"왠지 조화가 안 맞는 세 사람이네? 히메노는 여자애고, 칸자키랑 하마구치는 연적이 될 만한 타입은 아니지만. 헬스장 다니는 이미지가 전혀 없는데?"

"의외로 그렇지도 않아. 특히 칸자키한테 의욕이 있다면 교섭이 성립할 가능성은 있어."

"그……런가?"

당장은 이해하지 못한 와타나베가 고개를 갸우뚱거렸다.

"만약 와타나베 너만 괜찮다면 내가 말해볼 생각인데, 그래도 될까?"

"그야, 뭐."

이치노세에게 변화를 주려고 칸자키 무리를 이용하려고 생각했었는데 내 예상을 웃도는 형태로 진화를 보여준 것은 칸자키에게 있어서도 기뻐할 만한 일이긴 하지만, 그 진화가 얼마만큼 진짜인지는 강한 의심이 들겠지.

동맹 건에 관해 들었으면서도 나에게 접촉하려고 하지 않는 점이 그 사실을 뒷받침해 주기도 한다.

지금까지는 가끔 대화를 나누는 선에 그쳤지만, 앞으로 몇 달 동안 거리를 좁혀 대화 시간을 조금이라도 더 늘리는 게 바람직하다.

아무리 이치노세가 더는 방황하지 않는다고 하더라도, 개인의 노력만으로 승리하고 위로 올라갈 수 있는 건 아니기 때문이다.

칸자키와 히메노, 물론 와타나베와 아미쿠라와 같은 학생의 실력 향상도 필요하다.

헬스장을 D반의 회합의 장으로 삼는 아이디어는 지금 막 든 생각이지만, 잘 되면 괜찮을 것 같다.

"일단 오늘 등록은 미루고 나한테 조금만 시간을 줘. 어떻게든 칸자키 무리를 헬스 동지로 끌어들여서, 와타나베가 아미쿠라랑 자연스럽게 거리를 좁힐 기회를 마련해 볼게."

"으, 으응. 고맙다, 아야노코지. 넌 참 좋은 녀석이다."

기쁨을 억누르며, 헬스장이 있는 2층에서 1층으로 향하는 계단을 내려갔다.

어딘지 모르게 걸음걸이가 깡충깡충 뛰듯 보이는 것은 기대하고 있다는 증거겠지.

이치노세가 올 때까지 아직 시간이 좀 있는데 옷을 갈아입고 먼저 운동을 시작해 볼까.

카운터에서 회원증을 내밀고 입장 절차를 밟고 있는데 뒤에서 학생이 들어왔다.

"……안녕하세요……."

2학년 C반 우토미야였다. 지금까지 헬스장에서는 본 적 없는데 혹시 회원인가. 탐색하나 싶었는지 불편한 투로 입을 열었다.

"좀 궁금해서 보러 왔을 뿐이야, 뿐이에요……. 선배 여기 다녀요?"

등록을 희망하는 건가. 회원이 적은 헬스장에 새로운 바람이 불지도 모르겠군.

"어. 얼마 전에 친구가 추천해서 다니기 시작했어."

"그런가요. ……그렇군요."

내가 다닌다는 것이나 헬스장에 대해 어떤 인상을 가졌는지는 흥미 없다는 게 태도에서 뚜렷하게 드러났다.

"무료로 체험도 가능하니까, 궁금하면 한번 해보면 좋을 거야."

괜한 오지랖이라고 생각하면서도 일단 알려주었다.

"생각해 보겠습니다."

라고, 전혀 생각해 보지 않을 것 같은 상상대로의 대답이 차가운 표정과 함께 돌아왔다.

게다가 헬스장에 등록할지 고민하던 모습을 보인 게 못마땅했는지 바로 뒤돌아 나가버렸다.

"방금 우토미야였지? 저 애랑 사이 안 좋아? 분위기가 별로 안 좋던데."

마침 지나가던 아키야마 씨가 쓴웃음 지으면서 물었다.

"그렇지는 않다고 저는 생각하지만, 빈말이라도 친한 사이라고는 못 하겠네요."

대부분의 경우 우토미야와 말할 때는 츠바키가 같이 있을 때가 많았고, 단둘이 대화한 적부터가 일단 없으니까.

"그런데 우토미야의 이름을 알고 계시네요?"

"지난 이틀 정도 계속 와서 아까처럼 카운터랑 입구에서 보여서 얘기 나눌 기회가 좀 있었거든."

"그럼 정말로 등록할지 고민 중이라는 건가요."

"글쎄, 어떠려나. 그럴지도 모르지만, 역시 후배가 신경 쓰여서 그런 것 아닐까?"

"후배요?"

"최근에 우토미야가 데려와서 등록한 1학년 여학생이 있거든. 딱 이틀 전에 등록했는데, 뭔가 친한 사이 같더라. 그 애가 어떻게 하는지 궁금해서가 아닐까?"

2학년이 된 다음에 알았다기보다는 예전부터 아는 사이인데 같은 고도 육성에 입학한 것일까?

"오늘은 아직 안 온 것 같지만."

"그렇군요."

그런데 만약 그 후배와 아는 사이라면 굳이 헬스장까지 만나러 올 필요는 없다.

어떤 용건이 있으면 스마트폰으로 연락하면 끝날 터. 그렇게 생각해 봤을 때, 반대로 알게 된 지 얼마 되지 않아 연락처도 아직 교환하지 않은 사이일 수도 있지 않을까.

"참고로 그 아이, 운동신경 진짜 장난 아니야. 첫날에 러닝머신 뛰는데 사람들이 모여 있어서 나도 봤는데, 20km 속도를 몇 분이나 유지하는 거 있지. 그 후에도 아무렇지 않게 운동하더라. 마시마 선생님도 눈을 못 떼던데."

뭐, 보통은 헬스장에 와서 20km 속도로 뛰진 않을 테니까 말이지.

까딱 잘못해서 타이밍을 놓치면 넘어질 위험도 있고, 스톱 버튼을 눌러도 바로 멈추지 않기 때문에 빨리 중단할 수가 없다. 육상 경험자라든지 축구 선수, 격투기 선수가 각 잡고 단기간 스프린트 트레이닝을 할 때 등 한정적인 경우일 것이다.

고등학교 1학년으로 열다섯 살 혹은 열여섯 살, 심지어 여학생이 그렇게 한다는 건 상당한 실력자.

화이트 룸에서도 그 정도 레벨에 도달하지 못해 탈락한 아이들도 있었을 정도다.

어찌 됐든 흥미로운 인재가 헬스장에 들어왔다는 거겠지.

그런데 우토미야가 그 아이를 신경 쓰는 이유는 뭘까.

그렇게 잠시 추측하고 있는데——.

"사랑의 폭풍우가 불고 막."

아키야마 씨가 기쁜 듯 후후 웃으며 말했다.

그렇군. 와타나베의 마음, 시라이시를 에워싼 남자들의 신경전, 그런 것 중 하나일지도 모른다.

카루이자와와 사귀지 않았더라면 알 수 없었을 연애.

그리고 머릿속에 떠오르는 히요리의 모습.

경험을 거치면서 나와 내 주변의 연애 사정을 더 민감하게 느낄 수 있게 되었다.

"아아, 그렇지…… 저기, 한 가지 물어보고 싶은 게 있는데 괜찮아?"

"어떤 거요?"

"그게, 마시마 선생님 말인데…… 뭐라고 해야 하나, 내가 느끼는 대로가 맞을까? 실은 좀 노는 남자, 라거나 그렇지는 않니?"

"그런 측면이 있을 가능성은 확실히 부정할 수야 없겠지만, 착실한 선생님이라고 생각해요. 아키야마 씨가 보시는 그대로의 인상과 별로 차이는 없지 않을까요."

"그, 그래? 고마워."

두 사람 사이에 큰 진전이 있었던 건 아니겠지. 그보다는 앞으로, 어쩌면 진전이 있을지도 모른다는 생각이 드는 아키야마 씨의 태도.

헬스장 안에는 코엔지 그리고 요주의 1학년도 보이지 않고 썰렁했다.

2

땀을 충분히 흘린 후 나는 이치노세, 아미쿠라와 셋이 함께 헬스장에서 나왔다.

"그럼 난 어디 좀 들렀다가 가야 해서."

밖으로 나오자마자 그렇게 말한 아미쿠라는 우리와 거리를 벌리듯 먼저 성큼성큼 걸어가더니 손을 흔들고 엘리베이터를 타고 내려갔다.

"되게 서두르네. 누구랑 약속 있나?"

"음, 그냥 배려해 준 것 같아. 나랑 아야노코지가 둘이 이야기 나눌 수 있도록."

동맹 반의 리더끼리 다지는 친목을 배려했다는 건가. 아니면 다른 의도의 배려인가. 진실을 상상하기란 그리 어렵지 않다.

"괜찮으면 같이 돌아가지 않을래? 아…… 이렇게 말해 버리면 거절하기 어렵지?"

"아니, 괜찮아. 오늘은 이대로 곧장 돌아갈 생각이었으니까. 그리고 시험 얘기도 아직 안 나눴고."

"그래? 다행이야, 기쁘다."

나를 올려다보며 살짝 눈웃음을 지은 이치노세와 함께 케야키 몰을 빠져나왔다.

시각은 오후 6시 반을 지나고 있었는데 밖은 아직 환했다.

겨울의 그림자는 완전히 물러나고 빛이 조금씩 오래 머물기 시작했다는 증거다.

"이번 결과는 유감이야."

"컨디션 관리는 아무리 철저하게 해도 마음대로 안 되는 게 있으니까. 어쩔 수 없지."

모든 반의 예상대로 이번 시험은 일주일에 걸쳐 진행되었다.

생활 태도와 학교 규칙을 얼마나 준수할 수 있는지가 평가 포인트로, 세세한 배점까지는 알려주지 않았지만 거의 네 반이 비등비등했다는 사실은 전달받았다.

결과는 이치노세 반이 1위로 반 포인트 50점. 호리키타,

류엔 반이 2위로 반 포인트를 10점씩 나눠 가졌다. 두 명의 결석자가 나온 우리 반은 최하위로 마이너스 25점이라는 결과. 호시노미야 선생님의 폭주가 마이너스로 작용하지 않은 건 다행인 부분이다.

호리키타 반 1,240포인트

류엔 반 1,081포인트

아야노코지 반 867포인트

이치노세 반 864포인트

반 순위에 변동은 없고 A반에서 D반까지 차이도 거의 변화가 없었다.

"크게 문제는 없어. 다음 특별시험에서 이기면 되는 범위야."

"그래? 정말 듬직하다. 나도 조금이라도 더 도움이 될 수 있도록 열심히 할게."

"당연히 믿고 있어. 그보다도 다른 일로 의논할 게 좀 있는데, 헬스장 회원을 좀 늘리고 싶어서. 데리고 와도 돼?"

"전혀 상관없어. 회원이 좀 적어서 매출이라든지 나 혼자 걱정하기도 했고."

이치노세가 좋은 생각이라며 순순히 찬성해 주었다.

"그런데 내 허락 같은 건 필요 없을 텐데."

"꼭 그렇지도 않아. 데려오고 싶은 사람이 너희 반 학생이라.”

“그래? 누구?”

“얘기해 볼까 하는 건 와타나베랑 칸자키 그리고 히메노까지 세 명이야.”

자연스러운 흐름으로 이름을, 순서와 조합에 의도가 드러나지 않도록 의식하면서 들려주었다.

그리고 의도적으로 하마구치의 이름은 일부러 언급하지 않았다.

그러나 그래 봐야 잔재주일 뿐. 세 명의 이름을 들은 이치노세가 웃었다.

“흥미로운 세 명이구나. 칸자키는 최근 들어서 나와 거리를 좀 느끼는 듯하고 반대로 히메노랑은 가까워졌는지 자주 둘이 이야기하는 것 같더라. 내가 한심한 모습을 보였을 때 어떻게든 해결하려고 노력했다는 거 알아. 앞으로 헬스장에서 나랑 같이 있다 보면 괜한 거리감이 좀 사라질지도 모르겠네. 그렇다면 말인데 하마구치한테도 말해보는 편이 좋지 않을까?”

아무래도 내 의도를 완전히 읽은 듯하다. 그리고 자기 반 사정도 잘 파악하고 있다.

“그리고 와타나베는 단순히 마코짱이랑 가까워지고 싶어서── 그런 걸까?”

“훌륭하네. 역시 들켰나.”

헬스장 분위기를 띄우고 싶다는 건 진심이지만, 그 멤버

를 고른 이유를 어이없이 다 들켜버렸다.

"나도 알아, 그 정도쯤은. 그래도 응, 난 완전 환영. 와타나베는 진짜 의도를 모르는 척만 해주면 될 것 같은데, 칸자키랑 다른 애들도 등록해 줄까?"

"등록할 거야. 아니, 등록하는 것 정도는 해야 한다고 생각해."

"그래. 나중에는 헬스장이 아니어도 되겠지만, 역시 이른 시일 안에 진정한 의미로 반을 하나로 만들 필요는 있다고 느꼈어."

"그럼 주저하지 않고 말해볼게."

"그래, 고마워. 아야노코지가 그렇게 도와주니 정말 기쁘다."

오른편에 선 이치노세가 나에게 티 없이 맑은 미소를 지어 보였는데, 순간 그녀의 왼쪽 손등이 내 오른쪽 손등에 닿았다.

그리고 다시 한번 손이 천천히 다가오더니 손가락끼리 닿으며 하나로 얽혔다.

하지만 반사적으로 이래서는 안 된다고 깨닫고 먼저 당황하며 떨어지는 이치노세.

볼을 붉히면서 시선을 피했다. 그러다 다시 천천히 나를 보았다.

"미, 미안. ……미안해. 나도 모르게…… 만지고 싶어져서…… 우린 그냥 친구, 인데."

서로의 모든 것을 알고 있어도 우리의 관계성은 친구.

표현 하나의 차이에 불과함을 알면서도 거기에는 없앨 수 없는 큰 벽이 있다.

그녀의 망설이는 손을 붙잡아주기란 간단하다.

분명, 그 행동 자체를 이치노세는 싫어하지 않을 것이다.

그녀의 성격도, 몸도, 사고도, 나는 싫어하지 않는다.

오히려 어중간한 인간보다 훨씬 매력적으로 보이는 것은 사실이다.

내가 계속 바라보고 있으니 이치노세도 수줍은 듯 시선을 맞추었다.

일부에 불과할지라도 내 어둠을 알면서 받아들여 주는 큰 그릇도 지녔다.

그렇지만——.

지금, 이 순간 연애라는 일면에 있어 마음이 흔들리느냐고 묻는다면 부정한다.

지난번 히요리와 보낸 방과 후 도서실과 꽃을 든 모습을 떠올린다.

행복감에 휩싸인, 지금까지 느껴본 적 없는 공간.

나는 명확하게 그날 그 순간에 느낀 것을, 생소한 감정을 원하고 있다.

"——누구 생각해?"

맞추고 있던 눈동자를 통해 내 생각에 파고들었는지 입술이 그렇게 움직였다.

"왜 그렇게 생각해."

"행복해 보여서, 랄까."

원래부터 분위기 파악과 상대방 파악에 능한 이치노세였는데, 그날 밤 이후 훨씬 더 예리해졌다.

"미안, 대답 안 해도 돼. 친구가 깊이 캐물을 얘기는 아니니까……."

조금 씁쓸한 표정을 지었다가 이내 평소의 이치노세로 돌아왔다.

이윽고 우리는 약간의 거리를 벌린 채 기숙사 앞에 도착했다.

"칸자키랑 애들의 대답, 기다리고 있을게."

"그래——."

먼저 기숙사 안으로 달려가는 뒷모습을 바라본 후, 고개를 살짝 들어 저녁놀에 물들어 가는 하늘을 올려다보았다.

새로운 감정을 안 기쁨.

그리고 그 감정이 나에게, 남에게 어떠한 영향을 미칠지.

마침내 찾아오는 것은 번영일까 파멸일까.

혹은 그 이외의 어떤 것일까.

나는 지금, 아주 충실한── 꽉 찬 순간을 보내고 있다.
그 점을 정말로, 강하게 감사해야 하겠지.

3

목요일 오후 4시 반이 지나서. 아야노코지가 이치노세 일행을 만났을 무렵.

어떤 사람의 연락을 받은 시라이시는 혼자 레스토랑에 모습을 드러냈다.

이 시간에는 학생들 대부분 카페 쪽에 모여들기 때문에 상대적으로 식사가 메인인 레스토랑에는 손님의 발길이 줄어들고 언제나 빈 자리가 눈에 띈다.

구석 테이블석에 혼자 앉아 태블릿으로 홍차 한 잔을 주문했다.

맛은 빈말이라도 칭찬할 수준이 아니고 싸구려 티백에서 추출한 것 같은 맛이었다.

하긴 카페와 비슷한 퀄리티였으면 이 시간에도 손님으로 북적거렸을 거라고 시라이시는 생각했다. 그럼에도 손님이 전혀 없는 것은 아니고 드문드문 보였다. 그리고 홍차가 나오는 타이밍에 한 학생이 들어와 시라이시의 옆 테이블석에 앉았다.

등 너머에서 태블릿을 눌러 뭔가를 주문하는 전자음이

들려왔다.

"너무 기다리게 했나요?"

뒤에서 들려오는 귀여운 말. 깔끔하고 대범하면서 힘이 실린 목소리가 시라이시의 귀에 닿았다.

"너무 마음 쓰지 말아요. 저도 좀 전에 막 왔으니까."

"약속 장소가 정말 여기여도 괜찮을까요?"

"그럼요. 이렇게 소파를 사이에 두고 등을 맞대고 있어도 목소리가 들리니 편하지 않나요?"

"손님이 적어서 대화하기 편한 건 분명하지만, 반대로 생각하면 아무리 해도 눈에 잘 띄기 마련인데요. 안으로 들어오자마자 보여서 인상에 남는 걸 피할 수 없어요."

목소리에서 불안함은 느껴지지 않았지만, 차분함 속에 강한 경계심이 섞여 있었다.

상대의 목소리만 들리는 상황은 시라이시에게 우위로 작용한다.

그런 드문 환경에 놓여 있음을 당사자 이외에는 알 리가 없다.

"시각적인 것만 생각하면 그럴지도 모르죠. 하지만 이렇게 등을 맞댄 상황에서 우리의 관계성을 상상하기란 불가능해요. 상대방의 눈에 들어온다는 건 우리의 눈에도 들어온다는 뜻. 당황하지만 않는다면 문제는 일어나지 않아요."

어쩌다 우연히 한적한 레스토랑에 따로 들어왔을 뿐.

반, 아니 학년도 다른 두 사람을 보고 양측이 의도한 만남, 대화 중이라는 것을 상상할 수 있는 사람은 지극히 한정적이다.

"일반 학생이라면 우리가 따로 약속이 있는 것으로만 보일 거예요. 하지만 제가 조심하고 싶은 인물은 제한적이에요. 그중 한 명인 아야노코지 선배의 눈에 띄기라도 한다면……."

"이 상황을 목격한 것만으로는 이해하지 못하더라도, 그는 이 조합을 무의식적으로 기억해 두었다가 언젠가 필요에 따라 기억을 불러오는 것쯤은 할 수 있을 테니까 말이죠."

그날 그 시간에 시라이시와 나나세가 레스토랑에서 서로 뒤돌아 앉아 있었다. 아무 상관 없음을 가장해 남에게 들려주고 싶지 않은 대화를 나눈 것이 아닐까. 일반인이라면 도달할 수 없는 추리를 시작하고 말 것이다.

"알면서도 그 리스크를 남긴 이유를 물어봐도 될까요?"

"나나세 씨가 우려하는 리스크는 배제했답니다. 아야노코지 군은 조금 전에 이치노세 씨와 헬스장에 들어갔어요. 적어도 한 시간 정도는 밖에 나오지 않을 거예요."

"설마 아야노코지 선배에게 직접 물었다거나 누군가를 이용해 들은 건 아니겠죠? 그것조차도 의심을 살 수 있는 요인이 되는데요."

목소리 톤은 변함없었지만, 불안이 살짝 실려 있음을 시라이시는 놓치지 않았다.

"걱정하지 마세요. 오늘은 그와 아침 인사 정도밖에 나누지 않았으니까요."

"그럼 어떻게 아야노코지 선배의 위치를 파악하신 거죠?"

"어떻게 정보를 입수했는지는 기업 비밀이에요."

전에 아야노코지와 대화했을 때 그의 입을 통해 들었던 대사를 써먹었다.

"정말 실례되는 말씀이지만, 만약 친구분이신 니시카와 선배를 이용한 거라면 부적격이 아닐지. 부주의하게 뒤를 밟기라도 했다간 아야노코지 선배가 눈치채지 못할 리가 없거든요. 사이좋은 시라이시 선배의 사주라고 오해할 수도 있어요, 충분히. 아니면 그분에게 숨겨진 실력이라도 있나요?"

일반인은 알아차릴 수 없는, 나나세의 말에 섞인 미약한 변화.

니시카와의 이름을 언급할 때만 아주 살짝 강조한 것이다.

"그녀에게 그런 큰 역할을 맡길 수 없다는 건 잘 알고 있죠? 미안하지만 니시카와 씨와는 단순히 친구랍니다. 당신의 지나친 추측은 아무런 의미도 없어요."

"……그런가요."

"제가 실수한 게 없는지 세밀하게 체크하는 것도 좋지만, 그쪽이야말로 아주 바보 같은 행동을 저질렀던데요, 나나세 씨. 아무 상관 없는 학생에게 또 다른 스마트폰의 존재를 들켰고, 분명히 학교에서 나간 인물과 대화하는 모습도 보이고."

"그래요. 그 점은 제가 부주의했습니다."

"목격해 버린 하시모토 군과 모리시타 씨는 입단속 잘 시켜뒀어요. 언젠가 아야노코지 군의 귀에 들어갈 가능성도 있지만, 아직은 괜찮겠죠."

"손써주셨네요. 감사합니다."

시라이시는 왼손으로 찻잔 받침대를 들고 찻잔 손잡이에 오른쪽 손가락을 걸었다.

"이제 슬슬 본론으로 들어가 주시겠어요? 저와 이렇게 접촉하는 것은 명백한 규칙 위반입니다."

"당신이 지금까지의 학교생활, 완전히 일반 학생으로 지냈다는 것은 잘 알고 있어요. 다단—— 저 또한 저밖에 할 수 없는 일이 있기 때문에 어쩔 수 없었습니다. 부디 도움을 주세요."

"제게 뭘 바라죠?"

"아야노코지 선배를 최대한 빨리, 예상할 수 없는 타이밍에 퇴학시키고 싶어요."

눈을 감은 시라이시는 나나세의 말을 머릿속에서 깊이 곱씹었다.

초조하다거나 거짓말하는 말투는 아니다. 속으로 그 신빙성을 확인해 본다.

"마음은 잘 알겠지만, 그런 협력은 거절하겠습니다."

"이유가 뭐죠?"

"어디까지나 저는 관찰자이기 때문이에요. 처음부터 그 이상의 역할은 주어지지 않았어요. 지난 2년 동안 그 어떤 일에도 관여하지 않았기에 지금껏 아야노코지 군의 눈에도 저는 단순히 다른 반 여학생 A였던 겁니다——."

"그럼 왜 이제 와서 갑자기 가까워지려고 했죠? 시라이시 선배가 누군지까지는 몰라도, 일반 학생은 아니라고는 인식하고 있을지도 몰라요."

"그렇죠. 그래도 어쩌겠어요. 운명의 장난으로 저와 그가 같은 반이 되고 말았고. 우연히 옆자리가 되고 말았고. 아침에 교실에서 우연히 둘이 대화할 기회가 생기고 말았고…… 이러니 도저히 충동을 억누를 수가 없잖아요."

단둘이 대화를 나누었던 아침 교실, 그 일을 떠올리며 시라이시가 미소 지었다.

"저는 같은 반으로서 아야노코지 군과 함께 생활하고 있어요. 지금은 그 환경을 순수하게 즐기고 싶고요. 그 이상도 그 이하도 아닌, 단순한 관찰자로서. 골칫거리였던 사카야나기 씨도 자퇴했고요."

"그렇, 습니까. ……알겠습니다. 이대로 시라이시 선배를 의지하긴 어려워 보이는군요."

한 번 호흡을 가다듬은 후, 나나세는 막 나온 아이스 밀크를 빨대로 한 번 빨아 마셨다.

"시라이시 선배의 동급생분도 비슷하게, 요컨대 관찰자의 역할이 주어졌나요?"

"글쎄요. 저와 같은 역할일 가능성이 전혀 없진 않지만, 모르겠네요. 우리가 맡은 건 평범한 학생으로 3년을 보내는 일. 단지 그게 전부라."

"아야노코지 선배에게 접근할 수 있는 동안에 저는 행동으로 옮길 겁니다. 시라이시 선배의 협력을 얻지 못한다면 저를 도울 다른 학생을 찾아 나설지도 모르겠군요."

"그렇게 협박해도 협력하기 힘든 이야기네요."

"저는 그쪽 인간입니다."

"그걸로는 설명이 좀 부족하지 않은지?『일단』은 그렇다는 거죠?"

"……실례했군요. 과연 제 입장은 어중간할지도 모르겠어요. 그러나 입장이 다르기 때문에 오히려 규칙에도 위배되지 않는 것 아닐까요?"

"그렇군요. 오늘 제가 나나세 씨의 부름에 응한 것은 하시모토 군과 모리시타 씨의 일에 관해서 안심해 주시길 바라서였어요. 그것 말고는 협력할 생각이 없어요."

"적어도 정보를…… 동료의 이름만이라도 알려주세요. 나머지는 제가——."

"알고 싶으면 윗분에게 직접 물어보면 되지 않을까 싶네요. 츠키시로 씨, 였던가요? 의지할 수 있는 분이 계셨던 것 아니었어요? 저는 좋아하지 않지만."

시라이시는 다 마신 잔을 받침대에 내려놓고 소파에서 일어섰다.

"현재까지 협력해 줄 생각이 없으시다는 것은 잘 알았습니다. 하지만 하나만 기억해 주시면 좋겠네요. 말씀드려도 되겠습니까?"

"뭘까요?"

"아야노코지 선배의 운명이 결정되기 전에 제가 퇴학당했을 경우…… 시로가네 선생님이 원하지 않는 방향으로 흘러가 버릴지도 모른다는 거――. 그럼 모쪼록 잘 부탁드립니다."

"알겠습니다. 기억해 두죠."

시라이시는 고개도 끄덕이지 않고 그렇게 대답한 뒤 나나세보다 먼저 레스토랑을 빠져나왔다.

○시작된 또 하나의 이야기

5월도 하순으로 접어든 토요일 오전 11시 전, 나는 약속 장소에 가기 위해 방을 나섰다.

기숙사 로비 밖으로 나왔을 때 만나기로 한 인물이 말을 걸었다.

"안녕, 호리키타."

예정보다 조금 일찍 도착한 듯한 카루이자와는 환하게 웃고 있었다.

"안녕. 어젯밤에 갑자기 연락해서 미안해."

카루이자와를 만나고 싶다는 메시지를 보낸 건 방금 말한 대로 어젯밤. 친구 많은 그녀는 약속이 이미 있어도 이상하지 않았지만, 흔쾌히 받아들여 주었다.

"아니야, 전혀. 그리고 호리키타가 만나자고 하니까 신선하고 기뻤어."

기대됐다는 말을 덧붙이며 카루이자와가 미소 지었다.

"그런데…… 왜 교복을?"

"학생회 일이 있어서 2시에 가야 하거든."

사복을 입고 학교에 들어가는 것은 금지되어 있다. 사복 차림으로 오전에 외출했다가 다시 돌아와 교복을 갈아입는 건 번거롭기만 하다고 알려주었다. 휴일에는 동아리 활동 때문에 학교에 나가는 학생도 있으므로, 소수이긴 해도 나만 혼자 튈 걱정도 없다.
"학생회장은 참 힘들겠어. 난 절대 흉내도 못 낼 거야."
무리라고 연신 말하면서 케야키 몰 쪽을 바라보았다.
"그래서, 어떻게 할 거야? 호리키타의 에스코트, 실은 조금 기대되는데."
"기대했다면 좀 미안해지네. 놀자고 연락한 게 아니거든."
가볍게 사과했더니, 카루이자와도 짐작 가는 구석이 있었는지 눈을 동그랗게 떴다.
"앗, 아…… 설마 아야노코지에 관해서 알고 싶은 게 생겼다거나?"
"눈치가 빠르구나. 그것도 목적 중 하나이긴 해."
"하긴 특별시험도 순조롭게 끝났고, 그렇지 않을까 싶긴 했어. 하지만 그쪽으로도 내가 도움이 된다는 보장은 없는데?"
"그건 잘 알아. 그래도 네가 모르는 거라면 단념할 거야."
드러나 있는 것 중에 현재까지 아야노코지를 제일 잘 아는 사람은 틀림없이 이 아이인걸.
"좋아. 그럼 뭐든지 물어봐. 내가 아는 범위에서는 뭐든 대답해 줄게."
그렇게 말한 후 생각을 살짝 고쳤는지 머리를 긁적이며 당황했다.
"미안, 역시 뭐든지는 무리일지도 몰라. 그래도 웬만한 건 말해줄 수 있으니까, 응."

얼굴을 붉히며 말을 수정하는 카루이자와.

조금 궁금해지는 반응이긴 했지만, 말할 수 있는 범위 내에서 알려준다면 그걸로 충분하다.

"고마워."

헌신적, 아니 긍정적인 카루이자와의 태도에 나는 안도하였다.

"나도 어설픈 비밀이라든지 거짓말을 네 앞에서 할 생각은 없어. 왜 아야노코지에 대해 알고 싶은 건지, 어떤 생각을 갖고 있는지 전부 말할 테니 들어줬으면 좋겠어."

"물론이야. 이래 봬도 나, 꽤 입 무거우니까 얼마든지 털어놓으라는 느낌?"

그 말을 믿고, 나는 쿠시다와 이부키의 이름까지 꺼내면서 타도 아야노코지를 위한 첫걸음으로 그에 관해 아는 것부터 시작할 생각임을 알려주었다.

그리고 그러려면 그의 루트를 파악해야 한다고 생각한다는 사실도.

전부 카루이자와에게 설명해 나갔다.

"그렇구나. 나도…… 응, 키요타카, 아~, 그게 아니라 아야노코지와 사귀기 전부터 어떤 중학생이었을까 같은 생각을 꽤 했었으니까, 그 마음 잘 알아. 그리고 미안해, 아직 아래 이름으로 불러버리는 순간이 있을지도 몰라."

"그건 전혀 신경 안 써. 성으로 부르기 힘들면 그렇게 해도 괜찮은걸?"

"아니야, 이건 매듭이니까. 나한테…… 있어서."

"그렇구나——."

"난 아야노코지랑 사귀었지만, 솔직히 호리키타가 가진 정보와 큰 차이는 없을 거야. 몇 번쯤 옛날에 어땠는지 물어본 적도 있었는데, 제대로 대답해 준 적은 없어."

"그가 어느 도시에 살았다거나, 어느 중학교를 나왔다거나, 그런 것도?"

"응. 좋아하는 음식, 싫어하는 음식, 옷 스타일 같은 건 들었지만——."

기억을 회상하면서 카루이자와가 자신이 보고 들은 정보를 나에게 알려주었다.

1

우리는 케야키 몰에 도착했다. 그리고 대화를 이어가면서 몰 안을 한가로이 산책했다. 조금만 더 있다가 점심 먹자, 그렇게 제안하려는데.

"사실은 너를 부른 목적이 하나 더 있거든. 운 좋게 찾아냈어."

"그게 무슨 말이야?"

고개를 갸우뚱거리는 카루이자와에게, 나는 시선만 그 방향으로 돌리고 뒤따라오라고 했다.

"……아마사와?"

혼자 우리 앞에서 걷고 있는, 붉은 머리를 하나로 묶은 학생의 뒷모습을 발견하고 이름을 중얼거렸다.

"아마사와 이치카는 아야노코지의 과거와 접점이 있어. 그래서 지금 조사하는 중이야."

"아아~…… 그렇구나."

옆에 있는 카루이자와는 놀라지 않고, 오히려 이해했다는 표정을 지었다.

"혹시 관계성을 알아냈어?"

"아니, 전혀. 하지만 아야노코지와 아마사와가 얘기한다는 거, 조금은 알아. 왠지 이 학교에서 알게 된 선후배 사이가 전부는 아닌 것 같아."

가지고 있는 정보에 차이는 없는 듯했지만, 정말 힘이 되는 의견이었다.

똑같은 냄새를 맡았다는 사실은 지난한 조사를 이어감에 있어 큰 힘이 되는 법.

"앞으로 미행해? 응? 미행해 버려?"

"……굉장히 즐겁게 들리네."

"스파이 같은 짓, 싫지 않거든. 아니, 싫어하는 사람 없지 않아?"

뭐, 놀이의 연장선이라고 생각하면 나쁘지 않을지 몰라도…….

상대는 아야노코지와 연결고리가 있는 듯하고, 심지어

상당한 고수.

실패하면 연결된 실이 끊길 가능성이 높다는 걸 알면 즐길 것도 못 즐기게 된다.

"일단 내가 최근에 아마사와를 보고 느낀 점을 너한테도 알려줄게."

요 며칠 동안 방과 후에 아마사와를 관찰하면서 알아차린 사실.

그녀는 기본적으로 혼자 움직일 때가 많고, 같은 반 학생이나 친구와 시간을 보내는 모습을 본 적이 없다. 물론 남녀 상관없이 누군가가 말을 걸어오면 웃으면서 대응하지만, 바로 단독 행동으로 돌아가고 말을 걸어온 그룹에 합류하지는 않았다.

특별히 친한 사이를 만들지 않는다, 그런 자세인 듯 보이기도 했다.

그렇게 혼자 있기를 선호하는 성질은 어딘지 아야노코지와 비슷하게도 보이는데, 너무 억지스러울까? 그 같은 경우는 친구를 만들지 않는 게 아니라, 굳이 따지자면 만들고 싶어도 못 만드는 타입이었다.

"연기……는 아니겠지? 아무리 그래도."

"연기는 아닐 거야. 그런 부분이 닮은 것도 공통점 같고."

그에 대해 몰랐던 나의 한심함은 제쳐두고, 역시 그는 다른 사람을 사귀는 방식이 서툴렀다. 이 부분은 아마 진짜겠지.

거리를 두고 아마사와의 뒤를 계속해서 밟는 시간.

원래라면 그녀와 직접 대화해야 할 터.

하지만 그렇게 한다고 솔직하게 말해줄 만큼 세상이 그리 호락호락하지는 않다.

또 한 사람, 이번에는 남학생이 아마사와에게 말을 걸었다.

대화를 나눈 시간은 거의 5초 정도로, 대부분 인사만 나눌 뿐이었다.

그래도 그녀와 대화하는 사이인 학생은 전부 기억해 둔다.

간접적으로 정보를 모아들이는 것이 지금 내가 할 수 있는 유일한 일.

얼굴을 익히고 있던 그때, 오른손에 쥐고 있던 스마트폰이 진동했다.

"왜 그래?"

"잠깐만."

『학생회실에서 기다리고 있어요.』

스마트폰 화면에 뜬 문장을 본 나는 속으로 고개를 갸웃거렸다.

"……누구지?"

등록되지 않은 누군가가 보낸 짧은 메시지.

날짜와 시각은 지정하지 않았는데, 그럼 지금이라는 뜻……?

오늘 2시부터의 일정이 앞당겨진 거라면 나나세가 알려

줬어도 이상하지 않다. 그럼 다른 일? 생각에 잠긴 사이에도 아마사와는 케야키 몰을 걸어갔다.

쫓아가야 한다고 생각하면서 나는 스마트폰 화면을 끄고 눈을 감았다.

"어쩔 수 없네……."

학생회장을 맡은 이상 개인적 감정만으로 행동할 수는 없다.

누가 학생회실에서 기다리고 있다면 최대한으로 대응해야만 한다.

아니면 99%는 아니라고 보지만 아야노코지가 보낸 것일지도 모른다.

현실적인 가능성으로, 어쩌면 다음 특별시험의 일환일 수도 있다.

"미안. 갑자기 학생회에 가야 하게 됐어."

내가 불러놓고 점심도 못 먹고 이만 마치게 된 것을 사과했다.

"전혀 신경 쓰지 않아도 돼. 그리고 나 혼자 아마사와를 미행하거나 하진 않으니까 걱정하지 말고."

충고하려고 했던 것을 자기가 먼저 알아차리고 그렇게 대답하는 카루이자와.

나는 그런 그녀에게 다시 한번 사과한 후 학교로 향했다.

2

10분 정도 만에 학생회실 앞에 도착했는데, 그곳에는 아무도 없었다.

스마트폰에 메시지가 이어서 들어온 것도 아니니다.

휴일의 이 시간, 아무도 쓰지 않는 학생회실은 당연히 문이 잠겨 있다.

"……장난친 건가?"

미심쩍어하면서도 혹시 모르니까 열쇠로 문을 열고 학생회실 안으로 들어갔다.

정적이 감도는 실내에는 아무도 있을 리 없이 고요하기만 했다. 복도로 다시 나온 나는 만약을 위해 이 자리에 얼마간 머물며 메시지 보낸 사람을 기다리기로 했다.

하지만 역시 기다리는 사람은 나타나지 않고 시간만 흘러갔다.

이럴 바에야 아마사와를 계속 뒤쫓아간 게 나았을지도 몰라. 그런 후회도 살짝 올라오면서, 본래의 학생회 업무 전까지 2시간 남짓 남아 일단 돌아가기로 결심했다.

그 후 계단으로 1층에 내려갔다. 그리고 현관 쪽으로 걷기 시작했다.

"호리키타 학생회장."

복도를 몇 발짝 나아갔을 때 갑자기 한 학생이 이름을 불렀다.

지금까지 아무도 보이지 않았는데? 나는 깜짝 놀라며 뒤돌아보았다.

"너는…… 이시가미구나. 나한테 무슨 일이니?"

2학년 A반 이시가미 쿄가 교복을 입고 서 있었다.

꽤 뜻밖인 인물이 말을 걸었다면서, 이름을 떠올리며 그 이유를 생각했다.

애초에 오늘은 토요일. 동아리 활동을 하는 학생이 아니면 마주칠 확률이 몹시 낮을 터.

"오랜만입니다. 상의드릴 게 있는데 잠깐 시간을 내주실 수 있는지?"

"물론이야. 이렇게 얘기하는 거 참 오랜만이네."

"그때는 학생회장이 먼저 말 걸어주셨죠."

"그랬지."

학생회 멤버로 이시가미를 추천했던 때를 떠올렸다. 바로 거절당했지만, 들어오고 말고는 개인 문제이니 당연히 탓할 수 없다.

기억하기로 그때는 아야노코지도 같이 있었지…….

"장소를 좀 바꿔도 괜찮을까요."

"장소를? 뭔가, 말하기 힘든 얘기야?"

"가능하면 아무도 못 봤으면 해서. 너무 번거롭게 해 드릴 생각은 없습니다."

그렇게 말하더니 내 허락을 기다리지 않고 뒤돌아 걷기 시작했다.

딱히 급하게 돌아가서 할 일도 없으니 따라가 주는 데 문제는 없지만…….

휴일에 교내를 어슬렁거리는 사람은 아직 보지 못해서 아무 데서나 얘기해도 괜찮을 것 같은데 말이다. 그 정도로 남에게 들려주기 싫은 이야기라는 걸까…….

"네가 나한테 메시지 보냈니?"

"왜 그렇게 생각하셨습니까?"

"아니라는 말을 먼저 안 하네."

메시지라는 말에 의문을 보이지도 않고 아는 듯한 모습.

또 태도를 봐도 자연스럽게 인정하는 구석이 있고 별로 숨길 생각은 없는 듯했다.

"상의할 게 있으면 오늘 같은 휴일은 어디에서든 이야기를 들을 수 있지. 그런데 너는 굳이 아무도 못 봤으면 좋겠다고 했어. 학생회실을 쓰면 누가 오거나 다른 학생회 멤버도 소집할 수 있을지 몰라. 게다가 네가 나한테 말 건 장소는 학생회실에서 돌아오는 길. 내가 혼자 움직이고 있는지까지 확인한 다음에 접촉할 수 있지."

자신이 보이지 않게 움직이면서 확실한 때를 기다렸던 것 아닐까.

"인정합니다. 에두른 방식이었던 점은 사과드리죠."

"나야 상관없는데, 아주 긴급한 학생회 관련 상담이라면 내 선에서 덮을 수는 없을지도 몰라."

문제가 크면 클수록 학생회로서 정보를 공개할 필요가

생긴다.

학생들뿐 아니라 선생님에게도 보고할 의무가 있겠지.

"그 점은 걱정 안 하셔도 됩니다."

"네가 개인적으로 판단할 수 있는 문제가 아니라는 거구나."

"상의 말입니다만── 학생회장은 아마사와에 대해 이것저것 알아보고 계신 듯하던데요."

변함없는 페이스로 계속 걸으며, 이시가미가 나를 쳐다보지도 않고 그렇게 말을 꺼냈다.

"……무슨 의미야?"

생각지 못했던 말에 약간 동요하면서도 일단은 모르는 척했다.

이시가미와 아마사와를 연결 지어 생각한 적은 없었는데, 그에 대한 인식이 너무 안이했던 건지도 모른다. 그녀는 내 미행을 일찌감치 알아차리고 이시가미에게 도움을 요청했다. 그럴 가능성도 충분히 있었는데.

"아니라는 말을 먼저 안 하시네요."

걸음을 멈춘 그가 뒤돌아보며 그렇게 말하고는 내 눈을 똑바로 보았다.

내가 감추려 하는 동요를 드러내게 하고 확인하기 위하여.

내 안에서 이미 늦어버린 그에 대한 경계심이 단숨에 올라갔다.

"저와 아마사와는 같은 반입니다. 뭔가 수상한 움직임이 있다면 당연히 정보가 들어오죠."
"……그렇구나."
요 며칠간 나는 아마사와가 단독 행동을 선호하는 학생이라고 멋대로 혼자 분석했다.
그런데 사실은 아니었던 거겠지.
내가 뒤를 밟아 난감해지자 이시가미에게 말하고 도움을 청했다――?
아니, 하지만…….
"반 친구에 관해 캐낸 게 불만이다. 그렇게 경고하는 거야?"
"아닙니다. 다만 왜 학생회에서 아마사와를 조사하는지 파악할 필요가 있어서. 만약 그 아이에게 문제가 있다면 반 차원에서 대응해야 하니까요."
논리정연한 이유. 안정적인 반 운영을 하는 듯 보이는 A반으로서는 반 학생의 불상사에 민감한 법이고, 안테나를 곤두세우고 있어도 이상하진 않다.
"그런 거라면 안심해도 좋아. 그 애에게 어떤 문제가 있는 건 아니거든."
일단 이시가미의 오해부터 풀어줘야 하겠지.
그리고 그 방법은 내 목적과도 자연스레 이어진다.
"이유를 알려주시겠습니까?"
"3학년 C반의 아야노코지라는 학생을 알고 있니?"
"직접 얘기해 본 적은 없지만, 2학년들 사이에서도 A반에서 C반으로 자기 발로 내려간 학생이라면서 화제가 되고 있죠."

"그래, 역시 알고 있구나. 이 이야기를 꺼내면 학생 대부분은 나한테 심정을 물어보고 싶어 하는데, 넌 그런 느낌은 없는 것 같네."

"공교롭게도 다른 학년에는 관심이 없어서요. 그리고 그거랑 아마사와를 조사하는 것은 아무 상관 없는 듯한데요."

어디까지나 이시가미는 자기 반 사정에만 관심 있는 모양이었다.

그건 나에게 좋은 소식이라고 말하기 어렵지만…… 일단은 이야기를 계속 이어가 본다.

"그가 이 학교에 입학하기 전의 일을 아는 학생이 없는지 알아보고 있어. 그리고 그러던 중 아마사와가 아야노코지와 오래 알고 지낸 사이일 가능성이 생겼어. 그래서 자세히 물어보고 싶은데, 나와 그 애는 특별히 친하지 않아서. 직접 물어보는 건 좀 꺼려져서 어떻게든 단서를 얻을 수 없을지 조사하고 있었지."

"반을 배신한 사람을 학생회장이 조사하는 이유는 뭔데요?"

"이 학교에서 빈번하게 일어나는 일은 아니지만, 반 이동이 일어나버린 이상 거기에 대처해야만 해. 그는 지금 C반으로 가면서 나와 적대 관계가 되었어. 앞으로 그 애를 이기기 위해서 조금이라도 더 많은 정보를 모으려고 하는 건 이상한 일이 아니잖아?"

"적을 알려면 적의 안으로 들어갈 필요가 있다, 뭐 그런 건가요?"

"그런 거야. 앞으로도 아마사와를 조사할지 모르는데, 2학년 A반에 나쁜 영향은 주지 않을 테니 안심해."

"알겠습니다. 하지만 주위에서 어떻게 받아들일지는 모르겠네요. 학생회장의 눈이 아마사와를 향해 있으면 반에 문제가 있다는 오해가 생길 수도 있으니까요. 최대한 빨리 해결하셨으면 합니다."

나 역시도 시간을 들이고 싶지 않지만, 그게 마음대로 되면 이런 고생도 안 한다.

"아직 저는 아야노코지 선배에 관한 정보가 하나도 없지만, 과거를 알 것 같은 인물은 조금 짐작이 가네요."

"정말? 누구?"

마음에 걸리는 발언에 그렇게 되물었지만, 이시가미는 바로 대답하려고 하지 않았다.

"알려드려도 되지만, 약속 하나 해주셨으면 해요. 그 학생의 이름을 언급한 사람, 그러니까 저라는 사실을 반드시 비밀로 해주셨으면 합니다."

정보 값으로 프라이빗 포인트 등을 요구하지 않을까 하는 생각이 순간 떠올랐는데, 아닌 듯하네.

"그걸 바란다면 익명성을 지키겠다고 약속할게."

"상대는 나름대로 눈치가 빠른 학생입니다. 당연히 어떻게 해서 자신까지 도달했는지 알아내려고 할 겁니다. A반 그리고 학생회장의 자존심을 걸고 대응할 수 있으시죠?"

신신당부하듯, 일부러 부담을 주듯이 그렇게 확인을 구했다.

그만큼 이시가미가 봤을 때 성가신 학생인지도 모른다.

아니, 그런 건 처음부터 다 아는 사실이 아닌가.

아야노코지의 과거를 아는 인물이라면 그에 걸맞은 실력자인 건 너무도 뻔하다.

"최대한 잘 처리할게. 지금의 나로서는 이 각오를 믿어 달라고 하는 수밖에 없어."

뭔가를 걸라거나 계약을 맺자고 나오면 거절할 생각으로 그렇게 대답했다.

"뭐, 좋습니다. 호리키타 학생회장을 믿고 정보를 제공하겠습니다."

"……고마워."

"2학년 D반 나나세라는 여학생입니다. 학생회 임원이니까 잘 알고 있으시겠죠."

가능성 중에 들어 있지 않던, 너무 가까운 존재의 이름.

그 말을 들은 순간, 내 사고가 완전히 멈춰버렸다.

"유감이지만 아니야. 그 애랑 차 마실 기회가 있었을 때 비슷한 질문을 했었어. 모른다던데."

"진실을 말하지 않은 것뿐 아닌지?"

단순한 짐작이 아니라 살짝 자신감이 내비치는 말투로

이시가미가 시선을 보냈다.

"……왜 그렇게 생각하는 거야? 아무 의미 없이 의심할 수는 없어."

"이래 봬도 A반 사람으로서 다른 반의 정보 수집은 늘 하고 있습니다. 그러면서 나나세가 아야노코지 선배에게 일찍부터 접촉했다는 것 정도는 파악했지요."

"그건——."

나나세는 작년에 1학년의 일부에게만 공개되었던, 아야노코지를 퇴학시키면 프라이빗 포인트를 주는 시험에 참가했던 학생이니까. 그렇게 말하려다가 그만둔다. 그 일은 지금의 2학년 전원이 알고 있는 이야기가 아니고, 3학년 사이에도 퍼지지 않았다.

여기서 부주의한 발언을 해서 과거를 다시 문제로 삼아봐야 아무에게도 이득 될 게 없다고 생각했다.

"작년에 너희 2학년이 처음으로 쳤던 특별시험. 우리 반은 나나세 반과 연대하려고 접촉했었는데, 그런 관계가 아닐까?"

"그 정도야 저도 잘 압니다. 그 첫 연대마저 나나세가 아야노코지 선배와 접촉하기 위해 일부러 짠 것이다, 그럴 가능성도 버릴 수 없는 건 아닌가요?"

"옛날부터 아는 사이면 당당하게 말하면 되잖아. 굳이 그렇게 하지 않아도——."

"물론 그럴지도 모르죠, 그냥 저의 지나친 생각일 뿐이면 됐습니다. 잊어주세요."

여기서 이시가미가 자신의 발언을 철회하고 물러났다.

나나세가 아야노코지의 과거를 안다고?

이어져 있을 수 있다는 정보는 이시가미의 발언만 있을 뿐 신빙성이 높지는 않다. 다만 순간에 불과할지라도 그럴 가능성을 들음으로써, 싫어도 머리 한쪽 구석에 새겨지고 말았다.

말도 안 된다고 느끼면서도 만약 말이 되는 일이라면—— 그건…….

"……너한테 도움을 부탁해도 될까?"

"도움이요? 어떤?"

"혹시 모르니까 나나세에 대해 알아보고 싶어. 반은 다르지만 너랑 그 애는 같은 2학년이니까 평소 생활하다 보면 적잖은 접점도 있겠지."

"그야 그렇지만, 도와드리긴 어렵겠네요. 익명을 희망한 이유도 거기에 있지만, 나나세가 저를 싫어하는 것 같아서."

"싫어한다고……? 반 경쟁 같은 것 때문에?"

"D반 호우센과 특별시험 이외에도 갈등이 끊이지 않아 개입했던 적도 있으니까요. 원인은 단정할 수 없어도 저를 싫어한다는 것만은 틀림없습니다."

이시가미의 학력이 무척 우수하다는 사실은 OAA를 통해 증명되어 있다. 그는 반의 리더가 아닌 듯하지만, 참모에 가까운 포지션으로 반에 공헌하고 있다고 가정해 볼 때 나나세를—— 라기보다도 적대 반 입장에서 적대시하는 것이야 자연스러운 구도이기는 하다.

하지만…… 그녀는 반 경쟁 때문에 적대시한다고 해서 사생활에서도 드러내놓고 한 개인을 싫어하는 성격이 아니다. 그렇게 적어도 나는 내가 가진 정보를 통해 판단하고 있다.

그런 그녀를 이시가미가 알 리 없다면 일방적으로 그렇게 받아들여도 무리가 아니겠지만. 아니면 내 앞에 있는 그는 성가시니 일에 휘말리고 싶지 않을 뿐이어서 돕기 싫은 핑계를 대고 있는 건지도 모르겠다.

믿을 수 있는 상대인지 어떤지 아직은 모르겠지만, 지금은 일단 협력자가 필요하다.

"뭐, 좋아요. 제가 직접 움직일 수는 없어도, 정체를 들키지 않는 선에서는 알아봐 드리기로 하죠. 그리고 나나세가 아무 상관 없을 경우까지 고려해서 아마사와, 그밖에 아야노코지 선배에 관해 알 것 같은 인물이 없는지도 확인해 볼게요. 호리키타 학생회장은 저와의 약속만 지키고 자유롭게 움직이면서 조사하세요."

"그래, 고마워. 만에 하나 추궁당하더라도 너에 대해서는 끝까지 지킬게."

"성과가 있길 기대하겠습니다. 그럼."

그렇게 말한 이시가미는 내게서 등을 돌리고 현관과 반대 방향으로 걷기 시작했다. 나와 같이 있는 모습을 혹시라도 나나세가 보길 바라지 않는 경계심에서 비롯했을지도 모른다.

아야노코지에 대해 알아내려고 하면 할수록 늪에 빠지는 듯한 느낌이 든다.

"아야노코지, 넌 대체 누구니……?"

그래도 악착같이 진흙을 헤치고 나와 그의 뒤를 쫓아갈 수밖에 없다.

아야노코지의 출생.

평범하게 살아온 사람은 상상조차 할 수 없는, 비현실적이고 가혹한 시설의 존재와 교육.

점점 망가져 가는 아이들 속에서 오직 혼자 계속해서 존재했던 사람인 것.

그의 인생 끝에서 기다리고 있는 가혹한 운명——.

분명 이때가 분기점이다.

그, 이시가미와의 재회가 내 인생을 크게 바꾸는 시작이었다.

아야노코지 키요타카라는 한 남자의 인생에, 깊이 관여하게 되는——

짜여진 만남.

작가 후기

1년이 순식간에 지나가 버리는 요즘. 키누가사입니다.

나이는 먹었지만, 디스크가 살짝 재발해 완벽하다고 말할 수는 없지만, 그것 말고 다른 부분은 사실 매년 건강해지고 있습니다.

혈압이라든지 그런 것들도, 조금 나쁘던 수치가 모두 개선되어서 나이에 맞는 수준까지 올라왔습니다. 이제 정말로 디스크만 해결하면……. 이것만은 아무리 해도 어쩔 도리가 없는데요. 그래도 열심히 노력하고 있습니다.

다음 3권에서는 조금 이른 초여름에 들어가게 되면서 매년 있는 그것이 예정보다 앞당겨져서 찾아옵니다.

2권에서는 굳이 말하자면 마음이 훈훈해지는, 쉬어가는 회차였습니다만, 앞으로는 살짝 긴장감 있는 방향이 될지도 몰라요.

그래도 제가 하는 말이니까 절반만 믿는 게 좋겠네요.

완결까지는 아직 한참 멀었다고 생각하면서도, 벌써 1학기가 끝나간다고 생각하면 의외로 빨리 찾아올 것 같기도 합니다. 후기에서는 본편 다음 이야기를 너무 언급하고 싶지 않기에 조금이었지만 이 정도 선에서 마무리할게요.

자, 그럼 제 개인적이고 아무래도 상관없는 이야기도 조금 해볼까요. 그냥 넘기셔도 됩니다. (단순 분량 때우기)

저도 나이를 먹었다고 느끼게 되는 순간은 좌우지간 게임 등으로부터 멀어졌음을 실감할 때. 쉽게 말해 마리오카트라든지 슈퍼 스매시 브라더스 같은, 옛날에 굉장히 즐겨하던 게임도 애들이랑 하면 몇십 분 만에 질리고, 스마트폰에는 진짜『어서 오세요 실력지상주의 교실에 ~병합퍼즐 특별시험~』말고는 앱이 하나도 깔려 있지 않아요. 게임 안 하는 시간은 상상조차 할 수 없었던, 그것 말고 그럼 뭐 하나? 같은 생각을 했었건만……. 정신을 차리고 보면 어느새 하루가 끝나 있다고요!

그리고 애들은 하루가 다르게 쑥쑥 커가고 있습니다…….

앞으로 점점, 나이를 먹으면서 시간이 빨리 흘러간다고 느끼게 되겠지, 하면서 자네의 법칙을 강하게 체감합니다.

그러면 여러분——.

또 올해가 가기 전에 뵐 수 있는 날을 기대합니다.

웬만한 문제가 없다면, 말이죠. 웬만한 문제가…… 말이에요!

어서 오세요 실력지상주의 교실에 3학년 편 2

2025년 12월 15일 1판 1쇄 발행

저　　자 키누가사 쇼고
일러스트 토모세슌사쿠
옮 긴 이 조민정
발 행 인 유재옥
이　　사 조병권
편 집 부 정영길 박치우 조찬희 이소의 정지원 최유정 김혜주
디자인랩팀 김보라 전세연
디지털사업팀 김지연 윤희진 장혜원
라이츠사업팀 김정미 유아현 이지현
영업마케팅팀 최원석 윤아림
물 류 팀 백철기
경영지원팀 최정연
인쇄제작처 ㈜코리아피엔피
발 행 처 ㈜소미미디어
등　　록 제2015-000008호
주　　소 서울시 마포구 토정로222, 502호 (신수동, 한국출판콘텐츠센터)
판매 및 마케팅 (070) 8822-2301

ISBN 979-11-384-8867-9
ISBN 979-11-384-8815-0 (세트)